管理学论丛

企业管理人员职业生涯成功的影响因素研究

社会网络观点

RESEARCH ON THE DETERMINANTS OF
MANAGERS' CAREER SUCCESS
A SOCIAL NETWORK PERSPECTIVE

刘 宁◎著

北京大学出版社
PEKING UNIVERSITY PRESS

图书在版编目(CIP)数据

企业管理人员职业生涯成功的影响因素研究:社会网络观点/刘宁著.—北京:北京大学出版社,2011.1

(管理学论丛)

ISBN 978 - 7 - 301 - 18119 - 5

Ⅰ.①企⋯　Ⅱ.①刘⋯　Ⅲ.①企业管理 – 劳动力资源 – 资源管理　Ⅳ.①F272.92

中国版本图书馆 CIP 数据核字(2010)第 232251 号

书　　　　名:	企业管理人员职业生涯成功的影响因素研究:社会网络观点
著作责任者:	刘　宁　著
责 任 编 辑:	梁庭芝
标 准 书 号:	ISBN 978 - 7 - 301 - 18119 - 5/F · 2661
出 版 发 行:	北京大学出版社
地　　　　址:	北京市海淀区成府路 205 号　　100871
网　　　　址:	http://www.pup.cn
电　　　　话:	邮购部 62752015　发行部 62750672　编辑部 62752926
	出版部 62754962
电 子 邮 箱:	em@ pup.cn
印 刷 者:	三河市北燕印装有限公司
经 销 者:	新华书店
	730 毫米×1020 毫米　16 开本　11.75 印张　209 千字
	2011 年 1 月第 1 版　2011 年 1 月第 1 次印刷
定　　　　价:	32.00 元

前　言

　　职业生涯成功是每个人追求的目标,对于组织也有着重要的意义。近年来,学者们利用人口统计变量、人力资本、工作-家庭、激励、组织和产业等方面的变量来开发越来越全面的职业生涯成功模型。尽管学者们发现了大量职业生涯成功的影响因素,但是对非正式的社会关系和人际行为对职业生涯成功的作用研究得并不深入。事实上,职业生涯成功不仅依靠个人自己,同样也离不开他所处的社会网络。本书从社会网络理论的角度入手,理论并实证研究了社会网络对企业管理人员职业生涯成功的影响。

　　本书分别回顾了社会网络理论的发展及职业生涯成功的研究进展,然后总结了社会网络在职业生涯领域中的应用研究。学者们的研究给了我们很好的借鉴和启发。不过,相对而言,这些研究并没有深入探讨社会网络对于职业结果具体的作用机理,且在指标的测量上也采取了较为简单的方式。由于我国文化的特殊性,企业管理人员职业生涯成功的标准可能会有所不同,社会网络对于管理人员职业生涯成功的影响机理和方式也可能会有所不同。在我国背景下开展社会网络对于企业管理人员职业生涯成功影响的研究可能会得出一些不同于国外研究的结论。因此,借鉴国外的研究方法,结合我国背景进行相关的理论探讨和实证研究是非常有必要的。

　　本研究基于我国文化背景和管理人员的工作性质,分析不同经济发展阶段下企业管理人员的社会网络特征,确定企业管理人员社会网络的构成。然后,通过文献和理论分析、访谈和问卷调查相结合的方法来明确我国企业管理人员职业生涯成功的评价指标。最终选择总收入、晋升次数、职业满意度和工作-家庭冲突四个指标来衡量企业管理人员的职业生涯成功。

　　之后,本书结合理论研究和文献回顾,探讨了社会网络对职业生涯成功影响的作用机理,进而形成社会网络影响企业管理人员职业生涯成功的理论模型,即社会网络结构维度(网络规模、网络异质性和网络密度)和关系维度(关系强度)影响管理人员从网络中获取的利益(即网络利益,包括资源和职业支持两个方面），进而影响其职业生涯成功。本研究的调查对象是江苏省企业的管理人员。为了使调查尽可能客观地反映江苏省的整体状况，我们在江苏省范围内选择了省会城市南京、苏南城市苏州、苏中城市南通和苏北城市徐州四个地区的企业管理人员进行调查。同时，在每个城市进行调查的时候，考虑了行业、企业规模和企业性质的差异化。研究者利用总体 407 个样本，采用结构方程模型对假设模型进行了实证检验。

实证分析得出的结论如下：第一，研究支持了社会网络通过网络利益的获取帮助管理人员实现职业生涯成功。研究结果表明，中介变量的纳入有助于解释社会网络对职业生涯成功的影响，也就是说，仅仅有社会网络的存在并不必然地会促进个人的职业生涯发展，必须确实能从网络中获得具体的信息、资源及职业上的帮助，才有可能对个人的职业生涯成功产生影响。第二，网络规模并不是越大越好，规模大最多带来些信息和其他资源，而并不会获得更多职业上的帮助。与此同时，网络成员的多样化和与网络成员的关系强度对获得更多的资源和职业支持有着显著的正向影响。因此，盲目结交朋友并不一定有用，关键是拓展网络的异质性和提高与网络成员的关系强度。第三，网络密度与网络利益的获取显著负相关，即网络密度越小，管理人员的社会网络成员之间相互认识的对数越少，管理人员可以从网络中获取的非重复信息和职业支持就会相对增加。第四，从网络中获得的资源对于管理人员的收入和晋升的影响并不显著，与职业满意度的关系比较显著。也就是说管理人员从网络中获得的信息和财务等资源，虽然没有对自己的收入和晋升产生显著的影响，但是可以增加个人的职业满意度。第五，管理人员社会网络对于职业生涯成功的影响更多的是通过职业支持而不是资源的获得发生作用的。也就是说，获得再多的信息和财务等资源不一定有效，只有获得上司、同事及其他家人朋友等职业上具体的帮助和支持，管理人员才能在职业生涯成功的各个方面得到显著的改善。本书最后还将研究发现与国外研究结论进行了比较分析。

结合研究结论，本书从管理人员和组织两个方面，简要地探讨了如何促进社会网络的构建，如何从社会网络中获得更多的资源和职业支持，从而促进管理人员实现职业生涯的成功。

最后，本研究还特别强调了使用社会网络的道德困境问题。许多人把运用社会网络错误地理解为不道德地"耍手腕"，即建立和运用社会关系是出于自私自利的工具性目的。事实上,任何人都无法避免对自己的社会关系网络进行有意识的管理。为了成为一个有效的社会网络的缔造者,我们不能仅仅着眼于能从社会关系网络中获得什么,而是应该抛开"等价交换",着眼于我们如何为他人作出贡献。"耍手腕"式的、不诚实的、欺骗性或者欺诈性的手段都不会在长期实践中发挥作用,这是利用社会网络的关键所在。

　　本书的研究结论在理论上不仅有助于丰富职业生涯成功的研究,也是社会网络理论在职业生涯领域的一个新的应用。在实践方面,探讨社会网络对管理人员职业生涯成功的作用机理无论对组织还是管理人员而言都具有非常重要的意义。

目 录

图 目 录

图 目 录

表 目 录

第一章 绪 论

该章的主要目的在于介绍本书的研究背景,提出问题,进而对研究目标、内容和研究意义作概括性介绍。最后,还介绍了本书的研究方法和结构安排。

第一节 研究背景和问题的提出

1.1.1 研究背景

职业对于一个人来说,是安身立命之本;对一个社会来说,是劳动分工、经济发展的必然形式。在现代社会中,职业活动已经成为大多数人社会生活中最基本、最主要的部分。职业活动不仅是人们的收入来源,而且是人们生活方式、文化水平、行为模式的综合性反映,也是现代社会反映个人社会地位一般特征的重要指标。[①]

在多元竞争的现代社会中,无论所从事的是什么样的工作,每个人都希望在自己的专业领域内出类拔萃,实现个人职业生涯的成功。职业生涯的成功能使人产生自我实现感,从而促进个人素质的提高和潜能的发挥。职业生涯的成功不仅对员工有着重大的意义,对组织来说也非常重要。因为员工职业生涯的成功会对组织的成功作出贡献。[②] 在以激烈竞争和国际化扩张为标志的经济环境中,无形资产越来越成为企业的竞争优势。而人力资源作为重要的无形资产之一在企业战略的实现中发挥着越来越大的作用,成为影响组织核心竞争力的重要因素。通过科学的人力资源管理和开发,帮助员工正确地认识并实现职业生

[①] 袁方.《劳动社会学》. 北京:中国劳动出版社,1992。

[②] Judge T A, Cable D M, Boudreau J W, et al. An empirical investigation of the predictors of executive career success. *Personnel Psychology*, 1995, 48: 485—519.

涯的成功,可以有效地激励员工为组织的战略服务。

职业生涯成功(career success),又简称职业成功,在西方的学术文献中,职业成功通常从主观和客观两个方面来探讨。客观的职业成功(objective career success)是可以观察得到的、可以评价的、可以被不带偏见的第三方证实的成就,如获得高的收入、显赫的头衔、高的职务、高的社会声望和地位等。[1][2][3] 而主观的职业成功(subjective career success)指的是个人对于他们的职业完成情况的主观感觉和满意程度[4],或指个人在工作经历中逐渐积累和获得的积极的心理感受。[5] 这两个方面是相互关联却有显著差异的。[6] 主观和客观方面结合在一起不仅能反映职业成功的普遍通用的标准,同样也能反映一个人对于自己目标和职业期望的主观感受。

职业生涯成功虽然非常重要,但实现职业生涯成功却并不容易。那么,一个人的职业生涯成功都受到哪些因素的影响,如何才能实现职业成功呢? 这些无论对于组织还是个人来说都是非常有意义的话题。

大量的实证研究已经总结出了一些对职业成功有影响的因素。这些因素主要从个人、组织和家庭的层面来探讨。个人层面的影响因素有人口统计变量、人力资本变量、激励变量、个性变量等;组织层面的影响因素的研究包括导师制、组织社会化、职务类型、早期职业挑战和职业生涯系统等;家庭层面的影响因素主要是探讨家庭的社会-经济地位、家庭生活、家庭需要和工作-家庭平衡等因素的影响。尽管学者们发现了这么多职业成功的影响因素,但是对非正式的社会关

① Hughes E C. Institutional office and the person. *American Journal of Sociology*, 1937, 43: 404—413.

② Van Maanen J. Experiencing organization: Notes on the meaning of careers and socialization. In: Van Maanen J (ed). Organizational careers: Some new perspectives. New York: Wiley, 1977: 9.

③ Judge T A, Cable D M, Boudreau J W, et al. An empirical investigation of the predictors of executive career success. *Personnel Psychology*, 1995, 48: 485—519.

④ London M, Stumpf S A. Effects of candidate characteristics on management promotion decisions: An experimental study. *Personnel Psychology*, 1983, 36: 241—259.

⑤ Seibert S E, Crant J M, Kraimer M L. Proactive personality and career success. *Journal of Applied Psychology*, 1999, 84(3): 416—427.

⑥ Wayne S J, Liden R C, Kraimer M L, et al. The role of human capital, motivation and supervisor sponsorship in predicting career success. *Journal of Organizational Behavior*, 1999, 20: 577—595.

系和人际行为对职业成功的作用研究得并不是很深入。[1][2] 事实上,早在 20 世纪 20 年代到 30 年代,哈佛大学教授梅奥通过霍桑试验不仅得出结论认为人是"社会人",是复杂的社会关系的成员,而且发现了工作场所中存在的非正式组织。一方面,这种非正式组织具有特殊的感情和倾向,左右着成员的行为,对生产率的提高有举足轻重的影响;而另一方面,这种非正式组织还可以维护其成员的共同利益,使之免受由于内部个别成员的疏忽或外部人员的干涉所造成的损失。[3] 尽管在当时,梅奥等人并没有从社会网络的角度来探讨,但对非正式组织的研究也是组织内部网络对员工作用的一个非常重要的例证。

自 20 世纪 80 年代以来,陆续开始有研究提到社会网络对于成功实现职业目标的重要性。学者们的研究显示,只要有网络存在,就会促进成功的感觉并为个人提供支持。[4][5] Saxenian 开展了一项针对硅谷专业人才的个案研究,肯定了具有非冗余社会网络(non-redundant networks)对于雇员的帮助作用。[6] Podolny 和 Baron 通过研究发现,个人在组织中的非正式网络联系越多,他获得的信息和资源就越多,晋升的可能性就越大。[7] 英国学者韦恩·贝克根据多年的理论研究和实践经验,得出结论认为,"成功具有社会属性,即成功不仅依靠个人自己,同样也依靠个人和他人之间的关系。作为社会群体,人与人之间形成各种复杂的社会关系。研究人就必须研究这种社会关系,否则就没有体现人的根本特点。我们平常认为天赋、智力、教育、个人努力和运气之类的成功因素虽然带有明显

① Judge T A, Bretz R D. Political influence behavior and career success. *Journal of Management*, 1994, 20(1): 43—65.

② Pfeffer J. A political perspective on careers: Interests, networks, and environments. In: Arthur M G, Hall D T, Lawrence B S (eds). Handbook of career theory. New York: Cambridge University Press, 1989: 380—396.

③ 芮明杰.《管理学——现代的观点》. 上海:上海人民出版社,1999:41。

④ Brass D J. Being in the right place: a structural analysis of individual influence in an organization. *Administrative Science Quarterly*, 1984, 29: 518—539.

⑤ Granovetter M S. The strength of weak ties: A network theory revisited. In: Marsden P V, Lin N (eds). Social Structure and Network Analysis, Beverly Hills, CA: Sage, 1982.

⑥ Saxenian A L. Regional advantage: Culture and competition in silicon valley and route 128. Cambridge, MA: Harvard University Press, 1996.

⑦ Podolny J M, Baron J N. Resources and relationships: Social networks and mobility in the workplace. *American Sociological Review*, 1997, 62: 673—693.

的个人属性,但它们实际上都盘根错节地和社会关系网络交织在一起"①。贝克强调了在人际和企业关系网络中以及通过人际和企业关系网络来获得的资源(包括信息、构思、线索、商业契机、金融资本、权力与影响、情感支持,甚至还有良好的祝愿、信任与合作)的重要性。贝克认为,社会网络对职业生涯成功的影响甚至比人力资本更加重要。

虽然这些研究没有深入探讨社会网络对于职业结果的具体作用机制,但通过学者们的研究可以初步推断,社会网络对于个人职业生涯成功有着非常重要的影响。不过,这些研究都是基于西方的文化背景,那么在中国特定的文化背景下,社会网络对个人职业发展的影响是否具有特殊性呢?

我们知道,中国社会始终强调人与人之间的相互依赖与相互合作。几千年的儒家文化,讲究"仁、义、礼、智、信",讲究"礼尚往来"。儒家伦理的基本假设便是人生存在各种关系之上,人与人之间的关系网相互交叉,构成和谐的社会秩序。② 儒学大师梁漱溟在《中国文化要义》一书中指出:"中国之伦理只看见此一人与彼一人之相互关系——不把重点固定在任何一方,而从乎其关系,彼此相交换,其重点放在关系上了。伦理本位者,关系本位也。"③这一见解得到了很多学者的赞同,使之成为考察中国社会的一个切入点。人际关系在中国至少具有以下三个作用:

第一,作为制度支持的替代品。樊纲指出,制度,包括正式的和非正式的制度,对于经济和社会的发展都具有重要的意义。中华文化传统的一个重要特征就是重视非正式的社会关系和非正式的制度安排,忽视理性化的正式制度的建立与实施。④ 因此,作为非正式的制度安排和人际关系的载体,社会网络无疑在经济和社会发展及个人发展中起着不可替代的作用。忻榕(Katherine R. Xin)和皮尔斯(Jone L. Pearce)也指出,在中国社会中,由于法律与各种制度不够完善,法律不能为人们提供足够的制度保障。人们面对不确定的情况时,会因缺乏制

① 韦恩·贝克.《社会资本制胜——如何挖掘个人与企业网络中的隐性资源》.王晓冬译.上海:上海交通大学出版社,2002:3。

② 梁建,王重鸣.中国背景下人际关系及其对组织绩效的影响.《心理学动态》,2001(9):173。

③ 梁漱溟.《中国文化要义》.上海:学林出版社,2000:80。

④ 樊纲.《中华文化、理性化制度与经济发展——对"华人经济"与"东亚模式"的一种制度经济学的解释.经济文论》.上海:上海三联书店、上海人民出版社,1994:225。

度的支持而寻求关系的帮助。因此,关系是正式制度支持的替代物。[①] 这是人际关系的工具性作用。费孝通在《乡土中国》一书中指出,"中国传统社会是礼治的社会。礼治中的'礼'是社会公认合适的行为规范,维持'礼'这种规范的是传统,而不是国家的权力"[②]。可见,在中国传统文化背景下,关系是法理制度支持的替代品,关系能为人们提供资源与保护,抵御威胁,降低风险。

第二,维持社会和谐,储备人情资源。中国人把和睦友好看做是幸福与发展的基础,成败得失往往取决于"人和"。为了维护和睦的气氛,中国文化形成了各式各样的伦理和礼教来规范关系角色的义务。人们通过履行关系角色的义务来建立人际关系的情感纽带。[③] 中国人重视人际关系的一个重要原因是储备人情资源。人情指人际相处之道。中国人十分重视人情,在情与理方面,中国人重情多于重理。对人才的提拔、任用很多时候掺入了"人情"因素,讲究"不看僧面看佛面"等。我国台湾地区的学者黄光国认为,人情是一种可用于交换的资源。这种资源来自依附于人际关系的义务,义务产生于"报"的规范。父母的养育之恩,子女有回报的义务;老师的传道、授业、解惑,应得到学生的回报:一日为师,终身为父;平辈人交往,也有互惠互利的义务。人们编织和谐的人际关系网的目的之一便是储备人情资源以备他日之需。[④]

第三,体现个人价值与社会地位。无论在哪一种文化之中,个人身份都可以从个人特征与关系特征中表现出来,但不同的文化对两种特征的重视程度不同。例如,在美国文化里,个人特征较受关注,但在中国文化中,关系特征则较为重要。我国社会在传统上重视人际网络,我国文化以关系为核心,强调在和他人相处中实现自身的发展。从中国社会转型的特殊时期来看,由于正式制度的不健全,社会网络在社会资源配置和地位获得中,有特殊和重要的作用。社会网络不仅是决定人们社会地位的一个重要因素,也是社会资源分配的一个重要途径。[⑤]

---

① Xin K R, Pearce J L. Guanxi: Connections as substitutes for structural support. *Academy of Management Journal*, 1996, 36: 1641—1658.

② 费孝通.《乡土中国》. 北京:三联书店出版社,1985:48—52。

③ 张秀娟,汪纯孝.《人际关系与职务晋升公正性》. 北京:北京大学出版社, 2005:35—36。

④ 黄光国. 人情与面子:中国人的权力游戏. 载:杨国枢主编.《中国人的心理》. 台北:桂冠图书公司,1988:289—318。

⑤ 李路路. 社会资本与私营企业家——中国社会结构转型的特殊动力.《社会学研究》,1995(6):46—58。

由此可以看出,中国背景下的人际关系网络在中国文化背景下扮演着重要的角色。石秀印的研究显示,社会网络和社会环境对于中国企业家的成功有着非常重要的作用。[①] 肖鸿也指出,人际关系作为中国社会、经济和政治活动的一个重要原则,在整个社会系统的运行中发挥着非常重要的作用。[②] 因此,在我国的文化背景下,社会网络对个人的职业生涯发展无疑具有举足轻重的影响。

1.1.2　研究问题的提出

社会认知理论(Social Cognitive Theory)强调在指导人的行为的过程中,自我效能和社会过程是相互作用的。[③] 基于社会认知理论发展起来的社会认知职业理论(Social Cognitive Career Theory)运用社会认知理论,力图解释职业兴趣的形成、职业选择活动及表现的全过程。[④] 它强调在职业发展中起作用的三种个人变量之间的相互影响,即自我效能、结果预期与个人目标,认为自我效能对于个体的职业结果预期会产生影响,而其中个人的社会经济背景、地位又会影响自我效能。显然,基于这些因素之间的关系,我们可以发现,社会认知职业理论假定了个人的社会背景、地位会对其职业结果产生影响。那么,在现实中,作为个人社会背景和地位的一种体现——社会网络是否会对管理人员的职业发展产生影响呢? 显然,这是值得我们深入探讨的问题。

本书旨在探讨社会网络和职业生涯成功之间的关系。考虑到企业里不同群体的差异,本书选择了企业管理人员作为研究对象来考察社会网络对职业生涯成功的影响。之所以选择管理人员,是基于以下三个方面的原因:

第一,管理人员是企业的中坚力量,关系着企业的兴衰与成败。美国著名咨

---

① 石秀印. 中国企业家成功的社会网络基础.《管理世界》,1998(6): 187—208。

② 肖鸿. 试析当代社会网研究的若干进展.《社会学研究》,1999(3): 1—11。

③ Bandura A. Social foundations of thought and action: A social cognitive theory. Englewood Cliffs, NJ: Prentice-Hall, 1986.

④ Lent R W, Hackett G. Socio-cognitive mechanisms of personal agency in career development: Pantheoretical prospects. In: Savickas M L, Lent R W (eds). Convergence in career development theories: Implications for science and practice. Palo Alto, CA: Consulting Psychologists Press, 1994.

询机构麦肯锡公司的一项调查显示[①]:有的公司能保持持续发展和改革创新,达到更高的经营业绩,关键在于拥有一大批具有创新才能的管理人员。这些人把企业的经营理念、决策目标、工作计划及生产效率与市场现实有机地结合起来,是企业内部管理信息传递与沟通的"桥梁"和"纽带",是未来企业高层主管的后备人才梯队,关系着企业的兴衰与成败。

第二,管理人员的职业发展目标可能更有特点。对于管理人员来说,一方面,他们都有着明确的职业目标和追求,另一方面,由于他们已经进入了企业的职位序列,在中国传统"官本位"思想的影响下,可能更关心个人职位的提升。因此,对管理人员的职业成功研究对组织更具现实意义。

第三,管理人员的发展和成功更可能受到社会网络的影响。Luthans,Hodgetts 和 Rosenkrantz 对 450 位管理者进行了研究。他们发现,这些管理者都从事以下四种活动:① 传统管理,如决策、计划和控制;② 沟通,如交流例行信息和处理文书工作;③ 人力资源管理,如激励、惩戒、调解冲突、人员配备和培训;④ 网络联系,如社交活动、政治活动和与外界交往。他们的研究表明,成功的管理者(以在组织中晋升的速度作为标志)花费 48% 的时间在网络联系上,远远高于一般管理者。同时成功的管理者比他们的竞争对手多花 70% 的时间在人际网络活动上,多花 10% 的时间在日常的交流沟通活动中。[②] 管理人员在组织中管理、协调的工作性质决定了他们有着相对丰富的人际网络,在组织内外部的人际关系网络可能比其他性质的员工更为广泛。另外,一项针对 250 位公司的首席财务官(chief financial officers,CFO)的调查研究表明,80% 的受访者认为人际网络对其在专业领域的表现很重要,有助于职业目标的实现。[③] 因此,选择企业管理人员作为研究对象,研究其社会网络对职业成功的影响就更具现实意义。

因此,本书的研究内容可以具体化为下列问题:我国企业管理人员有着什么样的职业追求和目标,主要表现在哪些方面? 管理人员有着丰富的人际关系网络,那么网络会为他们带来什么样的好处? 他们的社会网络是如何影响其职业生涯成功的? 与国外相比,在中国的文化背景下,这个作用过程是否有着特殊

---

① 胡宏梁,陈旭东,许小东. 中层管理者在组织变革中的角色研究.《管理现代化》,2003(1):15—18。

② Luthans F, Hodgetts R M, Rosenkrantz S A. Real managers. Cambridge, MA:Ballinger, 1988.

③ Anonymous. Survey finds networking is crucial to career success. *TMA Journal*, 1999, 19 (1):56.

性?本研究试图通过理论分析建立社会网络对企业管理人员职业成功影响的作用模型,并以江苏省为例,对企业管理人员进行问卷调查,获取一手研究数据,进行实证分析,以期获得有益的结论。

第二节 研究的目标、内容和意义

1.2.1 研究目标和内容

本研究的主要目标是,通过讨论中国文化背景下企业管理人员社会网络的构成和职业生涯成功的评价指标,进而理论并实证研究社会网络对管理人员职业生涯成功影响的具体作用过程,并从组织和个人的角度探讨相关的管理策略。

研究的主要内容包括:第一,通过对职业生涯成功和社会网络相关文献的回顾和评述,提出本书准备研究的问题;第二,讨论中国经济文化背景下企业管理人员的社会网络特性与构成,同时通过文献分析和调查研究相结合的方式,确定管理人员职业生涯成功的评价指标;第三,基于社会交换理论,建立社会网络对管理人员职业生涯成功影响的假设模型;第四,以江苏省为例,通过问卷调查获取一手数据,对假设模型进行检验,并从组织和个人角度出发提出基于社会网络的企业管理人员职业生涯成功策略;最后对整体研究结论进行分析和讨论,指出研究的局限性和未来的研究方向。

1.2.2 研究意义

职业生涯成功作为个人职业追求的目标,与每个人的利益息息相关。了解我国企业管理人员职业生涯成功的评价指标,以及社会网络对其职业生涯成功的作用机理,无论在理论还是实践层面都具有十分重要的意义。

1.2.2.1 理论意义

本研究的理论意义体现在两个主要方面:

（1）研究结论有助于丰富职业生涯成功的研究。在国内,人力资源管理的研究集中于绩效、薪酬和战略人力资源管理等领域,对于职业生涯领域的关注并不多,而职业生涯领域的研究主要集中在战略与规划、组织社会化、组织职业生涯管理活动等方面,对于职业生涯成功的研究还很少。本书结合我国文化背景和经济发展的特点,以企业管理人员为对象,通过理论分析和问卷调查的方式,探讨中国背景下企业管理人员职业生涯成功的评价指标,并且从社会网络的角度研究其对管理人员职业生涯成功的影响,比较国内外研究结论的差异。因此,研究结论有助于丰富职业生涯成功的研究,并为进一步的研究提供思路和方向。

（2）本研究也是社会网络理论在职业生涯领域的一个新应用。社会网络理论自提出起,社会学界和管理学界的学者们就陆续运用社会网络理论及社会网络分析方法来研究职业生涯领域的问题。如对员工职业地位获得(包括求职、下岗职工再就业等)、职业流动、职业结果等职业领域的问题进行了研究,但是采用社会网络理论和方法对职业生涯成功进行实证研究还很少。因此,本书使用社会网络理论和方法在中国背景下探讨社会网络对企业管理人员职业生涯成功的具体作用机理,并强调网络利益的中介作用,可以说是社会网络理论在职业生涯领域新的拓展和应用。

1.2.2.2 实践意义

本研究的实践意义体现在个体和组织两个不同的层面上:

（1）对于管理人员的意义

首先,有助于管理人员树立平衡的职业价值观。长期以来,人们谈论起职业生涯成功,都会认为是获得较高的工资和职务、较高的社会地位和声望,以至于社会上出现了这样的现象:人们盲目追求高学历、高收入、高职务,拼命挤入大城市、大公司工作。特别是在我国,受到"官本位"思想的影响,很多人都想在管理岗位上向上发展。然而,从另一方面看,人们在取得高工资、高社会地位的同时,往往会在心理上背负沉重的压力,或者在生活等方面付出很高的代价。除了心理、生活上的代价之外,还有健康甚至是生命的代价。出现这些问题的主要原因在于指导人们进行职业选择和职业发展的价值观发生了扭曲。人们过分强调职业生涯的客观性或外在性,主要从职位、头衔和薪酬等看得见的方面的变动状况来定义职业生涯成功,而忽视了职业生涯的主观性或内在性,不考虑员工在职业生涯中获得的个人化的需求、理想和愿望的实现,这使得许多人的工作经历和对职业生涯的主观感受被排除在了职业生涯研究领域之外。正如 E. H. 施恩(E. H. Schein)所指出的,确定那些被认为在职务和经济方面成功的人是不是同时对他们的职业很满意,这一点很重要。① 与客观职业生涯成功标准不同,主观评价指标会发现一些很重要的职业收益,如快乐的心情、对社会的贡献等那些从个人档案中看不到的东西。因此,本书通过对职业生涯二元性及企业管理人员职业生涯成功评价指标的分析,有助于管理人员科学地认识职业生涯成功,树立正确的职业价值观。

其次,有助于管理人员正确地认识社会网络和了解社会网络的作用,进行选择性的投资和个人职业生涯规划。很多人虽然也意识到社会网络中蕴涵的资源或资本可能会对自己的职业生涯发展起到促进作用,但并不知道如何拓展和利用网络才是最有效的方式。本书的研究结论可以帮助管理人员树立起科学地规划和管理个人社会网络的观念,从拓展异质性网络、降低网络密度、提高关系优势以及提高关系强度等方面来优化自己的社会网络,将社会网络转化为网络利益,尤其是职业支持来获取职业生涯成功。另外,在无边界职业生涯模式下,雇佣关系由长期雇佣向短期雇佣转换,组织内流动变成组织间的流动,相对有规律的职业生涯发展路径逐渐转变为相对不确定的发展路径,生涯管理模式也由组织职业生涯管理向自我职业生涯管理转换。管理人员的职业生涯更加易变和不稳定,他们需要建立积极的人际关系网络为可能的变化做好准备。本研究通过理论和实证分析社会网络对管理人员职业成功的作用机理,有助于管理人员对自己的社会关系网络进行有意识而不是无目的的投资和管理,合理利用自己的社会网络,从而推动个人的职业发展。

(2) 对组织的意义

管理人员作为企业发展的中坚力量,越来越关注个人的职业发展。如果他们的职业目标在组织内不能实现,那么他们就很有可能离开,去寻找新的发展空间。所以他们的职业发展不仅是其个人的行为,也是组织的职责。组织有责任也有义务帮助这些管理人员实现职业生涯的成功。这既是一种提高忠诚度的方法,也是降低人才流失率的最重要的投资之一。在人才激烈竞争的今天尤其如

---

① 施恩.《职业的有效管理》. 仇海清译. 北京:生活·读书·新知三联书店,1992:16。

此。因此,本研究对于组织的意义体现在:

首先,本研究通过对企业管理人员的调查,明确了企业管理人员职业生涯成功的评价指标。结果表明,这一评价指标同时强调了主观指标如职业满意度和工作对家庭影响的重要性。了解管理人员评价自己职业生涯成功的标准,组织就可以知道他们是对薪酬、职位感兴趣,还是更看重家庭,这将有助于组织有针对性地进行职业生涯开发与管理。特别是对于主观职业生涯成功指标的研究可以帮助组织设计和实施有效的、可以满足个人需要的职业生涯开发体系。组织应一方面有意识地引导员工正确地去看待职业生涯成功,另一方面在组织结构逐渐扁平、管理层级日趋减少的同时,增加员工在工作中的自主决策权,帮助员工制定职业生涯规划、设置多重职业通路,通过培训增加和扩展员工的知识和技能,在提高他们对职业生涯成功的感知的同时,提高员工的胜任能力,保持组织的竞争优势。

其次,本研究将理论并实证分析社会网络对管理人员职业成功的作用机理。基于研究结论,组织可以通过有效利用社会网络的积极功能来推动管理人员的职业发展,如帮助管理人员优化社会网络结构和拓展内部网络,通过完善导师制、实行家庭友好政策等措施帮助管理人员获得更多的网络利益,另外通过完善沟通网络,提高管理人员的职业满意度等。通过这些措施可以有效地避免人才流失,为组织节约成本。与此同时,了解社会网络对管理人员职业生涯成功的作用过程还有助于组织积极规避社会网络可能给组织带来的负面作用。

最后,洞悉社会网络在中国背景下的表现形式和对职业生涯成功的具体作用机理,并加以合理利用,有助于增强企业竞争力。由于社会网络能够通过加强个人之间的联系促进他们彼此间的了解,为个体间信息的分享、行为的配合以及集体决策提供了一个非正式的机制。因此,它可以在一定程度上提升行动效率,如加速信息交换、降低交易成本等,也可以诱导合作行为,增强团队精神。[1] 另外,由于个体社会网络中蕴涵着网络利益,特别是管理人员的社会网络中蕴涵的网络利益可能对组织更有帮助,组织应对个体社会网络加以合理利用。实证研究发现,企业内部及企业管理者个人的社会网络中蕴涵的网络利益确实有利于企业活动,也

---

① Fukuyama F. Trust. New York: Free Press, 1995.

可以使组织更具有竞争力①②,对于组织绩效的提升更是不言而喻。③

因此,探索管理人员社会网络在实现其职业生涯成功中的具体作用过程,无论对管理人员本人还是组织来说都具有重大的意义。

第三节　研究方法与本研究的结构安排

1.3.1　研究方法

本书在研究过程中采用了如下方法:

(1)文献分析法。利用几大数据库(ABI、EBSCO、Emerald 和 JSTOR 几大全文及检索型数据库,以及 Eleesevier、Wiley、Kluwer、Springerlink 几个出版社全文电子期刊库),收集了从 1980 年到现在的研究管理人员职业生涯成功或职业发展的文献 26 篇,并对这些文献进行了整理,将各学者用来测量管理人员职业生涯成功的标准按照客观和主观两方面进行了分类总结,得到学者们对管理人员职业生涯成功的 22 个客观指标和 6 个主观指标。

(2)社会网络分析法。社会网络分析是研究者用来探讨关系联结对个人和团体的态度以及行为作用时的一个工具。与心理学方法把态度和行为看成是个人特性的结果不同,社会网络分析主要探讨个人关系和网络结构对个人及团体态度与行为的直接或间接影响。这些研究的自变量往往是网络中的关系联结,而因变量往往是态度、行为或由于网络的构造不同而带来的某些改变。社会网络分析的核心在于认为个人的行为并不单单是由他的个人特性决定的,网络和关系特征也为网络行动者的决策提供了帮助。④ 本书旨在探讨社会网络对于管

---

① Walker G, Kogut B, Shan W. Social capital, structural holes and the formation of an industry network. *Organization Science*, 1997, 8: 109—125.

② 边燕杰,邱海雄. 企业的社会资本及其功效.《中国社会科学》,2000(2): 87—99。

③ Baum J A C, Calabrese T, Silverman B S. Don't go it alone: Alliance network composition and startups' performance in Canadian Biotechnology. *Strategic Management Journal*, 2000, 21: 267—294.

④ Scott J. Social network analysis: A handbook. London: Sage Publications, 2000.

理人员职业生涯成功的作用。因此,在对管理人员职业支持网络进行测量时使用了社会网络分析方法,并结合所分析的问题使用网络规模、网络密度、网络异质性和关系强度四个方面的指标来测量管理人员的职业支持网络,利用定名法来确定网络成员,进而计算网络各项指标。

(3)量表法。进行实证研究的调查问卷在设计上采用李克特量表法。把网络利益(资源和职业支持)、职业生涯成功(如职业满意度、工作-家庭冲突)等抽象的概念通过测量量表对之进行操作化①。

(4)问卷调查法。在对企业管理人员职业生涯成功评价指标的明确、社会网络对职业生涯成功的影响分析中,本研究采用问卷调查的方法,以江苏省为例,深入现场或利用企业培训的机会,获取第一手的研究数据。

(5)多元统计分析方法。对调查数据整理后,采用多元统计方法对数据进行分析,包括统计描述、相关分析、方差分析、探索性因子分析等。

(6)结构方程模型方法。研究中,根据理论模型和数据的特点,采用结构方程模型,利用 AMOS 软件,对本研究的假设模型进行检验。

1.3.2 研究的技术路线

本书的研究思路为:在对国内外文献进行回顾与评析的基础上,结合中国的经济文化背景对企业管理人员的社会网络和职业生涯成功评价指标进行了探讨,并从理论上分析了企业管理人员社会网络对于职业生涯成功的具体作用机制,构建了本研究的理论模型。在对江苏省四城市的企业管理人员进行调查的基础上,获得有效问卷 407 份,利用调查数据对理论模型进行了实证检验并得出了一些有益的结论。结合研究结论,本书从管理人员自身和组织两个角度提出了基于社会网络的企业管理人员职业成功策略。最后,对本研究的结论进行了总结,指出了研究的不足之处并提出了未来的研究方向。

本书的技术路线如图 1.1 所示。

---

① 操作化:即操作化设问。

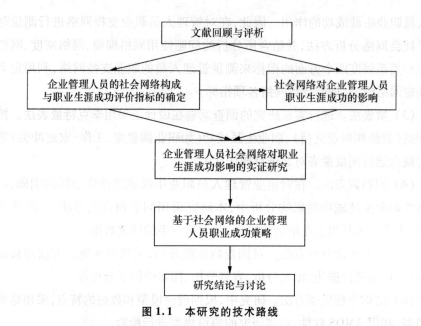

图 1.1　本研究的技术路线

1.3.3　研究可能的创新

本书基于前人研究,借助于社会网络理论和方法,考察中国背景下企业管理人员个人的社会网络对职业生涯成功的作用机制,试图通过分析得出有意义的结论。总的来说,本研究可能的创新主要体现在如下几方面:

(1) 在中国文化背景下从社会网络的角度展开研究。中国的经济和文化背景决定了社会网络和人际关系在中国的商业活动、企业管理及组织行为中扮演重要的角色,对于一个人的职业生涯发展具有举足轻重的影响。这使得我们有理由相信,社会网络很有可能对企业管理人员的职业生涯成功有着很大程度的影响。本书拟从社会网络的结构和关系维度出发,探讨社会网络对企业管理人员职业生涯成功的影响,试图通过分析得出中国文化背景下有意义的结论。

(2) 对企业管理人员职业生涯成功评价指标的探讨。本研究通过大量国外文献的分析,以及对中国文化背景的分析和无边界职业生涯时代的分析总结出评价企业管理人员职业生涯成功的 14 个客观指标和 7 个主观指标,在此基础上对 5 位管理人员进行访谈并对这些指标进行了调整。利用调整后的指标编制了结构化问卷并针对 137 位江苏省企业管理人员进行调查,得出企业管理人员职业生涯成功的评价指标排序。根据重要性程度选择前四个指标衡量企业管理人员的职业生涯成功,包括客观方面的总收入和晋升次数指标、主观方面的职业满意度和工作对家庭的影响指标。

(3)实证分析了社会网络对管理人员职业生涯成功的作用机制。尽管知道社会网络的重要性,但是社会网络对管理人员职业生涯成功的具体作用途径是怎样的?是认识的人越多越好还是关系越强越好?是认识相同职业背景和特点的人更好还是认识不同职业背景和特点的人对管理人员的发展更有利?结合理论分析和文献回顾,本书提出了社会网络对于管理人员职业生涯成功影响的15个理论假设,并通过在江苏省四个城市的企业进行问卷调查获取一手的研究数据,实证检验理论假设,探索社会网络对管理人员职业生涯成功的作用机制。对这个问题的研究有助于我们更好地了解如何管理和构建社会网络,帮助管理人员和组织做好基于社会网络的职业生涯规划和管理活动。

1.3.4 本研究的结构安排

本研究的结构安排如下:

第一章 绪论。首先在国外研究和中国经济文化背景的基础上指出了为什么要研究中国企业管理人员社会网络对其职业生涯成功的影响,提出了研究的若干问题。同时阐述了本书的研究目标、理论和实践意义,指出了研究中采用的方法、技术路线和可能的创新。

第二章 文献回顾与评析。本书分别回顾了社会网络理论的发展,学者们对社会网络的界定,职业生涯成功的评价指标及影响因素的研究进展,以及社会网络在职业生涯领域的应用研究。该章在最后对学者们已有的研究进行了简单的评述,同时指出,由于我国特殊的文化背景,我国管理人员职业成功的标准和社会网络对于职业成功的影响可能会有所不同。在我国背景下开展职业生涯成功的研究可能会得出一些不同于国外研究的结论。因此,借鉴国外的研究方法,结合我国背景,进行相关的理论和实证研究,是非常有必要的。

第三章 企业管理人员的社会网络及职业生涯成功评价指标。该章包括两个主要内容:其一,基于我国文化背景和管理人员的工作性质,分析企业管理人员的社会网络特征;其二,通过大量国外文献的分析,以及对中国文化背景的分析和无边界职业生涯时代的分析总结出评价企业管理人员职业生涯成功的 14 个客观指标和 7 个主观指标,在此基础上对 5 位管理人员进行访谈并对这些指标进行了调整。利用调整后的指标编制了结构化问卷并针对 137 位江苏省企业管理人员进行调查,得出企业管理人员职业生涯成功的评价指标排序。根据重要性程度选择前四个指标作为企业管理人员职业生涯成功的评价指标。

第四章 社会网络对企业管理人员职业生涯成功的影响机理分析。基于社会交换理论分析了社会网络对职业生涯成功影响的基本逻辑,并具体分析了管理人员社会网络和网络利益之间、网络利益和管理人员职业生涯成功之间的关系,提出了一系列的研究假设,构建了社会网络对企业管理人员职业生涯成功各指标影响的理论模型,如图 1.2 所示。

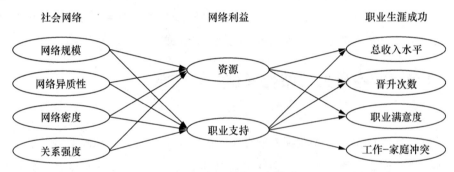

图 1.2 本研究的理论模型

第五章 社会网络对企业管理人员职业生涯成功影响的实证研究。结合国外各变量的研究量表与中国文化特点进行维度上的补充和修改,形成调查问卷。以江苏省四个城市的企业管理人员为研究对象,采取方便抽样和现场调查的方式获取有效样本 407 份。通过探索性因子分析(EFA)和验证性因子分析(CFA)等方法检验量表的效度和信度,并采用结构方程模型的方法,实证检验本研究的理论假设。

第六章 基于社会网络的企业管理人员职业生涯成功策略。根据理论和实证研究的结果,从企业管理人员个人和组织两个不同的层面提出相应的管理策略。

第七章 结论与讨论。首先对本项研究的结果进行了较为详细的总结,然后讨论了本研究的局限性,并指出未来研究的方向。

第二章　文献回顾与评析

该章的主要目的在于对相关的研究文献进行回顾和评析,包括对社会网络理论发展和研究的回顾,以及职业生涯成功研究的回顾,并总结了社会网络在职业生涯领域研究中的应用。最后,结合我国社会文化的特点和本书研究的主题,对现有文献进行了评述,并指出在我国文化背景下开展此项研究的必要性。

第一节　社会网络理论的研究回顾

2.1.1　社会网络理论的发展

社会网络的研究可以追溯到 20 世纪 30 年代,英国人类学家在进行社区研究时,发现传统角色地位的结构功能理论并不能呈现日常生活中的实际人际互动,于是发展出"社会网络"(social network)这个概念。事实上,"社会"这个词的使用频率非常广泛。"社会"所包含的特点是:一定程度的相互关系、一定程度的共同身份、某种程度的相互间而不只是个人利益的合作;合作是很称心的,而且参与集体行动不只是为了自己(即作为纯粹的自利行为)。因为除了他自己能受益外,其他人也可以从这一行动中获益。① 英国学者 Bott 1957 年出版了著作《家庭与社会网络:城市百姓人家中的角色、规范、外界联系》②,被今日美国社会学界视为英国社会网络分析的范例。

直到 20 世纪 60 年代后期,网络概念才逐渐被接受,并用于各种相关的社会

---

① 诺曼·厄普霍夫. 理解社会资本:学习参与分析及参与经验. 载:帕萨·达斯古普特,伊斯梅尔·撒拉格尔丁编.《社会资本——一个多角度的观点(中译本)》. 北京:中国人民大学出版社,2005:283。

② Bott E. Family and social network: Roles, norms and external relationships in ordinary urban families. London: Tavistock Publications, 1957.

科学研究当中。① 从 20 世纪 60 年代至今,西方学者对社会网络的研究主要体现在两个领域:一个领域遵循着社会计量学的传统,以社会心理学的小群体内部结构和人际关系为研究对象。他们从调查群体内所有成员的特征和他们之间的关系(包括相互之间的评价)入手,研究整体网络(社会体系)中角色关系的综合结构,包括分析社会系统内部结构及其分解模式,系统成员中的角色关系,网络结构随时间的变迁和系统成员直接或间接联系的方式等,形成了整体网络的研究方法。② 在分析人际互动交往和交换模式、决策、社会支持、意见传播及社会认知等议题时,该领域产生了一系列网络分析概念,如网络规模(network size)、网络中心性(network centrality)、网络密度(network density)等。这一领域的代表性人物是林顿·福里曼(Linton Freeman)。③

另一个领域的研究以 White 和 Granovetter 为代表,属于结构主义社会学的范畴。④ 他们沿着英国人类学家的传统,把人与人、组织与组织之间的纽带关系看成客观存在的社会结构,分析这些纽带关系对人、组织的影响,形成了个体中心网络的研究方法。

利用社会网络分析方法来研究职业领域的问题,如职业地位获得、职业流动等,主要体现在第二个研究领域。这个领域的学者对传统的地位结构观进行了批判,提出了与之不同的网络结构观。自 Parsons 以来,人们力图解释社会行为如何受社会结构的制约,但社会结构的概念却是从地位观点定义的。⑤ 他们认为,地位结构观让我们看到的是,人都具有某些属性(attributes),并按这些属性而分类,而人的社会行为就是用所属的类别来解释的。比如,阶级分析就是一种典型的地位结构观的分析方法:人们的阶级属性是对生产资料的占有关系,按这一属性人们分为资产阶级和无产阶级,而阶级类别是解释剥削行为的理论基础。再比如,60 年代兴起的地位获得模型也是一种地位结构观的分析方法:人们获

① Wasserman S, Faust K. Social networks analysis: Methods and applications. Cambridge: Cambridge Uiversity Press, 1994.

② Wellman B, Berkowitz S D. Social Structures: A network approach. Cambridge: Cambridge University Press, 1988.

③ Freeman L C. Centrality in social networks: Conceptual clarification. *Social Networks*, 1979, 1: 215—239.

④ 边燕杰. 社会网络与求职过程.《国外社会学》,1999(4):1。

⑤ Parsons T. Politics and social structure. New York: The Free Press, 1969.

得怎样的社会经济地位是由其先赋性地位和个人努力的教育地位决定的。20世纪80年代对这一模型的批判和修正,仍然是从地位结构观的角度看问题的,认为人们的工作单位所处的经济结构对人们的职业地位和经济地位的获得产生重要的影响。地位结构观并不是错误的,但仅仅从这一观点看社会结构是片面的,有碍于我们把握社会结构的全貌,从而发生理论误导。

与地位结构观不同的是,首先,网络结构观并不强调按照个体的属性特征(年龄、性别、阶级等)对个体进行分类和规定个体的社会位置,而着重于根据个体与其他个体间的关系(亲属、朋友或熟人)等来认识个体在社会中的位置,并根据其社会关系区分成种种不同的网络。其次,这种观点也不注重个体的身份属性及其归属感,而是分析社会联系面与社会行为所"嵌入"(embeddedness)的结构背景。再次,网络结构观不强调资源的占有,而关心资源的获取(access)能力,认为个体在网络中的位置会影响个体各方面的结果,包括资源拥有、成就大小、安全与情感需求的满足,等等。最后,与地位结构观将一切都归结为人们的社会地位不同,网络结构观关注人们在其社会网络中是否处于中心位置,重视其网络资源的多寡和优劣。不过,必须指出的是,社会网络理论虽然强调社会纽带关系的重要性,但它并没有否定地位因素的作用。①

网络分析者认为,整个社会是由一个相互交错或平行的网络所构成的大系统。② 社会网的结构及其对社会行为的影响模式是社会网的研究对象。社会网研究深层的社会结构即隐藏在社会系统复杂表象之下的固定网络模式。他们强调了研究网络结构性质的重要性,集中研究某一网络中的联系模式如何提供机会与限制,其分析以联结一个社会系统中各个交叉点的社会关系网络为基础。网络分析者将社会系统视为一种依赖性的联系网络,社会成员按照联系点有差别地占有稀缺资源和结构性地分配这些资源。网络分析的一个独特特征是强调按照行为的结构性限制而不是行动者的内在驱力来解释行为。

虽然同属于结构主义范畴,但网络分析存在着不同的理论流派,国内外的学者都曾对这些不同的流派进行归纳分类,参考肖鸿的分类③,我们在此主要介绍

① 边燕杰. 社会网络与求职过程.《国外社会学》, 1999(4): 2。
② Ruan D. Interpersonal networks and workplace controls in urban China. *Australian Journal of Chinese Affairs*, 1993, 29: 89—105.
③ 肖鸿. 试析当代社会网研究的若干进展.《社会学研究》,1999(3): 3—5。

以下几种有代表性的社会网络理论:

(1) 市场网络观

White 在其 1981 年的著名论文"市场从何而来?"中指出,市场是从社会网络发展而来的[①]:第一,生产经营者们从一开始就处在同一社会网络之中,他们互相接触,相互观察对方在做什么,特别是对方在同类和相关产品上是如何定价的。所以,生产经营者的社会网络为他们提供了必要的经营信息。第二,处于同一网络中的生产经营者们相互传递信息并相互暗示,从而建立了一种信任关系。在这种信任关系的制约下,大家共同遵守同一规则,一起维持共识,从而使商业往来得以延续。第三,市场秩序事实上产生于同处一个网络圈子中的生产经营者,他们并不是按照纯粹的市场规律来行事。换言之,市场秩序是生产经营者网络内部相互交往产生的暗示、信任和规则的反映。

(2) "弱关系力量"假设和"嵌入性"

Grannovetter 1973 年在《美国社会学杂志》上发表的"弱关系的力量"(The Strength of Weak Ties)一文,被认为是社会网研究的一篇重要文献。[②] Grannovetter 在文中首次提出了关系力量的概念,并根据网络中关系力量的不同把网络中的联系分为强关系(strong ties)和弱关系(weak ties)。强关系表现为比较紧密,关系双方投入更多时间、更多情感,彼此更亲密也更频繁地提供互惠性帮助。弱关系则比较疏远,关系双方自我投入不多。他认为强弱关系在人与人、组织与组织、个体与社会系统之间发挥着根本不同的作用。强关系维系着群体、组织内部的关系,弱关系则在群体、组织之间建立了纽带联系。在此基础上他提出了"弱关系充当信息桥"的判断。Grannovetter 断言,虽然所有的弱关系不一定都能充当信息桥,但能够充当信息桥的必定是弱关系。弱关系充当信息桥的判断,是 Grannovetter 提出"弱关系力量"的核心依据。"弱关系力量"假设的提出和经验发现对欧美学界的社会网分析产生了重大影响。

Grannovetter 于 1985 年在《美国社会学杂志》上又发表了一篇重要论文"经济行动和社会结构:嵌入性问题"。[③] 他认为经济行为嵌入于社会结构,而核心

---

① White H C. Where do markets come from? *American Journal of Sociology*, 1981, 87(3): 517—547.

② Grannovetter M S. The strength of weak ties. *American Journal of Sociology*, 1973, 6: 1360—1380.

③ Grannovetter M S. Economic action and social structure: The problem of embeddedness. *American Journal of Sociology*, 1985, 91(3): 481—510.

的社会结构就是人们生活中的社会网络,嵌入的网络机制是信任。他指出,在经济领域最基本的行为就是交换,而交换行为得以发生的基础是双方必须建立一定程度的相互信任。如果信任感降到最低的程度,在每一次交易中,双方都必须在获得了必要的监督保证之后才能进行,那么,交易成本就会大大提高。Grannovetter 认为,信任来源于社会网络,信任嵌入于社会网络之中,而人们的经济行为也嵌入于社会网络的信任结构之中。

（3）社会资源理论

美籍华裔社会学家林南(Lin Nan)在发展和修正 Grannovetter 的"弱关系力量"假设时提出了社会资源理论。① 社会资源理论是社会网络研究的一大突破,因为它否认了资源只有通过占有才能运用的地位结构观。他认为,那些嵌入于个人社会网络中的社会资源——权力、财富和声望,不但可以被个人占有,而且也嵌入于社会网络之中,通过个人的直接或间接的社会关系网络来获取。在一个分层的社会结构中,当行动者采取工具性行动时,如果弱关系的对象处于比行动者更高的地位,他所拥有的弱关系将比强关系给他带来更多的社会资源。个体社会网络的异质性、网络成员的社会地位、个体与网络成员的关系力量决定着个体所拥有的社会资源的数量和质量。

（4）社会资本理论

社会资本理论的产生是社会网络理论的一个延伸。法国社会学家 Bourdieu 首先使用了社会资本的概念。② Bourdieu 认为,社会资本是实际的或潜在的资源集合体,这些资源与对一个相互熟识和认可的、具有制度化关系的持久网络的拥有——换言之,一个群体的成员身份——联系在一起。Bourdieu 认为,社会资本取决于个人联系的规模和这些联系中所含有的资本的容量或数量。

尽管 Bourdieu 最早引入了"社会资本"概念,但真正对社会资本进行较为系统的论述并使之产生较大影响的是美国社会学家 Coleman。Coleman 认为,社会资本指个人所拥有的表现为社会结构资源的资本财产。它们由构成社会结构的要素组成,主要存在于社会团体和社会关系网之中,只有通过成员资格和网络联

---

① Lin N. Social resources and instrumental action. In: Marsden P, Lin N (eds). Social structure and network analysis. Beverly Hills, AC: Sage Publications, Inc., 1982: 131—147.

② Bourdieu P. Forms of capital. In: John G R (ed). Handbook of theory and research for the sociology of education. New York: Greenwood Press, 1985: 241—258.

系才能获得回报。[1] Coleman 的最大贡献表现在两个方面:第一,对社会资本的概念作了系统研究,指出了社会资本包括社会团体、社会网络和网络摄取三个方面。个人参加的社会团体越多,其社会资本越雄厚;个人的社会网规模越大、异质性越强,其社会资本越丰富;个人从社会网络摄取的资源越多,其社会资本越多。第二,将社会资本和人力资本的概念联系起来,认为社会资本是积累人力资本的条件。

社会资源和社会资本理论都指出了个人可以利用周围的社会关系实现工具性目标。从这两个概念的最初含义来看,社会资源仅仅与社会网络相联系,而社会资本的范围更宽泛。林南在后来的研究中对这两个概念的关系作了重新探讨,认为两者都与社会网络相关。在林南看来,Coleman 所说的"社会团体成员资格"也就是成员的另一种社会网络,而社会资本则是从社会网络中动员了的社会资源。[2] 社会资本理论并未涉及关系力量问题。林南将社会资本与社会资源联系起来,使社会资本与关系力量有了间接关联,即弱关系能导致较丰富的社会资源。

(5) 结构洞理论

前面的研究中关注的是社会网络中的关系强度,而 Burt 1992 年出版的《结构洞》一书将网络分析的重点转向了社会网络结构。他首次明确指出,关系强弱与社会资源、社会资本的多少没有必然的联系,但均与社会网络结构相关。[3] 为此他分析了社会网络的结构形态,并提出了"结构洞"的概念。Burt 指出,所有的社会网络,无论主体是个人还是组织,从根本上可以归结为两种形态:一是网络中的任何主体与其他每一主体都发生联系,不存在关系间断现象,从整个网络来看就是"无洞"结构。这种形式只有在小群体中才会存在;二是社会网络中的某个或某些个体与有些个体发生直接联系,但与其他个体不发生直接联系。无直接联系或关系间断的现象,从网络整体来看好像网络结构中出现了洞穴,因

① Coleman J S. Social capital in the creation human capital. *American Journal of Sociology*, 1988, 94: 95—120.

② 林南.《社会资本——关于社会结构与行动的理论》. 张磊译. 上海:上海人民出版社,2005: 18—27.

③ Burt R S. Structural holes: The social structure of competition. Cambridge, MA: Harvard University Press, 1992.

而被称做"结构洞"。在 Burt 看来,拥有"结构洞"的个体,不论与网络中的其他个体保持的是强关系还是弱关系,都具有信息优势和控制优势。

Burt 依据结构洞理论对市场经济中的竞争行为提出了新的社会学解释。他认为,竞争优势不仅是资源优势,更重要的是关系优势。拥有结构洞多的竞争者,其关系优势就大,获得较大利益回报的机会就多。任何个人或组织,要想在竞争中获得、保持和发展优势,就必须与相互无关联的个人和团体建立广泛的联系,以获取信息和控制优势。可以看出,Burt 的"结构洞理论"与 Grannovetter 的"弱关系力量"假设有很强的渊源。事实上,结构洞内填充的是弱关系,因而 Burt 的观点可以看做是 Grannovetter 观点的进一步发展、深化与系统化。

(6)"强关系力量"假设

在 Grannovetter 的"弱关系力量"假设和林南的社会资源理论之后,边燕杰结合我国的特殊性,对社会网络理论的发展作出了新的贡献。① 他同样将关注的焦点放在关系强度方面。不过,与 Grannovetter 和林南等人对弱关系的重视不同,边燕杰指出,在东方社会这一特殊的文化背景中,人们更多地会运用强关系而不是弱关系来达到自己的目的。他指出,中国社会是一个伦理本位的社会,社会关系的主要组成部分是人情交换关系,而这种关系更可能是强关系而不是弱关系。他强调,必须对网络中流动的不同资源进行区分,弄清楚这些资源到底是信息(information)还是影响(influence)。信息更有可能通过弱关系流动,而影响则更可能通过强关系流动。在中国的计划体制下,对职业流动起关键作用的往往不是信息而是影响。他还指出以往的研究多集中于直接关系的影响,而忽略了间接关系的作用。并不是每个人都有对自己职业流动起决定作用的直接的强关系,因此,通过间接的强关系获得流动机会的情况是较为普遍的。他根据1988 年在天津调查所得的资料对以上假设进行了检验。结果发现45%的天津市民在获得初次职业时使用了社会关系,而其中70%的人与最终帮助者的关系是很强的,33%的人使用了间接关系,而且中间人与求职者和帮助者的关系越强,求职者找到的工作越好。

由于天津研究更多地反映了计划经济体制的背景,为说明华人社会的特殊

---

① Bian Y. Bringing strong ties back: Indirect ties, network bridges, and job searches in China. *American Sociological Review*, 1997a, 62(3): 366—385.

性,边燕杰还在市场经济较为发达的新加坡进行了研究,结果表明,在新加坡的职业流动中,强关系的使用率依然很高,其比率甚至超过了天津,达到80%。他认为这反映了华人社会人情关系对社会生活的重要影响,这种影响可以超越经济体制的差异。①

总体而言,这些理论提出了一系列指导着社会网络研究的概念、命题、基本原理及其相关的理论,网络分析者在社会关系的层次上将微观社会网和宏观的社会结构联结起来,从而使人们对于社会结构的研究耳目一新。

2.1.2 社会网络与社会资本的区别

(1)社会网络的含义

学者们对社会网络的定义经历了一个过程。早期的概念强调个人之间的相互联系,如 Mitchell② 和 Fischer③ 都认为社会网络是一群特定的社会行动者(social actors)之间的一组独特的联系;后来在 Wellman 的研究中,强调社会网络是社会成员间既定的、将个体联系在一起的社会结构④;而 Coleman 则扩展了社会网络的范畴,认为社会网络不仅是个人行动者之间的联系,也可能是法人行动者之间的联系,也就是说,组成社会网各结点的不一定是个体的人,也可以是那些有联系的群体、组织、社区、民族、国家等。各个结点之间的联系可以是人际关系,也可以是交流渠道、商业贸易,甚至是国家关系。⑤ 这个概念得到了后来很多学者的认同。⑥

社会网络这个概念强调如下事实:每个行动者都与其他行动者有或多或少的关系。社会网络分析者建立这些关系的模型,力图描述群体关系的结构,研究

① Bian Y, Ang S. Guanxi networks and job mobility in China and Singapore. *Social Forces*, 1997b, 75 (3): 981—1005.

② Mitchell J C. The concept and use of social networks. In: Mitchell J C (ed). Social network in urban situations. Manchester Eng: Manchester University Press, 1969.

③ Fischer C. To dwell among friends: Personal networks in town and city. Chicago: University of Chicago Press, 1982.

④ Wellman B. Network analysis: Some basic principles. *Sociological Theory*, 1983, 1: 155—200.

⑤ Coleman J S. Social capital in the creation human capital. *American Journal of Sociology*, 1988, 94: 95—120.

⑥ Adler P S, Kwon S W. Social capital: Prospects for a new concept. *Academy of Management Review*, 2002, 27 (1): 17—40.

这种结构对群体功能或者群体内部个体的影响。社会网络一般包括以下两个要素(见图2.1):一是行动者(actors),即社会网络中所说的"点"(nodes)或称"结点",指存在于网络中的任何一个人、群体、社会单位或社会实体等(即图中黑点的部分);二是关系(ties),指行动者之间的联系(即图中各点之间的连线)。

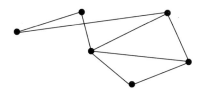

图2.1　简单的社会网络图

一般来说,当我们说行动者之间存在关系的时候,"关系"常常代表的是关系的具体内容(relational content)或者实质性的现实发生的关系。关系的类型多种多样,可以是朋友关系、上下级关系、国家之间的贸易关系等,这完全根据研究对象以及关注点而定。另外,研究的重点不同,关注的"关系"也不同。如果研究整体网络,那么研究者可能分析具有整体意义的关系的各种特征,如互惠性、关系的传递性等。如果研究个体网络,那么研究者可能分析有关个体的一些关系特征,例如关系的密度和同质性等。

(2)社会网络与社会资本的区别

社会网络是一种客观的关系结构,是个体间的互动关系联结,其探讨的核心基础是"关系的联结",而不是行动者本身的特性,社会网络将个体视为在网络结构中提供资源的其中一个来源。正因为如此,社会网络的研究大都针对个体所在网络结构中的位置,来分析该位置对其认知、态度及行为表现的影响,而个体的行为会进而影响其在结构中的位置。

而社会资本源于社会网络,是由法国学者 Bourdieu 于1977年引入社会学领域的。① 自社会资本提出以来,就引起了研究者们广泛的研究兴趣和争论。在社会资本的研究中,不同的研究者从各自的研究领域或研究对象出发,对社会资本进行了不同的界定。如 Bourdieu 认为,社会资本是实际的或潜在的资源集合体,这些资源与对一个相互熟识和认可的、具有制度化关系的持久网络的拥

---

① Bourdieu P, Jean-Claude P. Reproduction in education. Society and Culture. London:SAGE, 1977.

有——换言之,一个群体的成员身份——联系在一起①;Coleman 认为,所谓社会资本,就是个人拥有的,表现为社会结构资源的资本财产。它们由构成社会结构的要素组成,主要存在于人际关系和结构之中,并为结构内部的个人行动提供便利②;Putnam 指出,社会资本指的是社会组织的某种特征,例如,信任、规范和网络,它们可以通过促进合作行动而提高社会效益③;Burt 认为,社会资本指的就是朋友、同事和更普遍的联系,通过他们你得到了使用(其他形式)资本的机会④;Portes 认为,社会资本由嵌入在社会关系和社会结构中的资源组成,当行动者希望提高目的性行动或成功的可能性时,他们可以动员社会资本。⑤ 林南则认为,社会资本是行动者在行动中获取和使用的嵌入在社会网络中的资源。⑥由此可见,学者们对社会资本有着各自的理解。

尽管如此,学者们一致认同的是,社会资本起源于社会关系,镶嵌于社会结构之中,不同的社会关系及网络结构的特性将会产生不同的社会资本。社会网络和社会资本是不同层次的概念。社会网络重结构,而社会资本重所能获得的好处。社会网络的结构会影响到社会资本的产生,进而影响到个体的态度及行为。

有学者指出,由于学术界对于社会资本的概念至今还没有达成共识,导致了社会资本测量的混乱和对于同一结果的迥异解释。另外,部分研究者在“隐喻”而非“实质”的意义上使用社会网络、关系、社会资本等概念,从而使社会资本的术语和理论有可能流于时髦,而不能成为一个严肃的知识和学术领域。⑦ 因此,本书仅从社会网络的角度探讨对职业生涯成功的影响,并不深入对社会资本进行探讨。

---

① Bourdieu P. Forms of capital. In: John G R (ed). Handbook of theory and research for the sociology of education. New York: Greenwood Press, 1985: 241—258.

② Coleman J S. Social capital in the creation human capital. *American Journal of Sociology*, 1988, 94: 95—120.

③ Putnam R. Making democracy work: Civic traditions in modern Italy. Princeton: Princeton University Press, 1993.

④ Burt R S. Structural holes: The social structure of competition. Cambridge, MA: Harvard University Press, 1992.

⑤ Portes A. Social capital: Its origins and applications in modern sociology. *Annual Review of Sociology*, 1998, 22: 1—24.

⑥ 林南.《社会资本——关于社会结构与行动的理论》. 张磊译. 上海:上海人民出版社,2005: 24。

⑦ 张文宏. 社会资本:理论争辩与经验研究.《社会学研究》, 2003(4):23—35。

第二节　职业生涯成功的研究回顾

2.2.1　职业生涯与职业生涯成功

职业生涯(career)一词,其基本概念来自心理学与辅导理论,最初是源自 20 世纪 50 年代以前的工作选择(occupation choice),50 年代后转变为着重职业(vocation)的选择,到 60 年代以后,职业生涯的概念才逐渐被人们认识并广泛应用。①

人们对职业生涯的认识是与时代发展分不开的。在 90 年代之前,技术和经济发展相对比较缓慢,人们面对的环境也相对稳定。在这个时期,雇员和组织之间是一种长期的雇佣关系。组织通过向雇员提供长期和安全的雇佣来换取雇员对组织的忠诚,而雇员则是通过努力工作,沿着组织设计的职业生涯阶梯向上行进。由于组织结构大多数是层级制的,所以可以依靠管理层的不断空缺和填补来实现一种沿着管理层级向上移动的职业生涯路径。在这个时期,人们认为职业生涯的发展是相对比较稳定的和可预测的,是不断进步的,而且大多是在特定的专业领域内进行的。人们强调职业生涯的外在性或客观性,主要从个人在职位、头衔和薪酬等看得见的方面的变动状况来定义职业生涯的发展,从而忽视了职业生涯的主观性或内在性,即在职业生涯中获得的个人化的需求及理想和愿望的实现。另外,人们还从比较单一的视角看待职业生涯,仅从获得社会认可的地位来看待,而忽视了那些对个人来说特别重要的目标的实现。在这个阶段,职业生涯有很强的个人主义特征。②

然而,随着科技的迅猛发展、全球经济的一体化和劳动力市场竞争的加剧,到了 20 世纪 90 年代以后,稳定和可预测的环境已经不复存在。外部环境的剧

---

① Crites J O. Career psychology. New York：McGraw-Hill, 1969.

② 谢晋宇. 后企业时代的职业生涯开发研究和实践：挑战和变革.《南开管理评论》, 2003(2)：13—18。

烈变化引发了组织结构的一系列深刻的变革。为了适应竞争,传统金字塔式的组织结构逐渐被扁平化的组织形式取代,员工晋升的机会大大减少,技能培训和知识更新对职业发展的影响变得十分重要。与此同时,为了节约成本,许多组织大大降低了员工的加薪幅度。越来越多的员工开始非自愿地失去工作、进行横向的工作变动(包括组织内外的变动)以及不断的职业变更。新的经济发展背景引发了研究者们对职业生涯一个新模式的关注——"无边界职业生涯"(boundaryless career)。① 无边界职业生涯强调职业生涯将不再是单一的模式而是可以采用"一系列的模式",这向传统的雇佣观点提出了挑战。在这个时期,职业生涯的多变性和灵活性变得越来越突出,越来越多的人开始从自己的个性和兴趣出发来设计自己的职业生涯。人们不再单纯地将职业视作一种谋生手段,也不仅仅关注职业的动态性和发展性,而是越来越多地将它放在人生的长河中,与生活其他方面的发展统一起来。新的职业生涯理念强调不仅从我们熟悉的晋升、薪酬和头衔的角度看待职业生涯,还应该从获得技能与能力,获得特殊的经历和体验,甚至获得工作与健康的平衡等角度来看待职业生涯。② 这个时期,职业生涯的主观方面引起了越来越多学者的重视。

　　Greenhaus 汇总以往学者的研究,指出职业生涯是"贯穿于个人整个生命周期的与工作相关的经历的组合"。③ 他强调职业生涯的定义既包括客观部分,例如工作职位、工作职责、工作活动以及与工作相关的决策,也包括对工作相关事件的主观知觉,如个人的态度、需要、价值观和期望等。一个人的职业生涯通常包括一系列客观事件的变化以及主观知觉的变化。一个人可以通过改变客观的环境如转换工作或者改变对工作的主观评价如调整期望来管理自己的职业生涯。因此,与工作相关的个人活动及个人对这些活动所做出的主观反应都是其职业生涯的组成部分,必须把两者结合起来,才能充分理解一个人的职业生涯。

　　职业生涯的成功是我们每个人追求的目标。长期以来职业生涯成功对于职

　　① Arthur M B, Rousseau D M. The boundaryless career: A new employment principle for a new organizational era. In: Arthur M B, Rousseau D M (eds). The boundaryless career. New York: Oxford University Press, 1996: 237—255.

　　② 谢晋宇.《人力资源开发概论》. 北京:清华大学出版社,2005:302。

　　③ Greenhaus J H, Callanan G A, Godshalk V M. Career management (3rd ed). Fort Worth, TX: Dryden Press, 2000.

业开发学者①②和实践者③来说都具有强大的吸引力。职业生涯成功的含义因人而异,具有很强的相对性。每个人对自己的职业生涯成功都有自己的看法,包括成功意味着什么,成功时发生的事和一定要拥有的东西等。对有些人来讲,成功可能是高的薪酬水平、高的社会地位和权力等,而对有些人来说,成功可能是一个抽象的、不能量化的概念,例如觉得愉快、在和谐的气氛中工作、有完成工作的成就感和满足感等。这表明,职业生涯成功的标准是具有多样性的。迈克尔·德维(Michael Driver)在对许多公司的经理和人事专家进行调查后,系统地阐述了四种职业生涯成功的标准④:① 一些人将成功定义为一种螺旋型的东西,不断上升和自我完善(攀登型);② 一些人需要长期的稳定和相应不变的工作认可(安全型);③ 一些人视成功为经历的多样性(自由型);④ 还有一些人视成功为升入组织或职业较高阶层(进取型)。

尽管不同的人对职业生涯成功的定义不同,从普遍意义上来看,职业生涯成功包括两方面的内容。按照《牛津英语大词典》的解释,职业生涯成功包含两层意思,一层是"得到了一个人想要的东西",另一层是"努力争取想要获得的成就"。前者是个人想要的一种成功(主观的),而后者是另一种形式的成功——富裕——通常是通过社会比较得出的(客观)。而在学术界,很多学者也持相似的观点,目前一个被广泛接受的定义是"个人在工作经历中逐渐积累和获得的积极的心理感受以及与工作相关的成就"。⑤⑥⑦

2.2.2　职业生涯成功的评价指标

职业生涯成功不仅起着激发职业行为的作用,同时也折射着一个社会的价

① Parsons F. Choosing a vocation. Boston, MA: Houghton Mifflin, 1909.

② Hughes E C. Institutional office and the person. *American Journal of Sociology*, 1937, 43: 404—413.

③ Ziglar Z. Over the top. Atlanta, CA: Thomas Nelson, 1997.

④ Driver, M J. Career concept and career management in organizations. In: C J Cooper(ed). Behavioral problems in organizations. Englewood Cliffs, New Jersey: Prentice-Hall, 1979.

⑤ London M, Stumpf S A. Managing careers. Reading, MA: Addison-Wesley, 1982.

⑥ Judge T A, Cable D M, Boudreau J W, et al. An empirical investigation of the predictors of executive career success. *Personnel Psychology*, 1995, 48: 485—519.

⑦ Seibert S E, Crant J M, Kraimer M L. Proactive personality and career success. *Journal of Applied Psychology*, 1999, 84(3): 416—427.

值观念。它有助于组织了解人们职业行为的内在动机,做好职业生涯的开发和管理工作。因此,对职业生涯成功的评价指标进行系统思考和深入研究是十分必要的。既然职业生涯成功包括主观和客观两方面的内容,那么对职业生涯成功进行评价时也就需要同时使用客观和主观两方面的评价指标。

关于职业生涯成功评价的研究始于 20 世纪 30 年代,其间经历了缓慢的发展过程,从事这方面研究的学者并不多。直到 20 世纪 80 年代才有越来越多的学者开始热衷于对职业生涯成功的研究。他们中有的是社会学家,有的是管理学家,也有心理学家,学者们从不同的角度对职业生涯开发及职业生涯成功进行了研究和探讨。社会学家们大多从社会经济因素和晋升等方面来看成功,而心理学家则主要关注职业满意度。[1] 在 20 世纪 90 年代初期之前,大部分文献都只是从客观方面进行评价的。Arthur 和 Rousseau 在 1996 年发现在 1980—1994 年间发表在各学科的主要杂志上的与职业生涯有关的文章中,超过 75% 是从客观的角度开展研究的。[2] 不过,从 20 世纪 90 年代中期到现在,越来越多的学者开始注意到职业生涯的二元性,并以此为基础构建职业生涯成功的评价指标,即同时从主观和客观两方面来评价职业生涯成功。[3][4][5] 2005 年,Arthur 又和其他学者一起,对 1992—2002 年间 15 种重要期刊中关于职业生涯发展方面的 68 篇文章进行了统计分析,发现 57% 的文章是从主客观两方面展开研究的。[6] 下面我们分别从客观和主观两方面对学者们的研究成果进行简单的回顾。

---

① Gattiker U E, Larwood L. Predictor for managers' career mobility, success, and satisfaction. *Human Relations*, 1988, 41: 569—591.

② Arthur M B, Rousseau D M. The boundaryless career: A new employment principle for a new organizational era. In: Arthur M B, Rousseau D M (eds). The boundaryless career. New York: Oxford University Press, 1996: 237—255.

③ Turban D B, Dougherty T W. Role of protégé personality in receipt of mentoring and career success. *Academy of Management Journal*, 1994, 37: 688—702.

④ Judge T A, Higgins C A, Thoresen C J, et al. The big five personality traits, general mental ability, and career success across the life span. *Personnel Psychology*, 1999, 52: 621—652.

⑤ Greenhaus J H. Career dynamics. In: Borman W C, Ilgen D R, Klimoski R J (eds). Comprehensive handbook of psychology. Industrial and organizational psychology. New York: Wiley, 2003, 12: 519—540.

⑥ Arthur M B, Khapova S N, Wilderom C M. Career success in a boundaryless career world. *Journal of Organizational Behavior*, 2005, 26: 177—202.

（1）对客观评价指标的研究

传统上学者们主要从客观的角度来探讨员工的职业生涯成功,所以客观方面的评价指标非常多,主要有工资或工资增长[1]、薪酬[2][3]、薪酬增长速度[4]、晋升次数[5]、晋升速度[6]、职务等级[7]。这些指标的典型特点就是可以被观察和识别,或者可以从企业的人事档案中获取得到,因此相当长的一段时间内都被学者们用来评价职业生涯成功。

然而过去的 20 年当中组织的内部环境发生了很大的变化:为了适应竞争,组织结构日益扁平化,传统金字塔式的组织结构逐渐被更广、更平坦的组织形式取代。组织从层级制度转向网络工作制,员工晋升的机会大大减少,技能培训和知识更新对职业发展的影响尤为重要。与此同时,为了节约成本,许多组织大大降低了员工的加薪幅度。所有这些变化都使得传统的职业生涯成功评价指标不再具有代表性。

为了使对职业生涯成功的客观评价更为科学,反映新的时代背景变化,近几年的研究中学者们也在传统指标之外加入了一些新的评价指标。如 Tharenou 加入了"管理幅度"指标[8],因为对于扁平化组织来说,管理幅度的增加对员工来说也是一项激励。Martins 等人加入了"自主权"指标。[9] 他们认为没有晋升并不

① Thorndike E L. Prediction of vocational success. New York: Oxford University Press, 1934.

② Ansari M A, Baumgartel H, Sullivan G. The personal orientation-organizational climate fit and managerial success. *Human Relations*, 1982, 35(12): 1159—1178.

③ Gutteridge T G. Predicting career success of graduate business school alumni. *Academy of Management Journal*, 1973, 16(1): 129—137.

④ Wayne S J, Liden R C, Kraimer M L, et al. The role of human capital, motivation and supervisor sponsorship in predicting career success. *Journal of Organizational Behavior*, 1999, 20: 577—595.

⑤ Judge T A, Cable D M, Boudreau J W, et al. An empirical investigation of the predictors of executive career success. *Personnel Psychology*, 1995, 48: 485—519.

⑥ Blake-Beard S D. The costs of living as an outsider within: An analysis of the mentoring relationships and career success of black and white women in the corporate sector. *Journal of Career Development*, 1999, 26: 21—36.

⑦ Melamed T. Career success: The moderating effect of gender. *Journal of Vocational Behavior*, 1995, 47: 35—60.

⑧ Tharenou P. Going up? Do traits and informal social processes predict advancing in management? *Academy of Management Journal*, 2001, 44: 1005—1017.

⑨ Martins L L, Eddleston K A, Veiga J F. Moderators of the relationship between work-family conflict and career satisfaction. *Academy of Management Journal*, 2002, 45(2): 399—409.

一定意味着职业生涯的停滞,在中高级职位逐渐减少的情况下,组织会更多地授权给员工,扩大其自主决策权,而自主决策权的扩大也是一种职业的进展。

(2)对主观评价指标的研究

事实上,学者们很早就认识到了客观指标的潜在缺陷。Hilton 和 Dill 在 40 年前就曾提到"众所周知,评价一个人的职业发展仅靠工资是不够的"[①]。

尽管客观指标由于其可观察性一直以来都是人们评价职业生涯成功的主要标准,不过,获得高收入和晋升机会并不必然地使人们感到骄傲或者成功。事实上,有可能会导致工作和个人的脱节及个人低落的情绪。德尔(Derr C. B.)曾因这个专题访问过一些大企业的知名管理人员,当问及他们成功的代价是什么时,他们的回答耐人寻味:在获取成功后,他们在其他方面背上了沉重的包袱,或是忙于离婚,或是穷于对付来自于家族内部的烦恼。[②] 而与客观评价指标不同,主观评价指标会发现一些很重要的职业收益——那些从个人档案或专家评价表中看不到的一些东西。

20 世纪 90 年代之前,关于主观职业生涯成功的研究可以说是凤毛麟角。最早的研究可以追溯到 Thorndike 在 1934 年把主观职业生涯成功操作化定义为工作满意度。[③] 工作满意度是指个人对于他所从事工作的一般态度。它不仅仅是指对任务,而且是对工作环境的一种态度和感情反应。在后来相当长的时间内学者们都采用了这一评价指标。[④][⑤] Judge 等人认为,那些对工作很多方面都不满意的员工很难会把他们的职业看成是成功的。[⑥]

不过使用工作满意度作为评价主观成功唯一的指标有着很大的局限性。因为尽管工作满意度可以在一定程度上代表主观职业生涯成功,它们两个仍然是在概念上有显著差别、并没有必然联系的变量。比如说,有时工作虽然令人满

---

① Hilton T L, Dill W R. Salary growth as a criterion of career progress. *Journal of Applied Psychology*, 1962, 46: 163.

② Derr C B. Managing the new careerists. San Francisco: Jossey-Bass Publishers, 1986: 2.

③ Thorndike E L. Prediction of vocational success. New York: Oxford University Press, 1934.

④ Tsui A S, Gutek B A. A role set analysis of gender differences in performance, affective relationships, and career success of industrial middle managers. *Academy of Management Journal*, 1984, 27: 619—635.

⑤ Boudreau J W, Boswell W R, Judge T A. Effects of personality on executive career success in the United States and Europe. *Journal of Vocational Behavior*, 2001, 58: 53—81.

⑥ Judge T A, Higgins C A, Thoresen C J, et al. The big five personality traits, general mental ability, and career success across the life span. *Personnel Psychology*, 1999, 52: 621—652.

意,然而缺乏未来职业发展的机会,仍然会使人缺乏职业生涯成功的感觉。在对主观职业生涯成功进行研究的过程中,有的学者加入了"职业满意度"这个指标,并将其单独使用或者与工作满意度一起来评价主观成功。Moore 指出职业满意度是未来时间导向的,包括过去与未来的规划,且范围更广,与整体生活满意度关系更直接。[①] Greenhaus 等人认为主观职业生涯成功包括对于实际的和期望的与职业有关的成就的反应,它是在一个更广的时间范围内而不是一个人的即时工作满意度,他们在研究中引入职业满意度来评价主观职业生涯成功,并开发了"职业满意度量表"。[②] 这个量表是目前应用最为广泛的职业满意度量表。不过,尽管这种标准化的测量通常能够获得较高的内部一致性水平,量表中说明的一些职业特征并不足以评价每个填写者的主观职业生涯成功。例如,标准化的量表中有题目评价应答者在纵向层级上的提升,然而对于那些越来越多的合同工、小企业业主来说,这个题目却没有太大的意义。这些人更看重他们职业的其他特征,如服务和伙伴关系。[③]

随着组织职业生涯开发和管理模式的不断创新和改变,越来越强调个人学习能力提升的重要性和个人在职业生涯设计中的自主性,这使得学者们在评价主观职业生涯成功时,加入了越来越多的因素。学者们开始关注人们从工作中得到的很多其他无形的、主观的收益,如工作的意义[④]、工作的目的[⑤]以及能为组织和社会作的贡献等[⑥]。Friedman 和 Greenhaus 对 800 位企业专业人员进行了调查,结果发现了职业生涯成功的 15 个相对重要的潜在指标。[⑦] 通过因子分析

---

① Moore B M. Satisfaction with teaching as a job and as a career. Unpublished doctoral dissertation. International Microfilms University, 1986.

② Greenhaus J H, Parasuraman S, Wormley W M. Effects of race on organizational experiences, job-performance evaluations, and career outcomes. *Academy of Management Journal*, 1990, 33(1): 64—86.

③ Aronsson G, Bejerot E, Haerenstam A. Healthy work: Ideal and reality among public and private employed academics in Sweden. *Public Personnel Management*, 1999, 28: 197—215.

④ Wrzesniewski A. It's not just a job: Shifting meanings of work in the wake of 9/11. *Journal of Management Inquiry*, 2002, 11: 230—235.

⑤ Cochran L R. The sense of vocation: A study of career and life development. Albany, NY: State University of New York Press, 1990.

⑥ Hall D T, Chandler D E. Psychological success: When the career is a calling. *Journal of Organizational Behavior*, 2005, 26: 155—176.

⑦ Friedman S D, Greenhaus J H. Allies or enemies? How choices about work and family affect the quality of men's and women's lives. New York: Oxford University Press, 2000.

把这些因素分成了五个维度:地位、自己能支配的时间、挑战、安全和社会交往。除了地位之外,其他几个因素都属于主观指标。他们的研究同时还强调了主观职业生涯成功标准相对于客观收益如声望、权力、金钱和职务晋升等的重要性。

由于对职业生涯成功的研究越来越多,评价指标也在不断完善。Arthur 等人在 2005 年对 1992—2002 年间 15 种重要期刊中关于职业生涯发展方面的文章进行了统计分析,结果表明除了工作满意度和职业满意度之外,越来越多的学者开始使用"感知到的职业生涯成功"、"社会支持"、"组织承诺"、"职业参与度"、"感知到的晋升机会"、"生活满意度"等指标来评价主观职业生涯成功。[1] 如 Boudreau 和 Boswell 在 2001 年在对经理人员职业生涯成功的评价中加入了"生活满意度"来评价内在的职业生涯成功,他们认为生活满意度可以在一定程度上反映工作-家庭平衡。[2]

(3) 主客观标准之间的相互影响

职业生涯成功的客观标准和主观标准的相互影响是学者们近期开始关注的一个问题。学者们认为,人们"并不仅仅是公司用社会的绳子操纵的木偶"[3]。他们有自主性,他们在不停地诠释和重新诠释他们的工作经历以及获得的职业生涯成功,这种相互作用始终存在。

大部分的研究都认为客观成功指标如收入、职位等会带来主观成功指标如工作满意度和职业满意度的提高。[4] 研究者们普遍认为,一个人的满意度和自我认知是对个人在公司层级中的位置和收入的主观感知结果。这种观点有以下两个依据:根据归因理论[5],人们倾向于把成功归结于内在的原因而把失败归结于外部的原因。因此,一个人客观的职业生涯成功很有可能带来积极的自我感

① Arthur M B, Khapova S N, Wilderom C M. Career success in a boundaryless career world. *Journal of Organizational Behavior*, 2005, 26: 177—202.

② Boudreau J W, Boswell W R, Judge T A. Effects of personality on executive career success in the United States and Europe. *Journal of Vocational Behavior*, 2001, 58: 53—81.

③ Van Maanen J. Experiencing organization: Notes on the meaning of careers and socialization. In: Van Maanen J (ed). Organizational careers: Some new perspectives. New York: Wiley, 1977: 18.

④ Gattiker U E, Larwood L. Predictor for managers' career mobility, success, and satisfaction. *Human Relations*, 1988, 41: 569—591.

⑤ Johns G. A multi-level theory of self-serving behavior in and by organizations. *Research in Organizational Behavior*, 1999, 21: 1—38.

知,从而增加他对自己职业的满意程度。而根据社会比较理论[1],人们也总是倾向于和别人相互比较。因为社会上普遍看重一个人的收入水平和职位等客观指标,而且这些客观指标由于其可观察性也便于进行比较。获得比别人更高的收入水平和更高的社会地位也很容易提高一个人主观成功的感觉。

尽管如此,也有学者认为主观感觉会对客观成就起到促进作用。他们指出,主观上的成功,如高的工作满意度会促使员工努力工作提高业绩,从而提高收入和职位等客观指标,不过,这方面的实证研究并不多见。但有些研究以心理学为基础,研究职业态度对职业生涯成功的影响,可以被认为是一种特殊的主观影响客观的例子,如 Orpen 关于职业态度和客观职业生涯成功关系的研究。[2]

基于前人的研究,周文霞把职业成功的评价标准概括为七种[3]:① 财富标准:认为通过工作获得更多的经济回报,发财致富是现代人成功的标志;② 晋升标准:认为职业成功就是晋升到组织等级体系高层或者在专业上达到更高等级;③ 安全标准:一些人渴望长时间的稳定和相对不变的工作,以获得职业上的安全作为成功的标准;④ 自主标准:强调职业成功就是在工作中自主自由,对职业和工作有最大限度的控制权;⑤ 创新标准:标新立异,做出别人没有做出的事情就是成功;⑥ 平衡标准:在工作、人际关系和自我发展三者之间保持有意义的平衡,才算是职业上的真正成功;⑦ 健康标准:在繁重工作的压力下依然保持身心健康就可以算得上职业成功。她同时指出,这几种职业成功的标准并不是完全独立、相互排斥的。在每个人的心目中,职业成功的标准是一个有层次的结构,与其内在的需求体系相对应。

2.2.3 职业生涯成功的影响因素

探讨职业生涯成功的决定因素无论对于组织还是个人来说都是非常感兴趣的话题。越来越多的组织鼓励员工自己管理自己的职业生涯,员工也在寻找最有效的管理方式。同时,组织为了有效地挑选和开发那些非常具有潜力的员工,

---

① Festinger L. A theory of social comparison processes. *Human Relations*, 1954, 7: 117—140.

② Orpen C. The effects of performance measurability on the relationship between careerist attitudes and career success. *Journal of Social Psychology*, 1998, 138: 128—130.

③ 周文霞. 职业成功:《从概念到实践》. 上海:复旦大学出版社,2006:42。

对职业生涯成功的决定因素一直很感兴趣。既然职业生涯对组织和个人来说都十分重要,那么很有必要了解哪些因素会影响一个人的职业生涯成功。

　　大量的实证研究已经总结出了一些对职业生涯成功有影响的因素。这些因素从性质上可以分成组织层面、个人层面和家庭层面三大方面。组织层面影响因素的研究包括导师制[1][2]、组织社会化[3]、职务类型[4]、早期职业挑战[5]和职业生涯系统[6]等;个人层面的影响因素包括人口统计变量(如性别、婚姻状况、社会地位等)、认知能力[7]、激励变量(如工作时间)[8]、人力资本变量(如受教育程度、工作经历、职业变更次数等[9])、个性[10];家庭层面的影响因素包括配偶、家庭需要、家庭结构等[11][12]。这些影响因素种类很多,本研究仅对其中几个重要的方面进行总结。

2.2.3.1　个人层面

　　(1)人口统计变量对职业生涯成功的影响。人口统计变量对职业生涯成功

①　Chao G, Walz P, Gardner P. Formal and informal mentorships: A comparison on mentoring functions and contrast with nonmentored counterparts. *Personnel Psychology*, 1992, 45: 619—636.

②　Peluchette J V E, Jeanquart S. Professionals' use of different mentor sources at various career stages: Implications for career success. *Journal of Social Psychology*, 2000, 140(5): 549—564.

③　Feldman D C. The multiple socialization of organizational members. *Academy of Management Review*, 1981, 6: 309—318.

④　Whitely W, Dougherty T W, Dreher G F. The relationship of career mentoring and socioeconomic origin to managers and professional early career progress. *Academy of Management Journal*, 1991, 34: 331—351.

⑤　Kaufman H G. Relationship of early work challenge to job performance, professional contributions, and competence of engineers. *Journal of Applied Psychology*, 1974, 59: 377—379.

⑥　London M, Stumpf S A. Effects of candidate characteristics on management promotion decisions: An experimental study. *Personnel Psychology*, 1983, 36: 241—259.

⑦　Dreher G F, Bretz R D. Cognitive ability and career attainment: moderating effects of early career success. *Journal of Applied Psychology*, 1991, 76(3): 392—397.

⑧　O'Reilly C A, Chatman J M. Working smarter and harder: A longitudinal study of managerial success. *Administrative Science Quarterly*, 1994, 39(3): 603—627.

⑨　Aryee S, Chay Y W, Tan H H. An examination of the antecedents of subjective career success among a managerial sample in Singapore. *Human Relations*, 1994, 47(5): 487—509.

⑩　Bozionelos N. The relationship between disposition and career success: A British study. *Journal of Occupational and Organizational Psychology*, 2004, 77: 403—420.

⑪　Cook A H. Work and family: Juncture and disjuncture. *ILR Report*, 1987, 25: 5—9.

⑫　Greenhaus J H. Beutell N J. Sources of conflict between work and family roles. *Academy of Management Review*, 1985, 10: 76—88.

的影响主要包括性别、年龄、婚姻状况等。① 大量的研究显示人口统计变量是客观职业生涯成功的重要决定因素。② 在这方面一个始终保持不变的研究结论是,年龄会正向地影响客观职业生涯成功。这是因为这些外在变量如收入等会随着时间的推移而增加。还有一个基本不变的研究结论是已婚的人会比未婚的人获得更高水平的客观职业生涯成功,因为婚姻意味着稳定、责任和成熟,会对个人的职业起到促进作用。另外,性别也是最受学者们关注的变量之一。从 20世纪 90 年代开始,越来越多的女性投入工作,她们的职业发展逐渐成为职业开发学者研究的热点问题。女性由于家庭的因素,职业变更的次数较多,这对于成功是极为不利的。Gerhart 的研究显示,尽管在工作经验、受教育程度、工作时间等方面都相同,女性和男性的收入差别依然很大,且女性很难进入企业的高级管理层。③ Cox 和 Nkomo 的研究也得出了类似的结论,即女性和有色人种比白人男性的职业生涯成功水平要低。④

　　(2)人力资本对职业生涯成功的影响。所谓人力资本是指存在于人体之中,后天获得的具有经济价值的知识、技术、能力和健康等质量因素之和。人力资本主要通过正规学校教育、在职培训或干中学(learning by doing)以及职业选择等方式获得。人力资本(human capital)这一概念最早出现于经济学研究之中。20 世纪 50 年代,美国经济学家舒尔茨率先提出:人们花费在教育、健康、职业训练、移民等方面的投入本身都是一种有意识的投资行为,这些投资最终形成人力资本,它与其他资本一样,都能给所有者带来相应的收益,但不能与其所有者相分离。⑤ 人力资本概念的出现突破了传统的物质资本概念,将资本扩展为一切可以带来价值增值的资源。人力资本理论认为个人对自身的投资会在劳动

　　① Tharenou P, Latimer S, Conroy D. How do you make it to the top? *Academy of Management Journal*, 1994, 37: 899—931.

　　② Thomas W H, Eby L T, Sorensen K L, et al. Predictiors of objective and subjective career success: A meta-analysis. *Personnel Psychology*, 2005, 58: 367—408.

　　③ Gerhart B C. Voluntary turnover and alternative job opportunities. *Journal of Applied Psychology*, 1990, 75: 467—476.

　　④ Cox T H, Nkomo S M. A race and gender-group analysis of the early career experience of MBAs. *Work and Occupations*, 1991, 18: 431—446.

　　⑤ 西奥多·W.舒尔茨.《论人力资本投资(1971)》.吴珠华等译. 北京:北京经济学院出版社, 1990:2。

力市场上获得回报,即这些投资会带来高的收入水平和晋升速度。① 关于人力资本对职业生涯成功的研究,从 20 世纪 80 年代到现在已经有很多了,评价指标不尽相同,但大都是从"智力"、"受教育程度"、"工作经验"、"职业变更"、"任职期限"、"培训状况"等方面来测量的。② 大部分研究都认为人力资本各变量与职业生涯成功之间是显著的正相关。③④ 不过,Wayne 等人对一个大公司在全美的几个主要经营单位进行的研究显示,并不是所有的人力资本变量都会正向地影响职业生涯成功,如员工在组织内的任期与职业生涯成功负相关。他们对此的解释是在组织中工作年限过长,员工就会到达"职业高原"期,很少有晋升的机会了。他们还有研究结论显示培训与职业满意度正相关,然而跟工资增长和晋升机会没有显著相关。因为参加培训并不意味着就能学到东西或者能够把学到的东西应用到工作当中去,因此就不一定会带来工资的增长或晋升。⑤

(3)个性对职业生涯成功的影响。个性对职业生涯成功的影响从 90 年代初才开始被注意到。Judge, Cable, Boudreau 和 Bretz 使用贯穿 60 年的美国同期群人组,考察智力和个性与外在职业生涯成功(用"工资"和"职业地位"来衡量)和内在职业生涯成功(用"工作满意度"来衡量)之间的关系,并使用了"大五人格模型"。⑥ 大五人格模型包括:神经质、外倾性、随和性、有责任心和开放性。在大五人格模型中,神经质、外倾性和有责任心三个性格特征与职业生涯成功的关系更为紧密,因此,Judge 等人在研究中主要讨论了这三种个性对职业生涯成功的影响。研究结果显示,神经质与内外在职业生涯成功负相关;责任心与内外在职业生涯成功正相关;外倾性与外在职业生涯成功正相关,但与内在职业生涯成功的关系并不显著。在所有人格中,只有责任心与内在职业生涯成功正相关,

① Becker G S. Human capital. Chicago: University of Chicago Press,1964.

② Thomas W H, Eby L T, Sorensen K L, et al. Predictors of objective and subjective career success: A meta-analysis. *Personnel Psychology*, 2005, 58: 367—408.

③ Stroh L K, Brett J M, Reilly A H. All the right stuff: a comparison of female and male managers' career progression. *Journal of Applied Psychology*, 1992, 77: 251—260.

④ Judge T A, Cable D M, Boudreau J W, et al. An empirical investigation of the predictors of executive career success. *Personnel Psychology*, 1995, 48: 485—519.

⑤ Wayne S J, Liden R C, Kraimer M L, et al. The role of human capital, motivation and supervisor sponsorship in predicting career success. *Journal of Organizational Behavior*, 1999, 20: 577—595.

⑥ Judge T A, Higgins C A, Thoresen C J, et al. The big five personality traits, general mental ability, and career success across the life span. *Personnel Psychology*, 1999, 52: 621—652.

且在不同的人生阶段(少年、青年、成年、中年、老年时期五个阶段),这些特征对职业生涯成功的作用大小有所不同。Seibert 和 Kraimer 以某大学的毕业生为研究对象对大五人格模型和职业生涯成功的关系进行了研究,得出了类似的结论。[①] Boudreau 和 Boswell 研究认为,大五人格除了直接对职业生涯成功各变量发生作用以外,还通过两个中介变量——激励因素和人力资本——对职业生涯成功产生影响。[②] Eby,Butts 和 Lockwood 的研究显示,个性会影响个人在组织中变换工作后的适应能力,另外,具有先导性(proactive)个性的人有较高的职业满意度。[③]

(4)个人成功标准对职业生涯成功的影响。成功标准也是职业生涯成功的一个重要决定因素。个人成功标准包括与同事、亲戚和朋友的比较,标准是由个人的偏好决定的。如果他认为收入很重要,那么他会努力去获取高的收入;如果他认为职务等级更重要,他会加入一个有职业发展机会的公司。[④] Landy 研究发现,如果一项成功的标准对某个人来说非常重要,那么他实现后就会获得非常高的满意程度。[⑤]

2.2.3.2 组织层面

组织层面的影响因素中,研究较多的包括组织规模和组织职业生涯管理活动。研究者发现大型组织付给员工的薪酬高于小型组织,大公司有更多的职位空缺,因此会提供更多的晋升机会。[⑥] 不过,并不是所有的研究都支持这个结论,Whitely,Dougherty 和 Dreher 认为,大公司虽然空缺岗位多,但优秀人才也多,人才竞争更为激烈,所以每个员工能获得的晋升机会并不多。[⑦]

---

① Seibert S E, Kraimer M L. The five-factor model of personality and career success. *Journal of Vocational Behavior*, 2001a, 58: 1—21.

② Boudreau J W, Boswell W R, Judge T A. Effects of personality on executive career success in the United States and Europe. *Journal of Vocational Behavior*, 2001, 58: 53—81.

③ Eby L T, Butts M, Lockwood A. Predictors of success in the era of boundaryless careers. *Journal of Organizational Behavior*, 2003, 24 (5): 689—708.

④ O'Reilly C A, Caldwell D F. The commitment and job tenure of new employees: Some evidence of postdecisional justification. *Administrative Science Quarterly*, 1981, 26: 597—616.

⑤ Landy F J. Psychology and work behavior (3rd ed). Homewood, Illinois: The Dorsey Press, 1985.

⑥ Brown C, Medoff J. The employer size-wage effect. *Journal of Political Economy*, 1989: 485—516.

⑦ Whitely W, Dougherty T W, and Dreher G F. The relationship of career mentoring and socieconomic origin to managers and professional early career progress. *Academy of Management Journal*, 1991, 34: 331—351.

另一个组织层面的因素为组织职业生涯管理活动。组织职业生涯管理(organizational career management,简称OCM)通常指的是组织为提高其员工的职业有效性而采取的各种政策和实践措施。Pazy 对 OCM 的有效性进行了研究,她将OCM 分成三类:职业生涯开发政策、促进员工职业发展的活动和为员工提供职位空缺信息。研究发现,OCM 对绩效和职业适应性的影响不显著,而对职业满意度和职业认同有着显著的影响。[①] Orpen 开发了组织职业生涯管理的量表,并以 120 位基层管理人员为研究对象,得出结论认为组织职业生涯管理活动与个人职业生涯成功显著正相关。[②]

在所有组织职业管理活动中,导师制(mentoring)是组织职业管理活动中一个非常重要的内容。Burke 和 McKeen 的研究显示,在所有的培训与开发活动中导师制对一个人的职业成功所起的作用是最大的,导师的反馈和支持有助于个人的成功。[③]

2.2.3.3 家庭层面

一些研究显示幸福的家庭生活引起高水平的工作满意度和客观职业生涯成功。[④] 所以家庭方面的影响因素也是非常重要的。这些因素主要包括家庭的社会-经济地位、家庭生活、家庭结构和工作-家庭平衡等。Pfeffer 发现家庭的社会-经济地位对一个人的职业生涯成功有显著影响。[⑤] 研究同样表明,家庭的需要会激励员工更加重视他们的收入并尽力获取高的收入[⑥],拥有坚固家庭关系的人,比那些没有这种家庭支持的人赚钱更多,工作满意度更高,生活更幸福、健

---

① Pazy A. Joint responsibility: The relationships between organizational and individual career management and the effectiveness of careers. *Group and Organization Studies*, 1988, 13: 311—331.

② Orpen C. The effects of organizational and individual career management on career success. *International Journal of Manpower*, 1994, 15(1): 27—37.

③ Burke R J, McKeen C A. Training and development activities and career success of managerial and professional women. *The Journal of Management Development*, 1994, 13(5): 53—63.

④ Kotter J P. The general managers. New York: The Free Press, 1982.

⑤ Pfeffer J. Effects of an MBA and socioeconomic origins on business school graduates' salaries. *Journal of Applied Psychology*, 1977, 62: 698—705.

⑥ Korman A K, Wittig-Berman U, Lang D. Career success and personal failure: Alienation in professionals and managers. *Academy of Management Journal*, 1981, 24: 342—360.

康。① Martins，Eddleston 和 Veiga 的研究指出,工作-家庭冲突会导致较低的职业满意度。② 另外,还有的学者研究家庭结构对职业生涯成功的影响。家庭结构包括是否结婚、有没有孩子、配偶是否有工作等。Schneer 和 Reitman 的研究显示,对于那些已婚有孩子且配偶有工作的人来说,他的工资收入会低于相同条件但配偶没有工作的人。③ 这些理论和研究证明了一个重要结论:工作和家庭生活相互影响,雇主、社会和雇员相互之间都不可忽视彼此的威胁。

第三节 社会网络在职业生涯领域研究中的应用

社会网络是一个结构的概念,它可以看成一个由某些个体(个人、组织等)间的社会关系构成的相对稳定的系统,而整个社会则是一个由相互交错或平行的网络构成的大系统。在此基础上,学者们主要考察社会网络的结构如何影响网络中的行动者。

社会网络自提出以来,在社会科学领域中的应用越来越广泛。越来越多的经济学家、社会学家和心理学家也逐渐开始运用社会网络分析的有关概念和方法研究他们各自领域中面临的问题。近年来,组织管理学界对社会网络理论也产生了非常浓厚的兴趣,越来越多商学院的学者开始使用社会网络理论分析管理学科的问题。在网络分析的概念与理论发展日益成熟、资料分析方法与技术不断进步的情况下,Tichy 强烈建议组织行为研究应该采用网络分析的观点。④

社会网络在职业生涯领域应用最早和最广泛的研究就是分析社会网络在职

① Pfeffer J, Ross J. The effects of marriage and a working wife on occupational and wage attainment. *Administrative Science Quarterly*, 1982, 27: 66—80.

② Martins L L, Eddleston K A, Veiga J F. Moderators of the relationship between work-family conflict and career satisfaction. *Academy of Management Journal*, 2002, 45(2): 399—409.

③ Schneer J A, Reitman F. Effects of alternate family structures on managerial career paths. *Academy of Management Journal*, 1993, 36, 4: 830—845.

④ Tichy N M. Networks in organizations. In: Starbuck W H, Nystrom P C (eds). Handbook of organizational design: Remodeling organiationasl and their environments. New York: Oxford University Press, 1981, 2: 225—249.

业地位获得或求职、就业中的作用,有很多这方面的研究成果①②③。除此之外,也有学者研究社会网络对组织中个人的不同方面的影响,包括权力地位④、升迁⑤、绩效⑥、离职意愿⑦、组织承诺⑧、组织依附⑨及工作满意⑩等方面。

根据本书研究的主题,我们把社会网络在职业生涯相关领域研究中的应用分为两个主要方面:一是讨论社会网络对职位获取(如求职、职业地位获得、再就业)的影响;二是讨论社会网络,特别是组织内部网络关系如导师制、领导-成员交换对职业生涯成功的影响。

2.3.1 社会网络与职业地位获得的研究

Grannovetter 在 1973 年最早进行了社会网络与职业地位的研究。他发现,当一个人在求职时,对他获得新职业真正有价值的信息不是通过与他关系密切的亲戚或朋友(强关系)来获得的,而是通过他的一般亲戚朋友(弱关系)来获得的,而且通过弱关系往往能够流动到一个地位较高、收入较丰厚的职位,通过强关系向上流动的机会则大大减少。这种现象与一般人的想象似乎正好相反,Grannovetter 称之为"弱关系力量"。⑪ 此种弱关系成为沟通不同社会群体间的

① Granovetter M S. The strength of weak ties. *American Journal of Sociology*, 1973, 6: 1360—1380.

② Bian Y. Bringing strong ties back: Indirect ties, network bridges, and job searches in China. *American Sociological Review*, 1997a, 62(3): 366—385.

③ Campbell K E, Rosenfeld R. Job search and job mobility: Sex and race differences. *Research Sociological Work*, 1985, 3: 147—174.

④ Brass D J. Being in the right place: a structural analysis of individual influence in an organization. *Administrative Science Quarterly*, 1984, 29: 518—539.

⑤ Burt R S. Structural holes: The social structure of competition. Cambridge, MA: Harvard University Press, 1992.

⑥ Sparrowe R T, Liden R C, Wayne S J, et al. Social networks and the performance of individuals and groups. *Academy of Management Journal*, 2001, 44(2): 316—325.

⑦ Krackhardt D, Porter L W. When friends leave: A structural analysis of the relationship between turnover and stayers' attitudes. *Administrative Science Quarterly*, 1986, 30: 242—261.

⑧ Watson G W, Papamacrcos S D. Social capital and organizational commitment. *Journal of Business and Psychology*, 2002, 16(4): 537—552.

⑨ Burt R S. Attachment, decay, and social network. *Journal of Organizational Behavior*, 2001, 22: 619—643.

⑩ Hurlbert J S. Social networks, social circles, and job satisfaction. *Work and Occupations*, 1991, 18: 415—430.

⑪ Granovetter M S. The strength of weak ties. *American Journal of Sociology*, 1973, 6: 1360—1380.

桥梁,并且是有价值的非重复性信息的重要来源。后续的研究也为"弱关系力量"假设提供了多种支持。[1][2]

林南是第一个对弱关系假设进行理论扩展与修正的社会学家,他指出,真正有意义的不是弱关系本身,而是弱关系所联结的社会资源(social resources)。[3]在此基础上,他提出了社会资源理论。林南认为,弱关系的作用超越了信息沟通的作用,由于弱关系联结着不同阶层拥有不同资源的人们,所以资源的交换、借用、摄取(access)都可以通过弱关系纽带来进行。社会资源的概念表明,资源不但是可以为个人所占有的,也是嵌入于社会网络中的,可以通过关系网络获取。

对弱关系假设的直接挑战来自东方社会,日本学者渡边深在 1985 年东京的调查中发现了与弱关系假设完全相反的结果。[4]他的研究显示,在搜集职业信息时,日本白领大多运用的是强关系,在职业流动中,日本白领也更多地运用强关系,且使用的关系越强,其收入、满意度越高。渡边深对此的解释是:第一,大部分日本企业是中小企业,在选择雇员时,审查手续不够严格、规范,这就为关系特别是强关系发生作用提供了条件;第二,强关系提供了更多的信任,可以优化雇佣关系,减少劳动力配置中的交易成本。

边燕杰则更进一步地提出了"强关系假设"。[5]他 1988 年在天津进行了一项求职过程的调查,目的是对 Granovetter 和林南的"弱关系力量"假设进行检验。调查结果显示,大多数被访者通过亲属和熟人找到了工作,这些熟人和他们之间的关系越熟,资源背景越高,对被访者的工作安排就越有利。他认为,在伦理本位的计划体制社会,代表着互惠义务和信任的人情关系是传递信息及影响用人者决策的重要手段。人情关系越强,最终帮助者越可能提供最大帮助,求职者获得理想职位的机会就越大。之后的一项跨国研究进一步揭示,即使在市场

① Bridges W P, Villemez W J. Informal hiring and income in the labor market. *American Sociological Review*, 1986, 51：574—582.

② McPherson M, Smith-Lovin L. Women and weak ties：Differences by sex in size of voluntary organizations. *American Journal of Sociology*, 1982, 87：883—904.

③ Lin N. Social resources and instrumental action. In：Marsden P, Lin N (eds). Social structure and network analysis. Beverly Hills, AC：Sage Publications, Inc., 1982：131—147.

④ Watanabe S, Job-searching：A comparative study of male employment relations in the United States and Japan. Unpublished Ph. D. dissertation. Department of Sociology, University of California, Los Angeles, 1987.

⑤ Bian Y. Bringing strong ties back：Indirect ties, network bridges, and job searches in China. *American Sociological Review*, 1997a, 62(3)：366—385.

经济发达的新加坡，人们也更倾向于使用强关系。① 在此基础上，边燕杰、张文宏在 2001 年进一步研究了不同经济体制背景下社会网络在职业地位获得中的不同作用。②

国内也有部分学者探讨社会网络在职业地位获得和再就业过程中的作用，但由于对社会网络与社会资本没有严格的界定，大多数学者都使用了社会资本概念，而用社会网络指标来测量社会资本。如周玉在回顾西方理论的基础上，通过实证研究分析了在对干部现任职位的影响中，起作用的主要是社会网络资源的质而不是量。在社会网络如何影响职业地位获得的研究中，关系强度对职业地位获得结果的影响常常是研究者关注的一个焦点。关键人的地位对于干部能否获得向上流动的机会以及干部的升迁速度都产生了很大的影响。③ 赵延东、风笑天通过对武汉市下岗职工再就业过程的分析，研究了社会资本在社会转型时期的作用及其变化趋势。调查表明，70% 的下岗职工在再就业过程中使用了社会网络途径。社会资本的突出作用主要表现在劳动力市场尚未建立的阶段：拥有丰富社会资本的下岗职工获得再就业的机会较大，且更可能得到质量较好的工作。随着劳动力市场的逐步建立和完善，社会资本的重要性也不断下降，主要体现在使用社会网络的下岗职工却获得了收入较低、声望较差的工作，这可能与该弱势群体的社会资本总量贫乏，且多集中于亲属、朋友的狭隘范围有关。总之，社会资本在下岗职工再就业过程中的效用受到制度背景的制约。④ 胡平等人运用社会网络和社会资本理论，对潜在社会资本、体制资本和人力资本与下岗职工再就业问题的关系进行的实证研究发现，下岗职工更多地使用强关系来寻找工作。⑤ 陈成文、王修晓利用长沙市的实证数据，探讨了人力资本、社会资本对城市农民工就业的影响。研究显示，原始社会资本（强关系）更多地与城市农

① Bian Y, Ang S. Guanxi networks and job mobility in China and Singapore. *Social Forces*, 1997b, 75 (3): 981—1005.

② 边燕杰，张文宏. 经济体制、社会网络与职业流动.《中国社会科学》, 2001(2): 77—89.

③ 周玉.《干部职业地位获得的社会资本分析》. 北京: 社会科学文献出版社, 2005: 252。

④ 赵延东，风笑天. 社会资本、人力资本与下岗职工的再就业.《上海社会科学院学术季刊》, 2000 (2): 138—146。

⑤ 胡平，张鹏刚，刘燕. 西部地区下岗职工再就业的社会资本研究.《西安交通大学学报（社科版）》, 2004(12): 39—44。

民工的生活满意度相关,而新型社会资本(弱关系)则更多地与其职业声望相关。①

从以上分析我们也不难看出,社会网络特别是与网络成员的关系强度对于个人的职业地位获得和就业具有非常重要的影响作用。

2.3.2　社会网络对职业生涯成功影响的相关研究

20世纪80年代以来,陆续开始有研究提到社会网络对于成功实现职业目标的重要性。这些研究主要包括参与网络活动对职业生涯成功的影响,社会网络规模对职业成功的影响、组织内部网络关系对职业成功的影响及社会资本对职业成功的影响等几个方面。

2.3.2.1　参与网络活动对职业生涯成功的影响

Luthans等人在他们的研究中发现,参与网络活动会提高晋升的次数。那些最成功的经理人都比他们的竞争对手多花70%的时间在人际网络活动上,多花10%的时间在日常的交流沟通活动中。② 不过,这些研究所提出的网络活动的范围都很窄,且并没有探讨网络行为跟其他职业结果如主观成功的关系。在此基础上,Forret开发了网络行为的量表,包括五种类型的网络行为,如维持关系、社交活动、参与专业活动、参与各类团体活动和提高曝光率,并通过对一个州立大学商学院1 180名毕业生的调查,得出结论认为,参与更多的网络活动会使得个人获得更高的收入、更多的晋升机会和更高的职业生涯成功的感知。③

2.3.2.2　社会网络规模对职业成功的影响

Saxenian开展了一项针对硅谷专业人才的个案研究,肯定了具有非冗余社会网络(non-redundant networks)对于雇员的帮助作用。④ Podolny和Baron通过研究发现,个人在组织中的非正式网络联系越多,他获得的信息和资源就越多,

---

① 陈成文,王修晓.人力资本、社会资本对城市农民工就业的影响——来自长沙市的一项实证研究.《学海》,2004(6):70—75。

② Luthans F, Hodgetts R M, Rosenkrantz S A. Real managers. Cambridge, MA: Ballinger, 1988.

③ Forret M L, Dougherty T W. Correlates of networking behavior for managerial and professional employees. *Group & Organization Management*, 2001, 26(3): 283—311.

④ Saxenian A L. Regional advantage: Culture and competition in silicon valley and route 128. Cambridge, MA: Harvard University Press, 1996.

晋升的可能性就越大。① 还有学者的研究显示,尽管网络因强度和数量不同有差异,但只要有网络存在,就会促进成功的感觉并为个人提供支持。②③

2.3.2.3 组织内部网络关系对职业成功的影响

从组织内部来看,员工的人际网络中有两种重要的关系形式,即员工与导师间的关系网络、员工与领导间的关系网络。因此,导师制和领导-成员交换关系也是组织内部社会网络的两种典型形式。一些学者特别研究了导师制、领导-成员交换关系对员工职业成功的影响。

(1) 导师制

导师制又称指导关系,指的是"年长的指导者和年轻的被提携者之间共享的一段特别亲密的关系,指导者的权力地位、资源、信息能最大限度地促进被提携者的职业发展"④。

大多数的导师制研究表明导师制与员工的工作和职业满意度呈正相关。Burke 等人认为导师的反馈和支持有助于个人的成功。⑤ Dreher 和 Ash 研究发现,那些拥有更广泛的指导关系的人得到了更多的提升、更高的薪水,并有更高的职业满意度。⑥ 而 Chao,Walz 和 Gardner 通过相关分析也发现职业指导与员工工作满意度之间有着较高的相关性。⑦ Kram 指出,指导者在指导过程中主要为指导对象提供了两大方面的支持:职业相关支持和心理社会支持。前者是由于指导者通常职位较高、组织影响力较大而且经验丰富,可以帮助被提携者适应组织和工作,使其尽早顺利地完成组织社会化过程,从而可以提高个体的职业客

① Podolny J M, Baron J N. Resources and relationships: Social networks and mobility in the workplace. *American Sociological Review*, 1997, 62: 673—693.

② Keele R. Mentoring or networking? Strong and weak ties in career development. In: Moore L (eds). Not as Far as You Think: The Realities of Working Women. Lexington, MA: Lexington Books, 1986: 53—68.

③ Granovetter M S. Economic action and social structure: The problem of embeddedness. *American Journal of Sociology*, 1985, 91(3): 481—510.

④ Burke R J, McKeen C A. Training and development activities and career success of managerial and professional women. *The Journal of Management Development*, 1994, 13(5): 53—63.

⑤ Burke J R, McKeen C A, McKeena C. Correlates of mentoring in organizations: The mentor's perspective. *Psychological Reports*, 1993, 72: 883—896.

⑥ Dreher G F, Ash R A. A comparative study of mentoring among men and women in managerial, professional, and technical positions. *Journal of Applied Psychology*, 1990, 75: 539—548.

⑦ Chao G, Walz P, Gardner P. Formal and informal mentorships: A comparison on mentoring functions and contrast with nonmentored counterparts. *Personnel Psychology*, 1992, 45: 619—636.

观绩效,促进被提携者在组织中的晋升。这一功能又可以从 5 种具体的指导角色体现出来的:赞助(sponsorship)、展露(exposure and visibility)、教导(coaching)、保护(protection)和挑战性工作(challenging assignments),这些指导角色都以任务为导向,直接指向被提携者的工作行为。另一方面,Kram 还发现,指导者还提供心理上的支持,即有效地提高员工个体的能力感、同一性和职业角色效能,并增加员工对组织的满意度以及承诺,降低员工的离职倾向,从而有利于组织管理的连续性、提高组织的绩效。这项功能同样也通过 4 种具体角色体现出来:角色榜样(role model)、接纳和认可(acceptance and confirmation)、咨询(counseling)和友谊(friendship)。① Kram 的两维度模型得到了许多学者的研究证实。

Aryee,Wyatt 和 Stone 对香港 432 名具有研究生学位的全职员工进行的研究显示,职业导师制与工资水平无明显相关,而对晋升次数、职业满意度却有显著的正向影响。② Wayne 等人的研究显示,导师制与晋升机会正相关。③ Godshalk 则发现受到指导的员工能对工作投入更多的精力和热情,建立远大的职业抱负。④ Nielson 则指出,处于指导关系下的员工往往会知觉到较少的工作-家庭冲突。⑤ Eby,Butts 和 Lockwood 结合无边界职业生涯时代背景,将职业生涯成功的预测因素分成三大类,即"知道为什么"(knowing why)、"知道谁"(knowing whom)、"知道怎么做"(knowing how)。其中,"知道谁"包括三个方面:有没有导师、组织内部的人际关系网络、组织外部的人际关系网络。研究结果显示,"知道谁"包含的三个指标都是职业生涯成功重要的预测因素。⑥ 导师制和在组织

---

① Kram K E. A relational approach to career development. In: Hall D T, Associates (eds). The career is dead-Long live the career. San Francisco: Jossey-Bass Publishers, 1996: 132—157.

② Aryee S, Wyatt T, Stone R. Early career outcomes of graduate employees: The effect of mentoring and ingratiation. *Journal of management studies*, 1996, 33: 95—118.

③ Wayne S J, Liden R C, Kraimer M L, et al. The role of human capital, motivation and supervisor sponsorship in predicting career success. *Journal of Organizational Behavior*, 1999, 20: 577—595.

④ Godshalk V M, Sosik J J. Aiming for career success: The role of learning goal orientation in mentoring relationships. *Journal of Vocational Behavior*, 2001, 59(3): 364—381.

⑤ Nicholson N. Purgatory or place of safety? The managerial plateau and organizational age grading. *Human Relations*, 1993, 46: 1369—1389.

⑥ Eby L T, Butts M, Lockwood A. Predictors of success in the era of boundaryless careers. *Journal of Organizational Behavior*, 2003, 24 (5): 689—708.

内具有广泛深入的网络与感知的外部市场竞争力相关,组织外的网络与感知到的内部市场竞争力相关。Allen 等人在 2004 年对 43 项研究结果进行元分析发现,处于指导关系下的员工不仅晋升更快、薪水更高,能较快地适应组织环境,工作效率更高,而且还拥有较高的组织承诺和工作满意度,其离职意愿也较低。[1]

(2) 领导-成员交换关系

领导与成员之间的交换关系(leader-member exchange)指上下级之间在特定工作关系基础上建立的社会交换关系,是社会网络的一个重要部分。领导-成员交换包含上下级之间的交换和上下级之间的关系两重含义。"交换"主要指上下级之间的经济交换,如下级为上级领导努力工作,领导对下属员工的业绩有较高的评价,使下属员工得到较高的经济报酬。"关系"主要指上下级之间长期的社会交换关系。根据社会交换理论,如果交往的一方得到另一方的好处,就会认为自己有回报对方的义务。交往双方会在互惠互利的交换过程中形成一种稳定的关系。美国学者乔治·格雷恩(George Graen)和詹姆斯·F.卡舒曼(James F. Cashman)最早研究了西方企业内部上下级关系。他们发现,有些领导用不同的方式对待不同的下属。他们将某些下属看成可信任的内团体成员,而将另一些下属看成是外团体成员。与外团体成员相比,内团体成员与领导关系较好,得到领导更多的工作支持和利益。[2]

欧美学者的大量实证研究结果表明,领导-成员交换关系影响员工的工作满意、上级领导对下属的业绩评估、下属员工的职务晋升决策。[3][4] 领导-成员交换

① Allen T D, Eby L T, Poteet M L, et al. Career benefits associated with mentoring for protégés: A meta-analysis. *Journal of Applied Psychology*, 2004, 89(1): 127—136.

② Graen G, Cashman J F. A role-making model of leadership in formal organizations: A developmental approach. In: Iiunt J G, Larson L L (eds). Leadership frontiers. OH: Kent State University Press, 1975: 143—165.

③ Dansereau F, Graen G, Haga W J. A vertical dyad linkage approach to leadership within formal organizations: A longitudinal investigation of the role making process. *Organizational Behavior and Human Decision Process*, 1975, 13: 46—78.

④ Scandura T A, Schriesheim C A. Leader-member exchange and supervisor career mentoring as complementary constructs in leadership research. *Academy of Management Journal*, 1994, 37: 1588—1602.

关系也会影响下属员工的组织公民行为[1]、下属员工对企业的归属感。[2] 还有研究显示,与领导交换关系较差的员工更可能离职。[3]

关于领导-成员交换与职业提升等方面的研究也不在少数。Dienesch 和 Liden 的研究表明,高质量的领导-成员交换意味着领导和下属之间高度的信任、支持和相互影响。有了上级的支持,下属很有可能会取得高水平的业绩,最终实现职业生涯成功。[4] Wayne 等人在研究当中首次考察领导-成员交换与职业满意度的关系。[5] 他们的研究在排除了人力资本和激励的影响后,结果显示领导-成员交换与职业生涯成功的三个指标(包括工资增长、上级评价的晋升可能性和员工的职业满意度)显著相关。他们的研究还表明,在好的领导下属关系中,下属很有可能会分享上级社会网络中的核心成员。从本质上来讲,下属自己的网络通过直接上级已经建立的关系可以得到扩大。而根据 Burt 的研究,那些跟当前工作群体之外的组织核心成员建立联系的员工晋升的几率会提高。[6]

2.3.2.4 社会资本对职业生涯成功的影响

近几年来学者们开始注意到社会网络中所蕴藏的资源即社会资本对于职业生涯成功的影响。而首次从社会资本的角度考察对职业生涯成功影响的是Burt。他在研究当中指出,社会资本可以提高行动效率,如加速信息交换、降低交易成本等,特别是当人力资本与财力资本充裕的情况下,社会资本往往是个人

① Hui C, Law K S, Chen Z X. A structural equation model of the effects of negative affectivity, leader-member exchange and perceived job mobility on in-role and extra-role performance: A Chinese case. *Organizational Behavior and Human Decision Processes*, 1999, 77: 3—21.

② Green S G, Anderson S A, Shivers S L, et al. Demographic and organizational influences on leader-member exchange and related work attitudes. *Organizational Behavior and Human Decision Processes*, 1996, 66 (2): 203—214.

③ Graen G, Novak M A, Sommerkamp P. The effects of leader-member exchange and job design on productivity and satisfaction: Testing a dual attachment model. *Organizational Behavior and Human Performance*, 1982, 30: 109—131.

④ Dienesch R M, Liden R C. Leader-member exchange model of leadership: A critique and further development. *Academy of Management Review*, 1986, 11: 618—634.

⑤ Wayne S J, Liden R C, Kraimer M L, et al. The role of human capital, motivation and supervisor sponsorship in predicting career success. *Journal of Organizational Behavior*, 1999, 20: 577—595.

⑥ Burt R S. Structural holes: The social structure of competition. Cambridge, MA: Harvard University Press, 1992.

脱颖而出的制胜关键。① 在前人研究的基础上，Seibert，Kraimer 和 Liden 以一所大学的 448 名校友为研究对象，从实证的角度首次较为全面地考察了社会资本对职业生涯成功的作用机制。他们整合了社会资本的三个代表理论：弱关系理论、结构洞理论和社会资源理论，构建了一个职业生涯成功的社会资本理论模型，考察了网络结构最终影响职业生涯成功的作用过程。结论显示，员工的职业生涯成功其实是受到社会网络中所蕴涵的网络利益(获取信息、获取资源和职业支持)的影响。②

在国内，王忠军在 Seibert 等人研究的基础上，建立了社会资本对于职业成功关系的中介模型。他使用了组织内竞争力、组织外竞争力和职业满意度三个指标来测量职业生涯成功，并从网络规模和网络差异两方面考察网络的结构特征，探讨社会网络结构对网络中资源的影响，进而影响职业支持和职业生涯成功。实证结果显示，他的假设基本都得到了支持。③ 此外，学者们还探讨了社会资本对职工收入的影响。如边燕杰使用 1999 年中国五城市问卷调查的数据，研究社会资本对提高个人和家庭的主客观社会经济地位的作用。研究发现，社会资本在客观上会为居民带来收入的回报，而主观上将提高居民自我社会经济地位的评估。④ 彭巍探讨了经济转型期人力资本和社会资本对职工收入影响的关系，他通过实证研究发现，职工的人力资本与收入水平高度相关，在社会资本方面，职工人际交往的广度与其收入水平显著正相关，而人际交往的深度与职工收入水平呈微弱的正相关。⑤

总的来说，虽然国内外学者探讨社会网络或社会资本对职业成功影响的研究并不算少，但是已有研究中并没有充分考虑到社会网络的结构和关系对于职业成功的作用差异，也没有深入地探讨两者之间的具体作用过程。尽管如此，已有的研究结论还是可以为我们提供很多的借鉴。

---

① Burt R S. The contingent value of social capital. *Administrative Science Quarterly*, 1997, 42(2): 339—365.

② Seibert S E, Kraimer M L, Liden R C. A social capital theory of career success. *Academy of Management Journal*, 2001b, 44(2): 219—237.

③ 王忠军. 企业员工社会资本与职业生涯成功的关系研究. 华中师范大学硕士学位论文,2006。

④ 边燕杰. 城市居民社会资本的来源及作用:网络观点与调查发现.《中国社会科学》,2004(3): 136—146。

⑤ 彭巍. 经济转型期人力资本和社会资本对职工收入影响的社会学研究.《海南师范学院学报(社会科学版)》,2003(1): 99—103。

第四节　研究评述

通过以上的文献回顾,我们不难看出,关于职业生涯成功影响因素的研究在国外得到了较多的重视,学者们界定了职业生涯成功的含义,并伴随着社会的发展不断扩展职业生涯成功的评价指标,对职业生涯成功的影响因素进行了比较广泛而深入的研究,并且对于社会网络对职业生涯成功的影响方面也做了一些相关的探讨,取得了一些成果。

尽管国外学者们对职业生涯影响因素的研究已经开展得非常广泛,但是在中国背景下的研究却很少。国外的经验研究在国内的适用性如何,他们的研究结论在国内是否依然有效等,需要中国背景下实证数据的检验。

在职业生涯成功的评价标准方面,虽然学者们结合时代背景提出了一些新的指标,但这些指标的应用还仅限于一两篇文章,并没有被学者们普遍使用,因此指标的广泛适用性还需要进一步的检验。此外,国内学者对于职业生涯成功的研究大多局限在理论方面的探讨,如龙立荣提出了在知识经济时代背景下职业生涯成功的新标准,并以自我职业生涯管理为前提,提出了帮助人们实现职业生涯成功的一般策略和特殊策略。[①] 周文霞对国外职业成功标准进行了介绍并对职业成功评价标准进行了一些理论上的探讨。[②] 她的著作《职业成功:从概念到实践》可以说是国内职业生涯成功领域比较领先的成果,书中对职业成功内涵、标准、影响因素及与其他职业变量的关系进行了理论上的分析和探讨。[③]

另外,虽然国外部分学者也进行了社会网络对晋升、收入等职业结果影响的探讨,但相对而言,已有研究对个人社会网络的影响探讨不够深入。这些研究并没有深入探讨社会网络对于职业结果具体的作用机制,且在指标的测量上也采取了较为简单的方式,如对于社会网络的测量往往局限于网络规模和数量,对于

---

① 龙立荣. 知识经济时代的职业生涯成功及策略.《外国经济与管理》,2004(3):19—23。
② 周文霞. 职业成功标准的实证研究与理论探讨.《经济与管理研究》,2006(2):59—62。
③ 周文霞.《职业成功:从概念到实践》. 上海:复旦大学出版社,2006。

网络结构维度的指标如网络异质性、网络密度等指标对于职业结果的影响并没有深入的探讨;对职业结果的评价也往往采用一两个客观指标,如晋升等,不能全面地反映职业发展的整体状况。不过,社会网络对于职业成功的影响已经开始得到中国学者的重视,王忠军在他的硕士论文中参照 Seibert 等人的研究提出了类似的假设模型,并在此基础上对社会资本与职业成功的关系进行了实证研究。①

国内外学者们的研究给予我们很好的借鉴和启发。但是,由于文化的特殊性,在我国背景下开展职业生涯成功的研究可能会得出一些不同于国外研究的结论。

(1) 我国企业员工(包括管理人员)职业生涯成功标准可能会有所不同。在中国背景下,人们对职业生涯成功的看法可能会具有一定的特殊性。大部分中国人非常重视客观职业生涯成功,首先表现在"官本位"思想的根深蒂固上。中国古代就有"学而优则仕"的惯例,封建社会的人才选拔制度和封建等级差别造就了"官本位"思想。直到现在,"官本位"思想也依然体现在社会生活的各个方面。而 Hofstede 的研究也显示,中国是一个具有非常高的权力距离的国家。②"官大一级压死人"等思想的影响使得很多人盲目追求高的官职。因此,在中国人的职业生涯成功评价指标中,"职位"应该会是一个非常重要的因素。另外,中国文化与西方文化在对待家庭问题上有着很大的差异。中国的家庭成员之间关系的一个主要的内容是互尽义务。"孝亲慈幼"一直是中国人家庭关系的一个核心价值取向。很多人为了让家人过上好的生活,为了给家族争光而努力发展自己的事业。由此可见,对职位的追求和看重家庭可能是中国管理人员评价职业生涯成功时比较看重的指标。另外,管理人员的工作性质和特征相对于其他群体有一定的不同,其职业生涯成功的标准可能又会表现出一定的差异性。

(2) 社会网络对于职业生涯成功的影响可能会有所不同。比较国内外学者关于社会网络在职业生涯领域研究的结论,我们不难发现,在社会网络对职业生涯影响的作用机理上会有所差别,比如,网络规模是不是越大越好? 与网络成员的关

---

① 王忠军. 企业员工社会资本与职业生涯成功的关系研究. 华中师范大学硕士学位论文,2006。

② Hofstede G. Culture's consequences: International differences in work-related values. Beverly Hill, CA: Sage, 1980.

系强度对个体职业地位的影响有何区别？如边燕杰基于华人文化背景的研究就得出了与国外学者不同的结论。[1] 另外，网络中的利益会对管理人员的职业成功有什么差异化的影响？这些都是我们感兴趣的问题，也是我们研究的出发点所在。

因此，借鉴国外的研究方法，结合我国背景，进行相关的理论和实证研究，是非常有必要的。本书拟通过调查获取一手研究数据，实证分析在我国的文化背景下社会网络对管理人员职业生涯成功的具体作用机理。

---

① Bian Y. Bringing strong ties back：Indirect ties，network bridges，and job searches in China. *American Sociological Review*，1997a，62(3)：366—385.

第三章 企业管理人员的社会网络及职业生涯成功评价指标

该章的主要目的包括两个方面:其一,基于我国文化背景和管理人员的工作性质,分析不同经济发展阶段下企业管理人员的社会网络特征,确定企业管理人员社会网络的构成。其二,通过文献分析、理论分析和调查研究,确定我国企业管理人员职业生涯成功的评价指标。为了明确我国企业管理人员职业生涯成功评价指标,本书从两个方面开展研究:首先,基于文献总结和理论分析,总结企业管理人员可能的职业生涯成功评价指标。然后,通过对企业管理人员的访谈和问卷调查,在诸多的可能评价指标中明确这一群体的职业生涯成功评价指标。

第一节 企业管理人员的社会网络

3.1.1 中国文化背景下社会网络的重要性

在中国文化背景下,社会网络往往会被理解为人际关系、关系网络等。事实上,人与人之间的关系本身就是社会网络的组成部分。中国社会自古就强调人与人之间的相互依赖和相互合作。维系中国社会秩序的基本骨架——儒家思想中就有完整的人际关系理论。概括来说主要表现在:"仁爱"是人际关系的核心,"礼"是整合人际关系的手段,宗亲关系是人际关系的出发点,整体主义是儒家在处理人己、群我关系的主导原则。[1] 儒家伦理的基本假设便是人生存在各种关系之上,人与人之间的关系网相互交叉便构成和谐的社会秩序。中国人在人际交往时往往以身份来决定交往的法则,表现为重视关系、依赖关系的取向。

---

[1] 吴娅丹,赖素莹. 20 世纪 90 年代以来的中国人际关系研究.《兰州学刊》,2006(3):166—169.

在现代社会,中国人仍然非常注重人际关系的营造,并以"关系基础"为构建人际关系的前提。人际往来和关系网的编织,也依然是当代中国人日常生活中的重要事项。主要原因有以下几点:

第一,重视关系是传统文化的遗传。正如梁启超所说:"中国哲学注重人与人的关系","无论何时代何宗派之著述,未尝不归结于此点。"①"注重人与人的关系"这一文化传统,在当今被继承下来,成为当代中国人生活中的重要事项。黄光国的问卷调查表明,当代人的"社会价值观"中有高负荷量的项目多是源自传统,是人用以处理人际关系的价值,包括:仁爱、廉洁、诚恳、良心、知耻、爱护幼小、修养、谦虚、知己之交、信用等。不管"社会价值观"来源于传统还是现代,年轻人都能够将之糅合在一起,给予同等的重视,并以之作为个人与他人互动的规范。② 可见,传统的文化价值观至今仍然影响着当代人的人际交往,使人们更加注重人际关系的营造。

第二,中国人有注重人际关系的人格特征,这一点也得到了实证研究的证实。王登峰等人从描述人格特点的形容词入手,最后确定了中国人的人格结构是由外向性、善良、情绪性、智慧、人际关系、行事风格以及处世态度七个维度构成的。③ 他们的研究结果还证实,他人指向的特点是描述中国人人际关系状况的有效指标。西方人的人际关系有"远近"和"上下"的特点,而在中国人的人际交往中,处于支配地位的人,其"支配"的作用也会受到"远近亲疏"的影响。

第三,当今中国社会的社会流动加大,社会风险因素不断增加,也强化了人们寻求人际庇护的求安全心理。于是人们不断地寻找自以为可靠的各种各样的人际关系对自己加以保护。人们普遍认为,加入了一定的人际关系网络,成为"圈内人",才不会被人冷淡、歧视和欺骗,才能获得心理上的安全感,也由此可以满足人们的归属需要。

第四,中国的市场经济处在初级阶段,制度和体制有许多不完善之处,这也为一些人钻营关系、利用关系提供了机会,而那些因为不善于营造关系的人可能

① 梁启超.《饮冰室合集·专集(卷二)》. 北京:中华书局,1989。
② 黄光国. 儒家价值观的现代转化:理论分析与实证研究. 载:乔健,潘乃谷.《中国人的观念与行为——第四届现代化与中国文化国际研讨会论文集》. 天津:天津人民出版社,1995:174—200。
③ 王登峰,崔红. 编制中国人人格量表(QZPS)的理论构想.《北京大学学报(哲学社会科学版)》,2001(6):23—28。

会四处碰壁,并由此知晓了维系和营造关系的重要性。于是,"注重人与人的关系"的传统在当代就有了承续的机遇和平台,因此当代中国人也同样在孜孜不倦地营造各种各样的关系。当然,这种营造毕竟会因为时代的变迁以及文化的熔变有所变异。

人际关系的特性也使得人与人之间的信任表现出一定的特殊性。中国人的信任是一种以人与人之间的关系为基础而建立起来的信任,关系的亲疏远近和关系中的亲密情感与利益互惠对中国人相互之间信任的建立具有重要和显著的影响。中国人之间的信任以人们相互之间的关系为依据,信任的边界也随关系的亲疏远近而划定,Hui,Law 和 Chen 研究调查发现,在中国开展业务,私人关系至关重要。① 我国台湾地区的学者陈介玄和高承恕认为,中国人的信任感是由人际关系衍生出来的"人际信任",中国人往往更信任亲近、熟悉的人。这是一种针对特定个人而衍生的个人信任,是由"亲"而"信"。② 韦伯认为,"在中国,一切信任、一切商业关系的基石明显地建立在亲戚关系或亲戚式的纯粹个人关系上面"③。福山也研究指出,中国属于低信任度区,信任只存在于血缘关系上。④

3.1.2 企业管理人员的工作性质

明茨伯格在《经理工作的性质》一书中提出了有效的管理者应该扮演的十种角色,他把这十种角色分为三大类:人际关系方面的角色(包括挂名首脑、联络者和领导者三种角色)、信息方面的角色(包括监听者、传播者和发言人三种角色)和决策方面的角色(包括企业家、故障排除者、资源分配者和谈判者四种角色)。这十种角色是一个相互联系、密不可分的整体。人际关系方面的角色产生于经理在组织中的正式权威和地位,这又产生出信息方面的三个角色,使他

① Hui C, Law K S, Chen Z X. A structural equation model of the effects of negative affectivity, leader-member exchange and perceived job mobility on in-role and extra-role performance: A Chinese case. *Organizational Behavior and Human Decision Processes*, 1999, 77: 3—21.

② 陈介玄,高承恕. 台湾企业运作的社会秩序:人情关系与法律.《东海学报》,1991(32):219—232。

③ 马克斯·韦伯.《经济与社会》. 林荣远译. 北京:商务印书馆,1998。

④ 弗兰西斯·福山.《信任:社会道德与繁荣的创造》. 呼和浩特:远方出版社,1998:107—114。

成为某种特别的组织内部信息的重要神经中枢,而获得信息的独特地位又使经理在组织中作出重大决策(战略性决策)的过程中处于中心地位,使其得以担任决策方面的四个角色。由此可见,处理人际关系是管理者工作中非常重要的方面。[①]

管理人员的工作具有以下特点:首先,管理人员的时间一般容易"属于"别人。他们的工作在很多情况下都是跟人打交道。管理人员处于企业领导层和执行任务的员工之间,一方面直接管理下属的基层管理者和员工,另一方面则直接向高层管理者负责。除了上司和下属外,管理人员还可能会跟政府、分销商、顾客、股东、竞争对手、原料供应商、劳动力市场、工会组织和企业内的各种团体发生复杂而积极的联系。其次,管理人员作为企业的核心员工,对企业的重要业务负有相当大的责任。他们在组织中起着"上传下达"的作用,企业的领导层作出决策以后,往往要按照既定计划将目标分解到各个部门和经营单位。管理人员要将本部门(单位)所承担的目标责任演化成具体的任务,并进行可能的再分解,落实每一个任务项目。因此,他们的工作任务相对较重,总是有大量的工作,空闲时间很少。再次,他们的工作活动具有简短性、多样性和琐碎性,如参加各种会议,阅读顾客的来信,浏览同业组织的报告,从各种联系和下属那里获得各种意见,用几种联系工具——口头的(电话、会晤)、书面的(文件)和观察性的(视察)——与外界发生联系。另外,管理人员还承担着一定的吸引、保留和发展骨干人才,创建高绩效团队和组织文化,协调与其他部门的关系,改进和发展客户服务与满意度,对部属进行指导、训练和帮助的职责。

Luthans,Hodgetts 和 Rosenkrantz 的研究表明,成功的管理者(以在组织中晋升的速度作为标志)花费 48% 的时间在网络联系上,远远高于一般管理者。同时成功的管理者比他们的竞争对手多花 70% 的时间在人际网络活动上,多花 10% 的时间在日常的交流沟通活动中。[②] Carroll 和 Teo 考察了管理人员和非管理人员社会网络的特征。他们的研究表明,管理人员比非管理人员更有可能参加俱乐部和社团,接触到更多不同类型的人。相应的,比起其他类型的员工,管

---

① 亨利·明茨伯格.《经理工作的性质(1973)》.孙耀君译. 北京:团结出版社,2001:74—97。
② Luthans F,Hodgetts R M,Rosenkrantz S A. Real managers. Cambridge,MA:Ballinger,1988.

理人员的职业发展和成功更可能受到社会网络的影响。① 石秀印的研究显示,社会网络和社会环境对于中国企业家的成功有着非常重要的作用。② 李彬认为,在现代中国社会里,生意的运作其实就是关系的运作,关系网络也是一种生产力,拥有良好的关系网络,就等于拥有了信息的交流、症结的舒解和相互利益的增进。关系网络甚至还可以作为资金与资源的替代。③ 显然,从以上分析可以看出,管理人员的工作性质决定了其从事社会网络活动成为不可忽视的重要方面。

3.1.3 不同经济发展阶段下企业管理人员的社会网络特性

我国社会在传统上重视人际网络,我国文化以关系为核心,强调在和他人相处中实现自身的发展。管理人员的工作性质决定了其从事的社会网络活动成为不可忽视的重要方面。在不同的经济发展背景下,管理人员社会网络的表现形式有所不同。一般认为,新中国成立后中国经济发展经历了计划经济时代、计划为主市场为辅的双轨制时代和市场机制占主导地位的转型经济时代三个不同的阶段。④ 尽管不同的经济阶段有着不同的特征,但在每个阶段,由于正式制度的不健全,作为非正式制度的社会网络在社会资源的配置和地位的获得中,都有着特殊和重要的作用。不同的是,每个阶段由于经济发展背景不同,管理人员的社会网络会表现出较大的差异:

(1) 在高度集权的计划经济时代,资源匮乏,为了尽快建立相对完善的社会主义工业经济体系,国家采取计划的形式,对整个社会资源进行统一调配。在这种情况下,企业实际上充当的是国家生产车间的角色,企业按国家下达的生产计划,在企业内部组织生产。按质、按量和按时地完成国家下达的任务,成为企业首要乃至全部目标。由于企业不直接面对市场,更多的只是面对行政上的指令,企业管理人员的社会网络表现出当时的特殊性:高层管理人员在企业外部人际

① Carroll G R, Teo A C. On the social networks of managers. *Academy of Management Journal*, 1996, 39(2): 421—440.

② 石秀印. 中国企业家成功的社会网络基础.《管理世界》,1998(6): 187—208。

③ 李彬. 生意与人际关系.《社会》, 1997(1): 25—29。

④ 边燕杰, 张文宏. 经济体制、社会网络与职业流动.《中国社会科学》,2001(2): 77—89。

交往的对象集中表现为行政官员,而一般的企业管理人员人际交往的对象则会集中表现在公司内部。因此,相对而言,企业管理人员的社会网络具有单一性,而且网络中的成员相互之间较为熟识,成员的性质也较为类似。此外,由于在当时的社会经济环境下,企业的用工制度具有强烈的计划经济色彩,人员的职业流动较小,管理人员的社会网络成员相对较为稳定,网络成员之间的联系可能较为紧密。

(2) 1978 年以后,我国的企业相继进行了放权让利、利改税、市场深化、承包责任制的改革。国家对企业的管理方式发生了转变,企业的自主权得到了扩大,企业间交易日益增多。① 企业的眼睛不再仅仅盯着政府,逐渐扩大到市场。由于市场的繁荣发展,人们参与的经济活动也较为活跃,有了更多的社会交往。企业管理人员的社会网络发生了一定的变化:社会网络的范围从传统的企业内部或家庭逐渐扩大到企业和家庭的外部,社会交往人群的行业、工作、角色也逐渐变得复杂化,网络中成员的差异性明显增加。而且由于社会网络范围的扩大、成员差异性的增加,管理人员和网络成员中的关系的紧密程度也逐渐发生了变化,"非亲非故"的人逐渐变多。

(3) 1992 年,党的"十四大"明确提出了我国经济体制改革的最终目标是要建立完善的社会主义市场经济体制。经济体制改革已由原来的利益调整上升到制度创新。企业经营的环境发生了根本性的变化,企业由原来政府的附属物逐步成为自主经营、自负盈亏、自我发展、自我约束的微观经济主体,企业的自主权进一步扩大和增强。企业未来发展方向和道路的选择以及生产经营任务的安排,都是企业根据自身对市场信息的理解由自己作出的,并承担着相应的决策和经营风险,企业经营的约束和压力机制增强。市场经济体制发展的成熟,人们的各种自由交往也与日俱增。企业面对市场,不仅仅表现在高层管理者面对市场,企业一般的管理人员的社会网络也从"对上面对主管、对下面对员工"局面变化为"对内面对同事、对外面对客户和竞争对手",网络的范围明显扩大,而且网络成员的性质各不相同,形形色色,各种职业、各个行业、各个地区都可能存在。另一方面,由于经营管理的需要,加上市场经济条件下人员的职业流动加速,管理人员自身和网络成员的关系紧密程度也各不相同,而且其网络成员之间不再熟

---

① 张晖明.《中国国有企业改革的逻辑》.太原:山西经济出版社.1998:15—26。

悉甚至很陌生。因此,可以说,社会网络作为一种非正式的社会机制,变得越来越多元化、丰富化和个性化,社会网络对个人的影响也变得更广泛、深入。

由此可见,在不同的经济发展时期,社会网络活动都是管理人员经营管理工作中的一个重要方面,不过,不同阶段企业经营活动的特点决定了管理人员社会网络的特征有着很大的差别。

3.1.4 企业管理人员的社会网络构成

从管理人员的工作性质中我们可以看出,企业管理人员经常面对各种各样的群体,跟不同类型的人打交道,以他们本人为中心可以形成多种形式复杂的社会网络。而且,在不同的经济发展阶段,管理人员的社会网络表现出不同的特点。不过,无论是什么样的社会网络,我们都可以从以下四个方面来描述其构成状况:

(1) 网络规模(network size)。网络规模指构成企业管理人员社会网络的成员数目,是反映其社会网络资源拥有程度的重要指标。社会网络规模是测量一个人的社会资源拥有程度的一个重要指标。与其他性质的员工相比,企业管理人员在组织中管理、协调的工作性质决定了他们有着相对更大、更丰富的社会网络规模。

(2) 网络密度(network density)。网络密度又称网络紧密度,是指网络成员相互认识的对数占最大可能相识的成员对数的百分比。[1][2] 网络密度是评价网络成员之间相互关系程度的一个重要指标。社会网的紧密程度对人们态度的形成和行为的发生发挥着重要的影响作用。对于管理人员来说,他的社会网络密度相对于普通员工来说会更小。因为管理人员经常面对的是不同的群体,接触的人各种各样,有组织内部不同部门的,也有外部客户或其他合作伙伴等,而这些人之间相互认识的可能性相对较小。

(3) 网络异质性(network heterogeneity)。网络异质性也称为网络多元性,

① Podolny J M, Baron J N. Resources and relationships: Social networks and mobility in the workplace. *American Sociological Review*, 1997, 62: 673—693.

② Borgatti S P, Jones C, Everett M G. Network measures of social capital. *Connections*, 1998, 21(2): 27—36.

指的是一个社会网络中全体成员(不包括自我)在某种社会特征方面的分布状况,也就是看一个人能拓展的社会网络是不是非重复性的,关系人是否处于不同的阶层与群体。对于管理人员来说,由于其工作性质会接触不同行业、不同类别、不同层次的人,所以网络异质性相对较高。

(4)关系强度(strength of tie)。一个群体成员之间的特定类型联系的集合称作关系,指网络成员或关系人之间关系的密切性程度。对于管理人员来说,由于其拥有较大的网络规模,而他们的时间又是有限的,因此必须重点发展那些对自己的职业发展帮助较大的关系网络,这样与网络中其他成员的关系强度势必会相应减弱。

在上述指标中,网络规模、网络异质性和网络密度属于社会网络的结构维度,而关系强度则属于社会网络的关系维度。因此,我们分析企业管理人员的社会网络时就从结构和关系两个维度进行探讨。

第二节　企业管理人员职业生涯成功评价指标的理论分析

3.2.1　企业管理人员职业生涯成功评价指标的文献分析

对职业生涯成功标准的研究在西方学术界从 20 世纪 30 年代就开始了。20世纪 90 年代"无边界职业生涯"概念的提出,再次引发了学者们对职业生涯成功研究的高度关注,当时讨论的热点是关于职业生涯成功评价指标的变化。2002 年在美国管理学会的年会上,五位研究职业生涯的著名专家应邀出席职业生涯成功专题研讨会,2005 年 5 月美国的《组织行为学报》(*Journal of Organizational Behavior*)又专题发表了他们的论文,讨论职业生涯成功问题,焦点再次集中在职业生涯成功的标准上。职业生涯成功不仅是个人所追求的职业发展目标,起着激发行为、导向行为的作用,同时也折射着一个社会的价值观念。因此,对职业生涯成功的标准进行系统思考和深入研究是十分必要的,它有助于我们了解人们职业行为的内在动机,积累职业生涯研究领域的学术成果,做好人力资源的开发和管理工作。为了更加完善职业生涯成功的评价,Heslin 建议今后的研究应该加入以下三个方面的内容:① 研究员工们到底需要什么,不同人的需要是不一样的;② 考察不同职业背景的人们是如何定义自己的职业生涯成功的;③ 使用更多的质性研究方法。通过质性研究(如深度访谈),可以发现许多量化研究无法发现的东西,也可以发现主观职业生涯成功中被忽略的因素(如对社会的贡献)。① 企业管理人员是一个特殊的群体,这个群体的职业生涯成功评价指标可能会与一般性的标准有所差别。

自从 Whyte 的论著《组织人》②问世以后,对管理人员的关注日益增加。管理人员的职业生涯成功逐渐成为职业研究领域的一个议题。特别是从 20 世纪 80 年代后,学者们也开始越来越多地关注管理人员的职业生涯成功问题,研究人力资本、性别、个性等因素对管理人员职业生涯成功的影响。管理人员作为企业的核心人才,他们的职业生涯成功对组织来说非常重要。那么,学者们对管理人员的职业生涯成功是如何测量的呢?

本研究利用几大数据库(ABI、EBSCO、Emerald 和 JSTOR 几大全文及检索型数据库以及 Elesevier、Wiley、Kluwer、Springerlink 几个出版社全文电子期刊库),以"career success"(职业生涯成功)、"managerial success"(管理人员成功)、"career advancement"(职业发展、提升)和"career outcomes"(职业结果)等作为关键词进行检索。由于不同的数据库中部分期刊有重复,因此需要对检索结果进行一一对照整理,在检索中剔除那些没有提到职业成功评价指标的文献及理论研究。另外,如果同一个作者针对同一个调查样本数据库做的不同研究使用了相同的职业生涯成功评价指标,本研究只选择他的一篇文章。研究共收集了从 20 世纪 80 年代到目前的研究管理人员职业生涯成功或职业发展的文献 26 篇。

在此基础上,本研究对这些文献进行了整理,将各学者用来测量管理人员职业生涯成功的标准按照客观和主观两方面进行了分类总结,见表 3.1。

---

① Heslin P A. Conceptualizing and evaluating career success. *Journal of Organizational Behavior*, 2005, 26:113—136.

② Whyte W H. The organization man. New York: Simon & Schuster, 1956.

表 3.1　学者们对管理人员职业生涯成功的评价指标

研究者	年限	期刊	客观评价指标	主观评价指标
Ansari, Baumgartel and Sullivan	1982	HR	薪酬水平	—
Tsui and Gutek	1984	AMJ	晋升速度、工资增长率、管理层次、业绩评价等级	对工作、晋升、上级、下属、同事的满意度
Jaskolka, Beyer, and Trice	1985	JVB	薪酬、职务等级	—
Gattiker and Larwood	1988	HR	薪酬、晋升	—
Greenhaus, Parasuraman, and Wormley	1990	AMJ	晋升前景	职业满意度
Cox and Harquail	1991	JVB	薪酬、晋升速度、管理的职位等级	—
Schneer and Reitman	1993	AMJ	收入	职业满意度
Turban and Dougherty	1994	AMJ	薪酬、晋升	感知到的职业生涯成功
Tharenou, Latimer, and Conroy	1994	AMJ	管理层次、工资、下属的人数	—
Judge, Cable, Boudreau, et al.	1995	PP	薪酬、晋升次数	工作满意度、职业满意度
Orpen	1996	JP	工资增长率、晋升次数	—
Konrad and Cannings	1997	HR	管理层次、晋升次数	—
Schneer and Reitman	1997	JVB	收入、管理层次	职业满意度
Hurley and Sonnenfeld	1998	JVB	管理人员的职业等级(career level)	—
Kirchmeyer	1998	JM	收入、职务等级	感知到的职业生涯成功
Tharenou	1999	JOB	管理层级、工资、晋升次数	—
Judiesch and Lyness	1999	AMJ	工资增加百分比、晋升次数、职务等级、业绩等级	—
Tharenou	2001	AMJ	工资、管理幅度、管理晋升次数、做管理人员的年限	—
Boudreau, Boswell and Judge	2001	JVB	薪酬、晋升、CEO 接近度、就业能力	工作满意度、生活满意度、职业满意度
Schneer and Reitman	2002	JBE	收入、管理层次、工资增加百分比	职业满意度

（续表）

研究者	年限	期刊	客观评价指标	主观评价指标
Martins, Eddleston, and Veiga	2002	AMJ	货币收入、晋升、工作自主性、权力	职业满意度
Chenevert and Tremblay	2002	IJHRM	工资、职务等级、晋升次数、晋升速度	—
Chow I. H.	2002	IJHRM	晋升次数、业绩评价等级	职业满意度、成功可能性、组织承诺
Eddleston, Baldridge, and Veiga	2004	JMP	薪酬水平、管理层次	
Goldberg, Finkelstein, Perry, et al.	2004	JOB	管理层次、晋升次数和工资	—
Jansen and Vinkenburg	2006	JVB	薪酬水平	—

资料来源:作者整理所得。

注:AMJ—*Academy of Management Journal*；HR—*Human Relations*；IJHRM—*International Journal of Human Resource Management*；JBE—*Journal of Business Ethics*；JM—*Journal of Management*；JMP—*Journal of Managerial Psychology*；JOB—*Journal of Organizational Behavior*；JP—*The Journal of Psychology*；JVB—*Journal of Vocational Behavior*；PP—*Personnel Psychology*。

　　从表3.1我们可以看出,26篇文献中有15篇仅从客观方面进行了研究,没有考虑管理人员从职业中获得的主观感受。在客观评价指标中,20世纪90年代末之前的学者们大多使用了工资(salary)、工资增长率(percent increase in salary)或收入(income)、晋升次数(promotions)、晋升率(promotion rate)、职务或管理层级(hierachical level, managerial level)等变量来测量,而2000年后的学者们逐渐加入了一些多元化的指标,如控制幅度(span of control),即下属的人数(numbers of subordinates)、CEO接近度(CEO proximicy)、就业能力(employability rating)、自主性(autonomy)和权力(power)等,这些指标也更多地体现了管理人员的工作特点和工作要求。在主观方面学者们使用的指标大多为工作满意度(job satisfaction)、职业满意度(career satisfaction)或感知到的职业生涯成功(perceived career success)等几个指标。根据表3.1,总结出学者们使用的22个客观指标和6个主观指标,对于测量方式相同、名称不一致的指标,如收入类指标和职务类指标等,在表3.2、表3.3中归纳到了一起。这两个表中的客观和主观指标,是我们进行该章研究的重要依据。

表 3.2 职业生涯成功的评价指标:客观方面

评价指标	解释
工资	仅指基本工资
收入/薪酬/总收入水平/货币收入	包括从工作中获得的工资、奖金、股票期权以及其他任何形式的货币收入
工资增长率	到当前组织工作以来基本工资平均每年增加的百分比
晋升次数	参加工作以来或到当前组织工作以来晋升的次数
晋升速度	在组织中晋升的次数除以在该组织中的工作年限
晋升前景	对管理人员在组织工作期间是否能获得晋升的可能性的评价
权力	见到高层管理者的可能性
职位高低/管理层次/职务等级/管理人员的职业等级	基层、中层还是高层,或更多等级
工作自主性	能自主决策的程度
管理幅度/下属人数	下属的数量
做管理人员的年限	自有下属以来的工作年限
CEO 接近度	在当前组织中的权力、权威和责任,可以通过自己所处管理层级与 CEO 相差的层级来反映
就业能力	管理人员对于其他雇主的潜在吸引力,可根据对工作的灵活性和适应性、当前业务熟练程度和外貌、身高及个人影响力等做出评价
业绩评价等级	对于工作完成的数量、质量和具体目标的实现情况进行评价

资料来源:作者整理得到。

表 3.3 职业生涯成功的评价指标:主观方面

评价指标	解释
总体满意度	对工作、晋升、上级、下属、同事的满意度
工作满意度	评价一个人的工作或工作经历后产生的愉快的或积极的情感状态
职业满意度	个人从职业的内在和外在方面所得到的满意程度,包括薪水、晋升和发展机会
生活满意度	对目前生活状态的满意程度
感知的职业生涯成功	对自己是否获得职业成功的主观感知
成功的可能性	个人对于自己职业生涯是否能成功的评价
组织承诺	对组织的归属感

资料来源:作者整理得到。

3.2.2 无边界职业生涯时代对管理人员职业成功指标的影响

3.2.2.1 无边界职业生涯与传统职业生涯的区别

Defillppi 和 Arthur 在 1994 年将无边界职业生涯(boundaryless career)定义为"超越某一单一雇佣范围设定的一系列工作机会"①。无边界职业生涯预示着雇员不再是在一个或两个组织中完成终身职业生涯,而必须在多个组织、多个部门、多个职业、多个岗位实现自己的职业生涯目标。它超越了组织的界限,职业生涯的不稳定性或动荡性将更加突出,员工将可能更多地面对职业生涯危机,个人自我职业生涯管理的能力将变得极其重要。

表 3.4 列出了传统职业生涯与无边界职业生涯的区别。从表中可以看出,在无边界职业生涯时代,整体的职业管理模式都发生了变化。对于员工个人来说,其职业生涯更加易变和不稳定,需要他们更加灵活的知识和技能。多变的职业生涯(protean career)就是在这样的背景下提出的。② 多变的职业生涯是指由

表 3.4 传统职业生涯和无边界职业生涯

维度	传统职业生涯	无边界职业生涯
雇佣心理契约	以工作安全换取忠诚	可雇佣性换取绩效和灵活性
边界	一两家公司	多个公司
技能	特定于公司	可迁移的
生涯管理责任	组织承担	个人承担
方式	直线型、专家型	短暂型、螺旋型
培训	正式的程序	在职、即时
转折点	年龄相关	学习相关

资料来源:庞涛,王重鸣,"知识经济背景下的无边界职业生涯研究进展",《科学与科学技术管理》,2003 年第 3 期,第 58 页。

---

① Defillipi R J, Arthur M B. The boundaryless career: a competency-based perspective, *Journal of Organizational Behavior*, 1994, 15: 307—324.

② Hall D T, Mirvis P. The new protean career: Psychological success and the path with a heart. In: Hall D T, Associates (eds). The career is dead-long live the career: A relational approach to careers. San Francisco, CA: Jossey-Bass Publishers, 1996: 132—157.

于个人的兴趣、能力、价值观及工作环境的变化而经常发生改变的职业生涯。它借助于能够随意改变自身形状的希腊海神"Proteus"的名字,来强调职业生涯开发中个人的主动性,即驾驭自己职业生涯的是自己而不是组织,个人可以随时重新设计自己的职业生涯,而不拘泥于传统的职业生涯阶段划分。在多变的职业生涯中,每个人的职业生涯都是独特的。[①] 个人的开发和终身学习是职业生涯开发的中心,这使自我学习能力变得越来越重要。个人可以在不同的产品领域、技术领域、职能和组织等之间流动。

3.2.2.2 无边界职业生涯时代对职业生涯成功评价的影响

无边界职业生涯时代组织环境和职业生涯模式的变化,在相当大的程度上影响了传统职业生涯成功的各项评价指标,并且,在新的职业生涯模式下,人们对职业生涯的关注点也发生了转移,传统职业生涯成功评价指标的代表性在减弱。无边界职业生涯时代对职业生涯成功评价指标的影响主要体现在以下两个方面:

(1)客观指标的变化

在无边界职业生涯时代,职业生涯成功的客观评价指标主要有以下几个方面的变化:

首先,传统指标的代表性在减弱。传统职业生涯成功评价指标过多地强调工资水平、职务高低和晋升次数等。[②] 在无边界职业生涯时代,这些指标的代表性在逐渐减弱。外部变化莫测的市场环境导致了薪酬水平的不确定性增加。因为薪酬水平往往是根据个人的业绩甚至企业业绩来给付的,而市场竞争的激烈和市场环境的动荡往往使企业绩效和个人绩效受到很多个人无法控制的因素影响。为了适应竞争,组织结构日益扁平化,即传统金字塔式的组织结构逐渐被更广、更平坦的组织形式取代,这直接导致了中高级职位数量的减少,使得晋升的机会减少,晋升的难度增大。一方面,企业越来越重视通过轮岗或横向调动来替代晋升到高一级职位,强调通过在现任工作中的发展和绩效使员工获得满足及成就感。另一方面,人们不再相信只有一系列相关的职务提升才能称为职业生

[①] 谢晋宇.《人力资源开发概论》. 北京:清华大学出版社,2005:303。

[②] Heslin P A. Conceptualizing and evaluating career success. *Journal of Organizational Behavior*, 2005, 26:113—136.

涯的成功,而没有关系的一系列职务的变动就不是职业生涯成功。越来越多的人不再终生就业于一家公司,而是从自己的个性、兴趣出发来设计自己的职业生涯,自愿地进行横向的工作变动(包括组织内外的变动)以及不断的职业变更。这更使得传统职务晋升作为职业生涯成功的一个代表性指标的作用逐渐削弱,而包括工作范围、内容和权限的扩大以及职位提升的广义的晋升将成为重要的替代性性指标。另外,由于职业成功的客观标准容易受到个人无法控制的因素影响,这使得客观指标的重要性程度越来越低。据 Hollenbeck 和 McCall 的研究,对于全世界的经理人来说,他们的客观职业成功在很大程度上受到他们的权力构成、税收体系、经济和社会层次、地位标志、储蓄标准等的影响。即使在同一个社会,护士、管道工和出租车司机等人的客观成功也会因其薪酬标准、劳动力条件和竞争环境而有着很大的不同。①

其次,"个人市场竞争力"成为重要指标。由于企业不断发展壮大,需要雇用越来越多的员工,然而这又意味着要增加劳动力成本。为了解决这两方面的矛盾,很多企业开始缩小长期全职员工的规模,更多地雇用短期员工和兼职员工,这些员工成本较低,有更高的边际利润,在劳动力市场发生变化时可以更灵活地安排。企业的这种做法使得失业和再就业变得更加普遍。在这种背景下,对于员工本人来说,保持市场竞争力是十分重要的。Bird 指出,那些能对当前雇主保持价值增值和被外部组织认为非常有竞争力的人才是成功的。② Arthur 和 Rousseau 也认为个人市场竞争力应该是职业生涯成功的一个评价指标。③ Eby 等人提出了无边界职业生涯背景下评价职业生涯成功的标准是感知到的"内部市场竞争力"和感知到的"外部市场竞争力"。④ 其中,"内部市场竞争力"指标保证员工对现任雇主有价值,有利于员工在组织内部的职业发展以及降低被解

① Hollenbeck G P, McCall M W. Not in my wildest imagination: The global effect. In: Heslin P A, Evans M J. Conceptions of career success. Symposium conducted at the annual meeting of the society for industrial/organizational psychology, Orlando, FL. April, 2003.

② Bird A. Careers as repositories of knowledge: A new perspective on boundaryless careers. *Journal of Organizational Behavior*, 1994, 15: 325—344.

③ Arthur M B, Rousseau D M. The boundaryless career: A new employment principle for a new organizational era. In: Arthur M B, Rousseau D M (eds). The boundaryless career. New York: Oxford University Press, 1996: 237—255.

④ Eby L T, Butts M, Lockwood A. Predictors of success in the era of boundaryless careers. *Journal of Organizational Behavior*, 2003, 24 (5): 689—708.

雇的可能性,而"外部市场竞争力"则代表员工对外部劳动力市场上其他雇主的价值,以及找到新工作的难易程度。因此,"个人市场竞争力"应该是无边界职业生涯时代职业生涯成功的一个重要的评价指标。Boudreau 和 Boswell 在对经理人员职业生涯成功的评价中也加入了"就业能力"(employability)来评价其外在的职业生涯成功。[1]

（2）主观指标的变化

在无边界职业生涯时代,职业生涯的主观方面已经变得越来越重要。人们不再单纯地将职业视作一种谋生手段,也不仅仅关注职业的动态性和发展性,而是越来越多地将它放在人生的长河中,与生活其他方面的发展统一起来。一方面,新的职业生涯开发理念更加强调职业生涯开发中个人的主动性,不同的人对职业有着不同的追求,个人对职业生涯的主观感觉非常重要。另一方面,灵活多变的职业生涯也对员工提出了更高的要求,要求其掌握更加丰富和深入的知识技能,具备足够的市场竞争力,只有这样才能按照自己的意愿来规划设计自己的职业生涯。在这种背景下,简单地使用工作满意度和职业满意度两个指标来评价主观职业生涯成功已经不能满足需要。

在这种背景下,Hall 和 Mirvis 指出,心理上的成功是判断职业生涯成功的一个重要指标。他们认为,心理上的成功是"知道自己已经尽了最大努力后的一种骄傲感和个人成就感"[2]。Weick 认为,在无边界职业生涯时代,主观指标要比客观指标更为重要。他在研究中提到的主观评价指标主要包括"胜任能力的增强"、"从别人那里获得尊敬"、"学习新东西的机会"等[3]。此外,越来越多的学者开始使用更多的职业成功主观评价指标,如"感知到的职业生涯成功"、"组织

[1]　Boudreau J W, Boswell W R, Judge T A. Effects of personality on executive career success in the United States and Europe. *Journal of Vocational Behavior*, 2001a, 58: 53—81.

[2]　Hall D T, Mirvis P. The new protean career: Psychological success and the path with a heart. In: Hall D T, Associates (eds). The career is dead-long live the career: A relational approach to careers. San Francisco, CA: Jossey-Bass Publishers, 1996: 132—157.

[3]　Weick K E. Enactment and the boundaryless career: Organizing as we work. In: Arthur M B, Rousseau D M (eds). The boundaryless career. New York: Oxford University Press, 1996: 40—57.

承诺"、"成功可能性"、"生活满意度"等指标来评价主观职业生涯成功。①②③

（3）小结

根据以上分析可以发现,无边界职业生涯时代对职业成功评价指标的影响主要表现在:① 突出了市场竞争力或就业能力指标的重要性。② 晋升的范围将更加广义,不仅指纵向管理层级的晋升,还应包括工作内容的增加和工作范围的扩大。另外,即使没有直接晋升,下属人员数量的增加也可以在一定程度上反映工作内容和责任的变化。③ 突出了主观指标的重要性。

3.2.3 中国传统文化对企业管理人员职业生涯成功评价指标的影响

中国传统文化,是中华民族在其生存的土地上经过长期发展形成和积淀下来的,包括思想观念、思维方式、价值取向等诸多层面的丰富内容。源远流长的中国传统文化,博大精深,它是中华民族历史过程中社会实践的智慧积累。中国传统文化对于中国人的影响根深蒂固。对于中国的管理人员来说,他们的职业生涯追求的目标、职业自我管理的方式等都受到中国文化的巨大影响。

（1）官僚制度下的"官本位"思想在管理者思想中仍占重要成分

中国古代就有"学而优则仕"的惯例,作为社会管理者,古代社会主要限于从事政府管理和地方管理的官员。官僚思想、"官本位"思想是基于封建社会人才选拔制度上的社会封建等级差别而形成的。这对管理的影响是很深刻的,使富人阶层在经济上拥有巨大的财富时趋向于寻求政治社会地位。"官本位"的熏陶使中国人也许并不在乎为官之实,而更在乎为官之名。所谓"红顶商人"也源于此。"官本位"思想使社会大众对于管理者角色的认识局限于权力的诉求,而忽视真正管理运行的过程和管理实践功能的发挥。

传统的中国是人治的社会。人治的思想源于"官本位",而人治的存在,又

① Kirchmeyer C. Determinants of managerial career success: Evidence and explanation of male/female difference. *Journal of Management*, 1998, 24: 673—692.

② Chow I H. Organizational socialization and career success of Asian managers. *International Journal of Human Resource Management*, 2002,13(4): 720—737.

③ Bozionelos N. The relationship between disposition and career success: A British study. *Journal of Occupational and Organizational Psychology*, 2004, 77: 403—420.

导致了"官本位"思想的根深蒂固。在中国社会的管理活动中,人的因素在有的时候代替了制度因素。西方的管理制度或者规范是由人与人之间的契约共同决定的,并高于自然人之上,制度治理最大的特点是对于受约束的任何人都是平等看待的。而中国的管理活动,法律、政策、决定的落实不到位,很大程度上受到领导意志的制约。中国管理者,特别是组织主要的领导者,对于自身的管理权力的来源不清楚。他们很容易把管理职位拥有的权力看成是自己的私有财产,而没有意识到他们只是组织公共权力的代表。这样一来,个人权力极易扩张到外部,以至于不受制度约束的控制。制度无法控制人,相反人却容易凌驾于制度之上。

直到现在,"官本位"思想仍体现在社会生活的各个方面,如定行政级别,"官本位"和"级别"是紧密相连的,"级别"是体现"官本位"的最基本方式。如正处级、正厅级等,大学校长、企业高层领导人都有相应的级别。不同的行政级别享有不同的待遇,级别越高,就会有越多的特权。"官本位"思想还体现在称呼上,我们称呼有职位的人时一般会在姓后加上头衔或官职,且经常把"副"字省略,如某局长、某院长等。很多这样的事例说明,"官本位"的思想对我们的影响根深蒂固。而"官本位"文化之所以有如此强大的影响力,根本的原因是中国官员享有的特权,如公款消费、灰色收入等。尽管政府制定了越来越严格的财务监督等各种约束机制,但这种现象并没有根除。对中国企业的管理人员来说,很可能也会存在"官本位"的思想。这种思想的存在会使得他比较在意自己的职务和头衔,追求高职位和权力。

（2）中国人的家庭观念较重

对于任何一个人来说,从他参加工作之日起就具有双重身份,既拥有工作生活,也经历家庭生活。如何保持工作与家庭之间的平衡是每个员工都面临的问题。中国文化与西方文化在对待家庭问题上有着很大的差异。与西方强调个人的自主、独立不同,中国传统社会历来以家庭为本位。① 从小接受的教育就是"孝敬父母、友爱兄弟、夫妻恩爱、亲友诚信",讲究全家"风雨同舟、荣辱与共"。个人理想是"光宗耀祖、福荫子孙"。传统文化的群体意识价值观,使人们把家庭的需要和利益看得至高无上,视家庭整体的和谐统一为最高理想。

中国家庭成员之间关系的一个主要的内容是互尽义务的关系,"孝亲"即敬

---

① 丁文,徐泰玲.《当代中国家庭巨变》.济南:山东大学出版社,2001:22。

养父母,孝敬父母被看成人的天性,是子女应尽的义务。"慈幼"是指父母对子女的教养之责。"孝道"一直是中国家庭关系的一个核心价值取向。梁漱溟在他的书中写到"中国人家庭生活的依赖关系这样强有力,有了它常常可以破坏其他社会关系,至少是中间一层障壁"①。

以家庭为出发点的儒家伦理,自然而然特别强调家庭的和睦。刘明武在《中华文化研究》1999年秋之卷上发表文章认为:"合和是中华精神之元。合和体现在合于自然,和于人。合和文化应用到人际交往中,应该是'以和为贵',应用到商业交往上应该是'和气生财',应用到夫妻关系上则是'妻子好合,如鼓瑟琴',应用到家庭关系上应当是'父母共为一家之长'。"②家庭的和睦对中国人来说是事业坚强的后盾。有时为了家庭成员的群体利益,甚至不惜牺牲许多个人利益。

在这样的文化背景影响下,很多中国员工非常注重家庭因素。强烈的家庭观念也会对他们的职业生涯造成影响。他们有的会为了回到家人身边而放弃某些工作,有的还会把工作和家庭结合起来,跟家人一起做事业,对于企业在重大节日或活动中邀请家属参加而感到非常高兴等。他们通过各种措施努力保持工作和家庭的平衡。但对于管理人员这个群体来说,工作节奏紧张,工作任务重,压力大,工作更容易影响到家庭生活。所以,在这种背景下,很多管理人员更加把处理好工作和家庭的关系看做一个人职业成功的代表性指标。

从以上分析我们可以了解到,中国传统文化思想也会影响到管理人员对自己是否成功的评价。我们现总结如表3.5所示。

表3.5　中国传统文化思想对职业生涯成功评价指标的影响

中国传统文化思想	对职业生涯成功评价指标的影响
"官本位"	重视职务、权力、下属人数
家庭观念重	重视工作对家庭的影响

3.2.4　小结:企业管理人员可能的职业生涯成功评价指标

通过以上对西方文献的总结,考虑无边界职业生涯时代的影响和中国文化

---

① 梁漱溟.《中国文化要义》.上海:学林出版社,2000:12。

② 刘明武.合和:中华文化精神之元.《中国文化研究》,1999(3):4—9。

背景,现把管理人员的所有职业成功评价指标总结如表 3.6,其中,我们对表 3.2 的收入类指标和职务类指标仅选取了一个(见表 3.6),并将此表作为我们下一步调查的依据。

表 3.6 企业管理人员可能的职业生涯成功评价指标

客观指标	主观指标
工资	工作满意度
总收入水平	职业满意度
工资增长率	生活满意度
晋升次数	感知到的职业生涯成功
晋升速度	成功可能性
晋升前景	组织承诺
权力	工作对家庭的影响
职位高低	
工作自主性	
下属的人数	
做管理人员的年限	
CEO 接近度	
就业能力	
业绩评价等级	

资料来源:作者整理得到。

第三节　企业管理人员职业生涯成功
评价指标的调查分析

通过上一节对以往学者们研究使用的管理人员职业生涯成功测量标准的回顾,我们知道职业生涯成功的一些主要的评价指标。而针对中国文化背景的分析,我们又认为中国人比较重视职位、晋升、社会认可等一些外在的客观指标。在现实当中究竟是不是这样呢?

为了明确中国企业管理人员职业生涯成功的评价指标,本研究采取了两阶段问卷调查的方式:第一阶段,我们对少数企业管理人员进行了访谈,采取半结构化的方式,主要目的在于了解企业管理人员关于职业生涯成功的一些观点以及对理论分析得出的诸多评价指标有何评价和补充。第二阶段,我们采取问卷调查的方法,确定我国企业管理人员最为看重的职业生涯成功评价指标。

由于研究对象是企业管理人员,因此,本研究在进行调查时,均以企业管理人员为调查对象。虽然每个人对自己职业生涯成功的评价不尽相同,但相信共同的文化背景和企业管理工作性质也会造成企业管理人员这个群体在价值观和思想观念、思维方式上的趋同性。调查的目的不是要找出所有的评价指标,而是要找出大多数人认为重要的评价指标。调查的结果,作为我们上一节理论分析的辅证。

3.3.1 第一阶段:访谈

(1)访谈目的

通过文献分析和理论分析,我们得出了管理人员评价职业生涯成功的 14 个客观指标和 7 个主观指标(见表 3.6)。但是,通过理论分析得到的这些评价指标可能会存在这样的问题:第一,指标与指标之间存在着信息的重叠。例如,关于收入方面的评价指标有工资、薪酬、货币收入、总收入水平和工资增长率等,它们之间有一定的关联性。而关于晋升方面的标准有晋升次数、晋升速度和晋升前景三个指标,三者之间也具有较高的关联性。显然,对于大多数管理人员而言,在某一方面往往更关注于某个指标。第二,尽管通过文献分析和理论分析,得到了很多候选指标,但是对我国企业管理人员而言,这并不能排除没有遗漏其他评价指标的可能性。因此,本研究试图通过访谈来解决这两个问题。

(2)访谈过程

研究中,我们利用研究者的"社会网络",征求被访谈者的同意,在江苏省范围内选择了 5 名企业管理人员作为访谈对象。在确定访谈对象时,以目的抽样方式进行,即根据设定的标准,如年龄、性别、婚姻状况、岗位类别和企业性质等几方面选取"能够为本研究问题提供最大信息量"的样本。这 5 名被访谈者均为江苏省内企业的管理人员,具体的特征如表 3.7 所示。访谈提纲见附录 1。

表 3.7　被访者的特征

被访者	甲	乙	丙	丁	戊
性别	男	男	女	男	女
婚姻状况	已婚	已婚	已婚	未婚	未婚
年龄	45	33	32	26	27
职级	中层	中层	中层	基层	基层
岗位类别	行政管理	财务管理	人力资源管理	市场营销	人力资源管理
所在企业性质	国有企业	非国有企业	非国有企业	国有企业	非国有企业
学历	大专	硕士	硕士	本科	本科

资料来源：作者整理得到。

　　访谈是通过在被访者办公室面谈或打电话的形式进行的。在访谈最初阶段通过跟被访者谈职业成功的重要性引入话题,然后把表 3.6 中的各项客观指标和主观指标告诉被访者,详细解释每项指标的含义。让被访者根据自己个人的职业体会,一方面看那些具有类似性或相关性的评价指标如何取舍,比如工资收入水平和工资增长率、晋升次数、晋升速度及晋升前景等,另一方面看哪些指标需要增加或删减。

　　访谈过程中,我们发现,对于被访的企业管理人员来说,在客观评价指标方面,他们认为工资并不具有代表性,因为当前员工收入趋于多元化,而工资仅占总收入的一部分甚至一小部分,所以大家普遍不太看重,而更看重总收入水平。另外职位和权力也是他们看重的指标。但由于本研究的调查对象均为企业管理人员,且相同层次的管理人员(如均为高管)在不同规模的企业并没有可比性,因此,无法使用"职位高低"这个指标,而使用"晋升次数"倒是可以在一定程度上评价职业的发展状况。"晋升次数"这个指标也是国外学者们使用比较多的。另外,虽然"CEO 接近度"也可以在一定程度上代表所处管理层次的高低,但如果从这两个类似指标中选择一个来测量职务高低的话,他们建议选择"晋升次数"。因为不同的企业设置的层级是不同的,没有太大的可比性。被调查的管理人员普遍追求职业生涯的发展,因此对于"晋升前景"和"就业能力"这两个指标也比较看重。同样,他们认为工作中的自主性可以在一定程度上代表权力的大小。而对于"做管理人员的年限"这个指标则认为没有什么意义,应该删去。另外,中国很多企业业绩评价并不严格,且考核时间往往为一个季度到一年,还会经常变换考核方法,这导致一个人的业绩评价结果也会经常变化,因此他们认为"业绩评价等级"这个指标也没有什么代表性。

从主观方面来看,被调查的管理人员比较看重各类满意度指标,如工作满意度和职业满意度分别是对当前工作状况和职业发展状况的感受,而工作对家庭的影响和生活满意度也是被访管理人员非常看重的指标,因为在紧张的工作节奏和工作压力下,他们才越来越多地体会到工作与家庭及工作与生活协调发展的必要性,特别是两位被访的女性管理人员更加强调这一点。"感知的职业生涯成功"作为对总体职业生涯是否成功的主观感觉,他们认为能在一定程度上代表主观成功。而"组织承诺"作为对组织归属感的体现,他们认为并不能代表个人的职业成功;另外,"成功可能性"也是一个非常模糊的概念,也不具有代表性,他们认为应该删去这两个指标。

(3)访谈结果

因此,通过访谈,我们初步确定了8个客观指标和5个主观指标。客观方面主要包括"总收入水平"、"晋升次数"、"晋升前景"、"权力"、"职务等级"、"工作自主性"、"下属的人数"和"就业能力";而主观方面主要包括"工作满意度"、"职业满意度"、"生活满意度"、"感知到的职业生涯成功"和"工作对家庭的影响",如表3.8所示。

表3.8 访谈后确定的职业生涯成功评价指标

客观评价指标	主观评价指标
总收入水平	工作满意度
晋升次数	职业满意度
晋升前景	生活满意度
权力	感知到的职业生涯成功
职务等级	工作对家庭的影响
工作自主性	
下属的人数	
就业能力	

资料来源:作者整理得到。

3.3.2 第二阶段:结构化问卷调查

(1)调查目的

通过问卷调查,深入了解和把握中国背景下企业管理人员职业生涯成功的

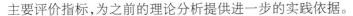

主要评价指标,为之前的理论分析提供进一步的实践依据。

(2)调查过程

调查问卷为事先设计好的结构化问卷,采取自由发放问卷的方式。问卷采用李克特五点量表法,"1"代表某评价指标"非常不重要","5"代表某评价指标"非常重要"。问卷见附录 B。

数据收集分三次完成:第一次是在江苏省南通市人事局组织的企业管理人员培训课程上发放问卷,共发放问卷 60 份,回收有效问卷 49 份。第二次是在江苏省某重点大学的 MBA 班上发放问卷 41 份,回收有效问卷 35 份。第三次是在江苏省某重点大学商学院的企业管理研究生进修班上发放问卷 36 份,回收有效问卷 23 份。三次调查合计发放问卷 137 份,回收问卷 107 份,剔除其中填写者为江苏省以外的企业管理人员的 5 份问卷,有效问卷为 102 份,有效回收率为74.5%。因此,三次调查针对的样本群体都是江苏省企业的管理人员,被调查对象分布的统计特征如表 3.9 所示。

表 3.9 调查对象的分布特征

项目	选项	频次	百分比	累积百分比
性别	男	66	64.7	64.7
	女	36	35.3	100.0
婚姻状况	未婚	9	8.8	8.8
	已婚	93	91.2	100.0
年龄	25 岁以下	6	5.9	5.9
	26—35 岁	45	44.1	50.0
	36—45 岁	39	38.2	88.2
	46 岁以上	12	11.8	100.0
职级	基层	11	10.8	10.8
	中层	67	65.7	76.5
	高层	24	23.5	100.0
岗位类别	人力资源管理	22	21.8	21.8
	生产	29	28.7	50.5
	营销	15	14.9	65.4
	研发	8	7.9	73.3
	财务	14	13.9	87.2
	其他	13	12.8	100.0

（续表）

项目	选项	频次	百分比	累积百分比
所在企业规模 （人数）	100 人以下	19	18.6	19.2
	100—1 000 人	63	61.8	82.8
	1 000 人以上	17	16.7	100.0
所在企业性质	非国企	35	34.3	34.3
	国企	67	65.7	100.0

资料来源:作者整理得到。

注:被调查者所在部门的缺失数据为1,所在企业的规模缺失数据为3。

（3）调查结果

对问卷调查的数据进行整理,关于每个评价指标重要性的得分如表3.10所示。

表3.10　企业管理人员职业生涯成功评价指标的结构化问卷调查结果

指标	平均值	指标	平均值
总收入水平	4.72	权力	3.86
职业满意度	4.51	职务等级	3.81
工作对家庭的影响	4.37	工作满意度	3.76
晋升次数	4.21	自主性	3.70
就业能力	3.95	感知到的职业生涯成功	3.62
晋升前景	3.91	下属的人数	3.19
生活满意度	3.87		

资料来源:作者整理得到。

从表中可以看出,总收入水平、晋升次数、职业满意度和工作对家庭的影响四个指标的得分在 4 以上,也就是属于管理者认为比较重要的指标。其中,总收入水平是被调查管理人员认为最重要的衡量其职业成功的指标。收入不仅能满足员工生活和工作的基本需求,而且还是公司对员工所作贡献的尊重。管理人员作为企业的核心人员,承担着繁重的工作任务和责任,对企业的贡献不容忽视。同时,他们也是一个非常容易流动的群体。因此,给付有竞争力的薪酬对留住管理人员来说是非常必要的。

职业满意度也是被调查管理人员评价其成功的重要指标,包括对事业上取得的成就、实现事业总体目标、收入、职业技能以及职业发展机会的主观感受。

在无边界职业生涯时代,职业生涯的主观方面已经变得越来越重要。新的职业生涯开发理念更加强调职业生涯开发中个人的主动性。因此对于管理人员来说更看重的是代表职业发展的职业满意度而不是对当前工作的满意程度。

工作对家庭的影响对被调查管理人员来说也是一个比较重要的指标。一方面,中国传统的文化背景决定了管理人员对家庭的关注。另一方面,在无边界职业生涯时代,人们不再单纯地将职业视作一种谋生手段,而是越来越多地将它放在人生的长河中,与生活其他方面的发展统一起来,并与家庭的发展保持协调。在以往的研究中,工作对家庭的影响是学者们讨论工作与家庭关系中的一个核心内容。工作和家庭之间的关系一般指两者之间的相互影响,包括工作对家庭的影响和家庭对工作的影响两部分,其中,前者称为"工作-家庭冲突",后者称为"家庭-工作冲突"。学者们通过考察工作和家庭相互冲突的程度来反映工作与家庭的相互影响。①②③　本研究着眼于讨论管理人员对自己职业生涯成功进行评价的指标,因此主要考虑工作对家庭的影响。因此,本研究在后面的论述中,将使用"工作-家庭冲突"这个概念来反映工作对家庭的影响情况。

晋升在传统上往往指的是纵向职位上的晋级,是沿着组织的层级系列由低级向高级的提升。但是,随着组织扁平化的发展,对于更多的管理人员而言,职级的晋升变得越来越困难,越来越多的管理人员面临着职业高原现象。在这种情况下很多组织采取扩大工作内容和权限来替代晋升的方式,因此,在这种背景下,晋升应该包括"工作范围、内容和权限的扩大与职位的提升",而不仅仅指"职位上的晋级"。这种类型的晋升在当前的时代背景下是非常有意义的,也得到了被访管理人员的广泛认同。

从调查结果中也可以看出,就业能力和晋升前景的得分也比较高,表明这两个方面也是被调查管理人员比较关注的指标,但考虑到这两个指标的分值与前四个指标有比较大的差距,以及研究模型的简洁性,我们拟选择前四个指标作为

①　Carlson D S, Perrewe P L. The role of social support in the stressor-strain relationship：An examination of work-family conflict. *Journal of Management*, 1999, 25：513—540.

②　Hammer L B, Bauer T N, Grandey A A. Work-family conflict and workrelated withdrawal behaviors. *Journal of Business and Psychology*, 2003, 17：419—436.

③　Ofelia J D B, Srednicki R, Kutcher E J. Work-family conflict, work-family culture, and organizational citizenship behavior among teachers. *Journal of Business and Psychology*, 2005, 20(2)：303—324.

企业管理人员职业生涯成功的评价指标。

（4）不同类别的管理人员职业生涯成功指标选择的方差分析

为了保证这些评价指标的可靠性,我们还对不同类别的管理人员在这四个指标上的选择情况进行了差异分析,以了解不同类别的管理人员在其评价指标的选择上是否有很大的差异。研究者依据性别、婚姻状况、年龄、管理层级、岗位性质、企业规模、企业性质等因素的分类标准,把调查对象分成不同的组别,采用方差分析进行不同类别的差异分析。对于分组类别大于两类的,采用 Scheffe 多重比较的方法,检验不同类别之间的差异,如表 3.11 至表 3.15 所示。

表 3.11　不同性别、婚姻状况和企业性质的管理人员职业生涯成功指标选择的方差分析

		总收入水平		职业满意度		工作-家庭冲突		晋升次数	
		Means	F	Means	F	Means	F	Means	F
性别	男	4.84	2.37	4.62	0.34	4.11	12.74**	4.31	11.77**
	女	4.51		4.32		4.85		4.02	
婚姻状况	未婚	4.52	0.107	4.63	0.52	3.81	6.28*	4.05	1.943
	已婚	4.74		4.50		4.42		4.23	
企业性质	非国企	4.81	1.56	4.76	1.96	4.42	1.82	4.39	2.85
	国企	4.67		4.38		4.34		4.12	

注:$**p < 0.01$,$*p < 0.05$。

表 3.12　不同年龄的企业管理人员职业生涯成功评价指标选择的方差分析

	25 岁以下 (N = 6)	26—35 岁 (N = 45)	36—45 岁 (N = 39)	46 岁以上 (N = 12)	Scheffe 比较
总收入水平	4.62 (0.69)	4.69 (0.72)	4.76 (0.71)	4.75 (0.52)	NS
职业满意度	4.42 (0.64)	4.45 (0.85)	4.61 (0.73)	4.48 (0.52)	NS
工作-家庭冲突	3.50 (1.05)	4.46 (1.06)	4.36 (0.80)	4.51 (0.78)	1—2*,1—3*, 1—4*
晋升次数	4.11 (0.65)	4.33 (0.67)	4.14 (0.78)	4.03 (0.75)	2—4*

注:括号内为标准差。$*$ 表示 $p < 0.05$,NS 表示不显著($p > 0.1$)。

表 3.13　不同层级的企业管理人员职业生涯成功评价指标选择的方差分析

	基层($N=11$)	中层($N=67$)	高层($N=24$)	Scheffe 比较
总收入水平	4.69	4.73	4.70	NS
	(0.69)	(0.70)	(0.58)	
职业满意度	4.56	4.52	4.47	NS
	(0.60)	(0.77)	(0.72)	
工作-家庭冲突	4.29	4.37	4.40	NS
	(1.08)	(0.78)	(0.83)	
晋升次数	4.48	4.19	4.13	1—3*,2—3*
	(0.51)	(0.82)	(0.62)	

注:括号内为标准差。* 表示 $p<0.05$,NS 表示不显著($p>0.1$)。

表 3.14　不同企业规模的企业管理人员职业生涯成功评价指标选择的方差分析

	100 人以下 ($N=19$)	100—1 000 人 ($N=63$)	1 000 人以上 ($N=17$)	Scheffe 比较
总收入水平	4.78	4.73	4.64	NS
	(0.70)	(0.71)	(0.62)	
职业满意度	4.48	4.54	4.45	NS
	(0.60)	(0.76)	(0.64)	
工作-家庭冲突	4.31	4.35	4.49	NS
	(0.94)	(0.85)	(0.77)	
晋升次数	4.02	4.23	4.37	1—3*,1—2*
	(0.75)	(0.80)	(0.73)	

注:括号内为标准差。* 表示 $p<0.05$,NS 表示不显著($p>0.1$)。

表 3.15　不同部门的企业管理人员职业生涯成功评价指标选择的方差分析

	人力资源 ($N=22$)	生产 ($N=29$)	营销 ($N=15$)	研发 ($N=8$)	财务 ($N=14$)	其他 ($N=13$)	Scheffe 比较
总收入水平	4.78	4.73	4.67	4.69	4.72	4.70	NS
	(0.62)	(0.70)	(0.97)	(0.58)	(0.50)	(0.65)	
职业满意度	4.59	4.44	4.58	4.53	4.49	4.47	NS
	(0.58)	(0.82)	(0.78)	(0.58)	(0.93)	(0.73)	
工作-家庭冲突	4.37	4.32	4.47	4.49	4.33	4.32	NS
	(0.96)	(0.86)	(0.97)	(1.16)	(0.78)	(0.69)	
晋升次数	4.22	4.25	4.21	4.09	4.16	4.27	NS
	(0.73)	(0.87)	(0.84)	(0.58)	(0.53)	(0.95)	

注:括号内为标准差。NS 表示不显著($p>0.1$)。

以上分析表明,在职业生涯成功评价指标的选择上:① 不同性别的管理人员对于晋升次数、工作-家庭冲突的重视程度有显著差异,表现为女性更重视工作对家庭的影响,而男性更重视晋升次数;② 不同婚姻状况的企业管理人员对于工作-家庭冲突的重视程度有显著的差异,表现为已婚者更重视工作对家庭的影响;③ 不同企业性质的管理人员的职业生涯成功评价标准并没有显著差异;④ 不同年龄的管理人员对于晋升次数、工作-家庭冲突的重视程度有显著差异,表现为 26—35 岁年龄段的管理人员比 46 岁以上年龄段的管理人员更重视晋升次数,25 岁以下年龄段的管理人员和其他年龄段的管理人员相比最不重视工作对家庭的影响;⑤ 不同层级的管理人员对于晋升次数的重视程度有显著差异,表现为与高层管理人员相比,基层和中层的管理人员更为重视晋升次数;⑥ 不同企业规模管理人员对于晋升次数的重视程度有显著差异,100 人以下的小规模企业的管理人员较其他两种较大规模的企业管理人员更不重视晋升次数;⑦ 不同部门的管理人员对于职业成功评价指标的看法没有显著的差异。

3.3.3　小结:企业管理人员职业生涯评价指标的确定

从以上分析可以看出,虽然不同类别的管理人员对四个职业成功评价指标的选择有所差异,但这些评价指标对于所调查的管理人员依然是非常重要的(绝大部分指标得分的平均值都在 4 分以上)。从这个角度来看,确定这四个指标作为企业管理人员职业生涯成功的评价指标是合理的。因此,最后确定的本研究对于职业生涯成功所使用的评价指标包括:总收入水平、晋升次数、职业满意度和工作-家庭冲突。

第四章　社会网络对企业管理人员职业生涯成功的影响机理分析

　　该章的主要目的是基于社会交换理论,分析社会网络对企业管理人员职业生涯成功的影响机理。研究内容包括:基于社会交换理论分析社会网络对职业生涯成功影响的基本逻辑线索,具体讨论社会网络如何影响管理人员的职业生涯成功,最终形成社会网络影响管理人员职业生涯成功的理论模型。

第一节　社会网络对职业生涯成功影响的基本逻辑

4.1.1　个体网的网络类型

　　根据网络的定义,可将社会网络分成两大类[①]:① 以个人为中心,没有范围与界限,与个人有实际接触和互动并造成重要影响的他人所形成的个人网络。这种类型又分成三种:第一,以自我为中心(ego-centric)的单结点(one-node)网络,包含一个行动者及与行动者联结的关系,行动者的属性与关系的数量、内容是分析的重点。例如,林南以资源为焦点的网络分析。[②] 第二,对偶(dyad)的双结点(two-mode)网络,包含两个行动者与行动者间的关系。除了分析行动者的各自属性与联结关系外,行动者间的属性变异、连带内容的对应关系,亦是分析的重点。例如,领导-成员交换关系(leader member exchange,LMX)的研究分析。第三,三角(triad)的三结点(three-mode)网络,包含三个行动者与行动者间的关

---

　　① 周丽芳. 华人组织中的关系与社会网络. 载:李原主编.《中国社会心理学评论(第3辑)》. 北京:社会科学文献出版社,2006: 53—86。

　　② Lin N, Dayton P W, Greenwald P. Analyzing the instrumental use of relations in the context of social structure. *Sociological Methods and Research*, 1978, 7: 149—166.

系。除了类似对偶网络的分析外,还可进一步探讨两两间关系如何受第三者的影响。例如,Heider 平衡理论中,探讨三者间和谐或不和谐、平衡或不平衡以及正向或负向状态的相关研究。① ② 以个人为中心,以组织或团体为界限,由特定的一群行动者所组成的完整网络(complete network)。完整网络分析,包含特定界限内的所有行动者间的关系,除了可进行上述三种分析外,更可探讨网络的形式、每位行动者在网络结构中的位置及其对行动者行为与结果的影响,如网络中心性(centrality)与中介性(between)的研究。

　　本书研究的是以自我为中心的网络,又称个体中心网。个体中心的社会网络可以根据网络所涉及的不同社会关系而划分为不同的类型。如 Krackhardt 在组织研究中,将组织内网络分为友谊网络、咨询网络和情报网络。② 还有的研究者关心的是与被调查者讨论重要问题的社会关系,他们重点研究的是"讨论网"(discussion network)的情况,如博特主持设计的 1985 年美国综合社会调查项目(GSS)首次集中研究了美国人的核心讨论网。③ 有的研究者关心的是与被调查者在日常生活中进行互动或交换的社会关系,他们的研究重点是"互动网"(interaction network)或称"交换网"(exchange network)的情况。④ 还有对于个体"支持网"(support network)的研究,个人的社会支持网指的是个人能借以获得各种资源支持(如金钱、情感、友谊等)的社会网络。⑤ 它所关注的是为被调查者提供物质上或精神上的支持,帮助被调查者应付生活中的困难与危机的社会关系情况,就是通过社会支持网,帮助人们解决日常生活中的问题和危机,并维持日常生活的正常运行。在关于个体社会资本的经验调查中,以上网络类型几乎都被研究者使用过。

　　在本研究中,我们研究的重点是企业管理人员的"职业支持网"(career sup-

　　① Heider F. The Psychology of interpersonal relations. New York: John Wiley and Sons, 1958.

　　② Krackhardt D. The strength of strong ties: The importance of philos. In: Norhia N, Eccles R (eds). Networks and orgaizations: Structure, form, and action. Boston: Harvard Business School Press, 1992: 216—239.

　　③ Burt R S. Network items and the general social survey. *Social Networks*, 1984, 6: 293—339.

　　④ Fischer C. To dwell among friends: Personal networks in town and city. Chicago: University of Chicago Press, 1982.

　　⑤ Wellman B. Wortley S. Different strokes from different folks: Community ties and social support. *American Journal of Sociology*, 1990, 96: 558—588.

port network),指的是对企业管理人员的职业发展有帮助的人组成的网络,属于社会支持网的一种。

4.1.2 社会网络对企业管理人员职业生涯成功的影响机理

社会网络如何影响网络中行动者的职业发展呢?基于不同的理论视角可能会得出不同的逻辑线索。大多数学者都认为嵌入社会网络中的资源会为行动者带来好处,这些好处被学者们称为网络利益。因此,我们可以从社会交换理论的视角来分析社会网络对职业生涯成功的影响。

社会交换理论(social exchange theory)是当代西方社会学理论流派之一,产生于20世纪50年代末期的美国。Homans是交换理论的创始人[①],他采用经济学的概念来解释人的社会行为,认为人和动物都有寻求奖赏、快乐,并尽量少地付出代价的倾向。在社会交换理论看来,每个人拥有不同的资源,人们是通过掌握物质财富、能力、成就、健康、美丽等社会认可的权力资源来确定自己的社会地位的。在社会互动过程中,人的社会行为实际上就是一种商品交换,在交换过程中双方都考虑各自的利益。人的行为服从社会交换规律,如果某一特定行为获得的奖赏越多的话,他就越会表现这种行为,而某一行为付出的代价很大,获得的收益又不大的话,个体就不会继续从事这种行为。这就是社会交换。他指出,社会交换不仅是物质的交换,而且还包括了赞许、荣誉、地位、声望等非物质的交换,以及心理财富的交换。个体在进行社会交换时,付出的是代价,得到的是报偿,利润就是报偿与代价的差值。

由此可见,社会交换存在于任何主体之间。人与人、人与组织、组织与组织的关系中,都存在社会交换。用Homans的话说就是“人的需要是通过他人满足的”,一切社会行为都是一种交换。社会交换理论的思想在企业管理领域之中也能得到体现。在管理人员的社会网络中,由于人与人的互动,网络中的资源得到了交换,使得个人可以从网络中获取利益,便利自己的行动,促进自己的职业发展。

---

① Homans G C. Social behavior as exchange. *American Journal of Sociology*, 1958, 63: 597.

那么,这种网络利益如何表现出来呢? 大量社会网络的研究者都对网络利益进行了论述。如 Granovetter 最早在对社会网络的研究中就曾指出,在社会网络中可获得的好处可分为"信息"(information)和"影响"(influence)两大类①,前者指的是个人可以从网络中获得对自己行动(如找工作等)有价值的信息,而后者则指个人可以从网络成员那里得到有助于自己达到行动目的的实质帮助。Coleman 也指出,既存的社会关系网络为个体提供了获取对其行动有用的信息(特别是某些不易通过公开渠道接触的内部信息)的渠道。② Burt 认为,网络结构可以为网络中的行动者提供信息和资源控制。③ 林南也认为:"资源不但可以被个人占有,而且也嵌入于社会网络之中,可以通过关系网络被摄取。社会网络促进了信息的流动……社会网络身份的强化和认可,不仅可以提供情感支持,而且可以作为经过公共认可的获得某些资源的凭证。这些对于维持心理健康和获取资源的权利都是必不可少的。"④而在 Seibert 的研究中,他认为网络利益主要包括社会体系中更快和更及时的信息获取、更多的财务或物质资源以及更广泛的职业上的帮助。⑤

　　参照前人的研究,本研究把网络利益分为资源和职业支持两类:信息也是一种资源,因此本研究把信息和其他财务或物质资源归为一类——"资源",而另一部分网络利益,即从网络中获得的支持,本研究仅考察对职业发展有帮助的支持,也就是职业支持的内容。

　　(1) 资源。资源,是一切可被人类开发和利用的物质、能量和信息的总称,它广泛地存在于自然界和人类社会中。由于每个人所处的环境、社会地位和背景不同,其所掌握的资源形态也各种各样,大多数资源都是可以交换并可以在网络成员之间流动的。但为简便起见,本研究仅探讨对个人职业发展有帮助的信

　　① Granovetter M S. The strength of weak ties. *American Journal of Sociology*, 1973, 6: 1360—1380.

　　② Coleman J S. Social capital in the creation human capital. *American Journal of Sociology*, 1988, 94: 95—120.

　　③ Burt R S. The contingent value of social capital. *Administrative Science Quarterly*, 1997, 42(2): 339—365.

　　④ 林南.《社会资本——关于社会结构与行动的理论》. 张磊译. 上海:上海人民出版社,2005: 18—27.

　　⑤ Seibert S E, Kraimer M L, Liden R C. A social capital theory of career success. *Academy of Management Journal*, 2001b, 44(2): 219—237.

息、财务和物质等较有代表性的资源形态。

（2）职业支持。关于职业支持，以往学者的研究很少。大部分提到社会网络对个人的帮助，使用的都是"社会支持"这个概念。而理论界对于"社会支持"的认识也存在着不一致性。有的学者认为，社会支持涉及各种正式与非正式的支援和帮助，也涉及家庭内外的供养与维系，即广义的社会支持，包括：物质帮助（如提供金钱、实物等有形帮助），行为支持（如分担劳动、家务等），亲密的互动（满足倾听、关怀、理解、尊重等需求），指导（如提供建议、信息和指导），反馈（对他们的行为、思想和感受给予反馈），正面的社会互动（即为了娱乐和放松而参与社会活动）六种形式。[1] 也有把社会支持等同于职业支持的，例如 Kim 认为社会支持是关系人提供的对与工作相关的事务的帮助。这些帮助可以来自同事、直接上司、工作之外的朋友或伙伴，如配偶。[2] Nabi 把社会支持分为朋友的职业支持、同事支持和权威职务关系人支持，这三个方面都是与职业相关的支持。[3]还有学者认为职业支持是从导师制与职业生涯的文献中发展出来的。Seibert 等人则在研究中把职业支持作为社会资本对职业生涯成功影响的中介变量，不过，他们使用了"导师制"的量表来测量职业支持。[4] 与他们的观点相一致，很多学者也认为职业支持是导师的一个重要职能，包括为门生提供有利和及时的露脸机会，参与有挑战性工作的机会，提供职业建议和指导等。[5][6]

综合以上学者的研究，本研究认为，社会支持是广义的，泛指网络成员提供的各种支持与帮助，而职业支持则指与当前工作或职业发展相关的帮助。本研究把职业支持定义为网络成员对管理人员本人进行的"提拔、引荐、打招呼、提

① Manuel B, Ainlay S. The structure of social support: A conceptual and empirical analysis. *Journal of Community Psychology*, 1983, 11: 133—143.

② Kim S W, Price J L, Mueller C W, et al. The determinants of career intent among physicians at a US air force hospital. *Human Relations*, 1996, 49: 947—976.

③ Nabi G R. The relationship between HRM, social support and subjective career success among men and women. *International Journal of Manpower*, 2001, 22(5): 457—474.

④ Seibert S E, Kraimer M L, Liden R C. A social capital theory of career success. *Academy of Management Journal*, 2001b, 44(2): 219—237.

⑤ Kram K E. Mentoring at work: Developmental relationships in organizational life (2nd ed). London: University Press of America, 1985.

⑥ Noe R A. An investigation of the determinants of successful assigned mentoring relationships. *Personnel Psychology*, 1988, 41(3): 457—479.

供建议、提供经济及心理支持、谈论工作中的问题、提供其他工作机会、帮助确立长期职业目标"等任何有助于其职业发展的活动。研究并不考虑这种支持来源于组织外部还是内部,或者来源于上级、家人还是朋友,只要是从这个网络中获得的职业帮助就可以。

因此,我们可以得到管理人员社会网络对职业生涯成功影响的基本逻辑线索为"社会网络影响管理人员从网络中获取的利益(即网络利益,包括资源和职业支持两个方面),进而影响其职业生涯成功的各个维度"。下面,我们将具体分析社会网络如何影响网络利益的获取和网络利益是如何影响职业生涯成功的。

第二节 管理人员的社会网络与网络利益

管理人员的社会网络中都蕴藏着什么样的网络利益? 或者说,社会网络的存在可能会给管理人员带来什么样的好处呢? 本节从社会网络的两个方面,即网络结构和网络关系,来分析管理人员的社会网络对网络利益的影响。

4.2.1 社会网络结构与网络利益

(1) 网络规模与网络利益

网络规模指构成企业管理人员社会网的成员数目,是反映其社会网络资源拥有程度的重要指标。市场经济是不完善的经济,主要表现在信息不对称(information asymmetry),即信息拥有者的信息是确定的、丰足的,而信息需要者得不到确定的信息,其信息量也是相对贫乏的。[1] 中国劳动力市场的不完善使得信息不对称现象更加明显,对管理人员的职业发展所需的有效信息通过个人往往无法全部获得。而社会网络可以最大可能地消除这种信息不对称对管理人员的职业生涯发展的影响,使得网络关系的"桥梁"作用得到充分发挥。因为在社

---

① Devine T J, Kiefer N M. Empirical labor economics: The search approach. New York: Oxford University Press, 1991.

会网络中,结点上的每个人都因为工作、生活的环境不同而拥有不同的信息来源和信息量。研究表明,越大的网络规模可以接触到的信息就越多,就越能提供更多的社会资源。[①] 另外,Wellman 和 Wortley 发现,网络规模越大,提供情感支持物品、服务及陪伴支持的网络成员数量就越多,能提供支持的网络成员的比例也越高。[②] 通过前面的分析我们知道,管理人员由于其特定的工作特性会接触到大量的人,因此对于那些具有大规模社会网的管理人员来说,在两方面都占优势:不仅在网络中潜在的资源和职业支持提供者多,而且每个成员提供资源和支持的可能性也大。因此,本研究提出:

假设 1a　管理人员的网络规模越大,其获得的资源越丰富。

假设 1b　管理人员的网络规模越大,其获得的职业支持越大。

(2) 网络异质性与网络利益

网络异质性反映了管理人员的社会网络中全体成员(不包括自我)在某种社会特征方面的分布状况,包括年龄异质性、受教育程度异质性(简称教育异质性)和职业异质性等几种形式。研究认为,人们倾向于和拥有相似社会条件的人发展坚强的关系与互信关系。[③][④] 而这种网络的发展,容易使网络关系趋于同质,各种资源和信息的获得与传递容易重复。网络成员的相似性意味着他们拥有资源的相似性,这对管理人员在重要信息和资源的获取以及达成组织的工作目标上不一定有很好的效果。Blau 认为,具有异质性的人们更愿意相互交流物资和服务以达到互补的目的。[⑤] Granovertter 也指出,结交不同特质的人,可以突破自己亲密且封闭的社会圈,进而取得他人无法获得的信息。[⑥] Lin 认为,不同的地位、等级和发展背景的人掌握的信息是不同的。在不完善的市场条件下,处于某种战略地位或等级位置中的关系人,由于较好地了解市场需求,可以为个人提供以其他

① Marsden P V, Hurlbert J S. Social resources and mobility outcomes: A replication and extension. *Social Forces*, 1988, 66: 1038—1059.

② Wellman B, Wortley S. Different strokes from different folks: Community ties and social support. *American Journal of Sociology*, 1990, 96: 558—588.

③ Fischer C. To Dwell among friends: Personal networks in town and city. Chicago: University of Chicago Press, 1982.

④ Burt R S. Attachment, decay, and social network. *Journal of Organizational Behavior*, 2001, 22: 619—643.

⑤ Blau P. Exchange and power in social life. New York: Wiley, 1964.

⑥ Granovetter M S. The strength of weak ties. *American Journal of Sociology*, 1973, 6: 1360—1380.

方式不易获得的关于机会和选择的有用信息。[1] 因此,扩展网络的异质性则有利于社会关系的非重复性,可降低重复性信息的接触机会。[2] 基于以上,我们有:

假设 2a 管理人员社会网络的异质性越高,其获得的资源就越丰富。

与此同时,网络的异质性也有利于为管理人员提供不同的职业发展所需要的支持。比如,有人可以与他谈论工作中的问题,有人可以为他提供工作机会,还有人可以帮助他确立长期职业目标等,且不同职业背景和教育背景的人所提供的支持也可能是不一样的。

假设 2b 管理人员社会网络的异质性越高,其获得的职业支持越大。

(3) 网络密度与网络利益

网络密度是评价管理人员的社会网络成员之间相互关系程度的一个重要概念,可用"关系密切的成员对数占最大可能相识的成员对数的百分比"来表示。也就是说,在管理人员的社会网络中,关系密切的成员对数越多,网络的密度就越大。

一般情况下,研究者都认为密度高的网络更有利于交流和协调,能够使网络成员得到更多的社会支持。而 Burt 的结构洞理论则提出了不同的看法。[3] 所谓"结构洞",指网络成员间无直接联系或关系间断的现象,它使网络从整体上来看好像网络结构中出现了漏洞。结构洞与网络密度是成反比的,网络密度越高,结构洞越少。Burt 指出,由于构成双边关系的个体与大多数类似者共享着利益、财富、权力和价值等,因此自我封闭的网络只能提供重复的资源。管理人员的社会网络中互相没有联系的关系人对数越多,存在的"结构洞"越多,获取非重复性资源的优势越明显。而个体通过占据社会关系网络中未连接点的中间位置,不仅能获取更多的非重复资源,而且可以控制网络中的资源流动,因为其他成员必须通过他才能享用这些资源。对于管理人员来说,特定的工作性质就意味着其不仅面对着上司和下属,而且会经常跟不同部门、行业和层次的人打交道,形成相对庞大的社会网络。在这些网络成员之中,相互之间认识的可能性不会很大,因此管理人员处于互无联系的成员之间,具有保持、控制信息和资源的

① Lin N. Building a network theory of social capital. *Connections*, 1999, 22(1): 28—51.

② Burt R S. Structural holes: The social structure of competition. Cambridge, MA: Harvard University Press, 1992.

③ Burt R S. Structural holes: The social structure of competition. Cambridge, MA: Harvard University Press, 1992.

优势,就容易获得更多的资源和职业上的帮助。因此,我们有:

假设 3a　管理人员社会网络的密度越小,其获得的资源越丰富。

假设 3b　管理人员社会网络的密度越小,其获得的职业支持越大。

4.2.2　社会网络关系与网络利益

人与人之间的互动是构成彼此间关系的重要基础之一,不同的互动模式会产生不同的关系。Granovertter 认为,网络关系是指人与人、组织与组织之间由于交流和接触而实际存在的一种纽带联系,这种关系与传统社会学分析中所使用的表示人们属性和类别特征的抽象关系(如变量关系、阶级阶层关系)不同。他首次提出了关系力量的概念,认为强弱关系在人与人、组织与组织、个体与社会系统之间发挥着根本不同的作用。在他看来,强关系是在性别、年龄、教育程度、职业身份、收入水平等社会经济特征相似的个体之间发展起来的,因为群体内部相似性较高的个体所了解的事物、事件经常是相同的,所以通过强关系获得的信息往往重复性很高。而弱关系则是在社会经济特征不同的个体之间发展起来的。由于弱关系的分布范围较广,可以让行动者接触不同的社会阶层,它提供的信息重复性低,比强关系更能充当跨越其社会界限去获得信息和其他资源的桥梁,可以将其他群体的重要信息带给不属于这些群体的某个个体,因此他认为弱关系比强关系更能引导人们去取得较好的资源或是获得职业上的帮助。[①]

林南在社会资源理论中指出,真正有意义的不是弱关系本身,而是弱关系所联结的社会资源(social resources)。[②] 由于弱关系联结着不同阶层拥有不同资源的人,所以资源的交换、借用和摄取,往往通过弱关系纽带来完成。而强关系联结着阶层相同、资源相似的人,因此类似资源的交换既不十分必要,也不具有工具性的意义。[③]

尽管弱关系具有种种优势,然而在中国文化背景下学者们却得出了不一致的结论。我国学者边燕杰通过在天津和新加坡等地的研究,结果都显示了在华人文

① Granovetter M S. The strength of weak ties. *American Journal of Sociology*, 1973, 6: 1360—1380.

② Lin N. Social resources and instrumental action. In: Marsden P, Lin N (eds). Social Structure and Network Analysis. Beverly Hills, AC: Sage Publications, Inc., 1982: 131—147.

③ Lin N. Building a network theory of social capital. *Connections*, 1999, 22(1): 28—51.

化背景下强关系对职业地位获得的重要性及其与提供资源之间的关系。①②③ 边燕杰指出,在以伦理为本位的中国社会条件下,信息的传递往往是人情关系的结果,而不是原因。而有更高信任度和紧密度的强关系更有可能提供"影响"或"人情"。人情关系的强弱与获得照顾是正相关的:人情关系强,得到照顾的可能性就大;而没有人情关系,除偶然的例外,不会得到照顾。人情关系的实质是情意、实惠的交换。强关系往往表明这种交换已经在主客双方长久存在,相互的欠情、补情的心理,使得有能力提供帮助的人会尽力在对方需要或请求的时候提供帮助。张文宏和阮丹青对中国城乡居民社会支持网的首次比较研究发现:亲属等强关系在城乡居民的社会支持网中都发挥着非常重要的作用。④ 赖蕴宽(Lai)对上海城市居民社会支持网络的考察发现,配偶和父母等强关系发挥着最重要的工具性和情感性支持功能。同此相比,同事的支持功能是次要的和更专门化的。⑤

另外,Granovertter 指出,在经济领域最基本的行为就是交换,而交换行为得以发生的基础是双方必须建立一定程度的相互信任。如果信任感降到最低的程度,在每一次交易中,双方都必须在获得了必要的监督保证之后才能进行,那么,交易成本就会大大提高。他认为,信任嵌入于社会网络之中,而人们的经济行为也嵌入于社会网络的信任结构之中。而中国属于低信任度区域,只有强关系才能保证人们之间的相互信任,也只有强关系才有利于经济活动的开展。⑥

因此,本研究认为,在中国文化背景下,人们更多的是通过利用强关系来为自己提供帮助。因此,本研究有:

假设 4a　在社会网络中与他人的联系度越强,管理人员获得的资源就越丰富。

假设 4b　在社会网络中与他人的联系度越强,管理人员获得的职业支持程度越高。

①　Bian Y. Bringing strong ties back: Indirect ties, network bridges, and job searches in China. *American Sociological Review*, 1997a, 62(3): 366—385.

②　Bian Y, Ang S. Guanxi networks and job mobility in China and Singapore. *Social Forces*, 1997b, 75(3): 981—1005.

③　边燕杰,张文宏. 经济体制、社会网络与职业流动.《中国社会科学》,2001(2): 77—89。

④　张文宏,阮丹青. 城乡居民的社会支持网.《社会学研究》,1999(3): 12—24。

⑤　Lai G. Social support networks in urban Shanghai. *Social Networks*, 2001, 23(1): 73—85.

⑥　弗兰西斯·福山.《信任:社会道德与繁荣的创造》. 呼和浩特:远方出版社,1998。

第三节　网络利益与管理人员的职业生涯成功

4.3.1　资源与职业生涯成功

French 和 Raven 指出信息和资源是社会权力的根本基础。[①] 从社会交换理论的角度来讲,拥有较多的信息和资源就具备了可以和别人进行交换的有利条件,在这种情况下他的地位自然也会提高。学者们的研究也充分支持了这一点。Galbraith 认为,员工在企业内取得较多的信息,不但能提升自身的专业知识与技能,也能通过了解跨部门的信息替企业解决跨部门沟通、协调和排解纷争问题,从而帮助自己取得好的绩效。[②] Peters,O'Connor 和 Rudolf 发现,那些在便利条件下工作的个人比那些在不便利条件下工作的个人完成工作的质量和数量都要高。[③] Tsui 研究发现,掌握信息和资源将会提高个体在组织中的声望[④],而 Kilduff 和 Krackhardt 也得出了类似的结论。[⑤] Brass 和 Burkhardt 的研究表明,拥有丰富信息资源的个体在组织中将感觉到更自信、更有能力和影响力。[⑥] Spreitzer 的研究也证实,信息的获取能提高组织中个体的动机水平和工作绩效[⑦],而工作绩效的提高使得员工有机会获得调薪与升迁,从而实现客观的

[①] French J R, Raven B. The bases of social power. In:Cartwright D, Zander A (eds). Group dynamics (3rd ed). New York:Harper & Row, 1968:259—289.

[②] Galbraith J R. Organizational design. Reading, MA:Addison-Wesley, 1977.

[③] Peters L, O'Connor E, Rudolf C. Situational constraints and work outcomes:The influence of a frequently overlooked construct. *Organizational Behavior and Human Performance*, 1980, 25:79—96.

[④] Tsui A S, Gutek B A. A role set analysis of gender differences in performance, affective relationships, and career success of industrial middle managers. *Academy of Management Journal*, 1984, 27:619—635.

[⑤] Kilduff M, Krackhardt D. Bringing the individual back in:A structural analysis of the internal market for reputation in organizations. *Academy of Management Journal*, 1994, 37:87—109.

[⑥] Brass D J, Burkhardt M E. Potential power and power use:An investigation of structure and behavior. *Academy of Management Journal*, 1993, 36:441—470.

[⑦] Spreitzer G M. Social structural characteristics of psychological empowerment. *Academy of Management Journal*, 1996, 39:483—504.

职业生涯目标。①② 也就是说,获取更多的信息、财务和物质资源,有助于管理人员更好地完成工作,获取更高的收入和更多的晋升机会。因此,我们有:

假设 5a 管理人员从社会网络中获取的资源越多,总收入水平越高。

假设 5b 管理人员从社会网络中获取的资源越多,晋升次数越多。

过去的研究表明,通过组织内外部渠道了解相关的组织信息会提高一个人对工作的控制力以及对心理授权的感知。③ 那些感觉到更大的职业方面心理授权的人会对他们的职业进步更满意。特别是跟那些不够幸运的人相比,如果资源充足并且很容易得到,个人会很容易感到成功。④ 此外,拥有获得信息和资源的渠道能通过提高工作胜任和控制感,以及促进工作丰富化来提高个体对其职业的满意度。⑤⑥ 另外,更多的信息和资源有助于个人在组织内外的职业发展,可以在一定程度上提高职业满意度。Seibert 等人的研究显示,信息和资源的获取会显著提高职业满意度。⑦ 因此有:

假设 5c 管理人员从社会网络中获取的资源越多,职业满意度越高。

4.3.2 职业支持与总收入、晋升次数和职业满意度

很多研究都认为个人应该多参与非正式的人际活动以获得更多的职业上的

---

① Burt R S. The contingent value of social capital. *Administrative Science Quarterly*, 1997, 42(2): 339—365.

② Medoff J L, Abraham K G. Are those paid more really more productive? The case of experience. *Journal of Human Resources*, 1981, 16: 186—216.

③ Gist M E, Mitchell T N. Self-efficacy: A theoretical analysis of its determinants and malleability. *Academy of Management Review*, 1992, 17: 183—21.

④ Blumberg M, Pringle C. The missing opportunity in organizational research: Some implications for a theory of work performance. *Academy of Mangement Journal*, 1982, 7: 560—569.

⑤ Hackman J R, Oldham G R. Work redesign. Readings, MA: Addison-Wesley, 1980.

⑥ Spreitzer G M. Social structural characteristics of psychological empowerment. *Academy of Management Journal*, 1996, 39: 483—504.

⑦ Seibert S E, Kraimer M L, Liden R C. A social capital theory of career success. *Academy of Management Journal*, 2001b, 44(2): 219—237.

支持,从而促进个人职业生涯的发展和对成功的感知与满意度。①② 由此可见职业支持的获得对于职业生涯成功的重要性。在本研究中,职业支持是个人从社会网络中获得的各种资源和帮助,包括提拔、引荐、打招呼、提供资源或建议、提供经济及心理支持、与他谈论工作中的问题、为他提供其他工作机会、帮助他确立长期职业目标等任何有助于该员工个人职业发展的活动。由于管理人员的社会网络包括组织外部的网络和组织内部的网络,因此,管理人员获得的职业支持可能来自组织内部,也可能来自组织外部。

一般意义上,组织内部的支持主要包括导师/师傅(mentoring)、上级和同事的支持。导师制对于职业成果的积极影响已经被很多研究证明。具有导师关系的员工在晋升、工资增长和职业满意度方面都会比那些没有导师关系的同辈要高。③④ Kram 指出,导师/师傅在指导过程中主要为指导对象提供了两大方面的支持:职业相关支持和心理支持。前者是由于指导者通常职位较高、组织影响力较大而且经验丰富,可以帮助被提携者适应组织和工作,使其尽早顺利地完成组织社会化过程,从而可以提高个体的职业客观绩效,促进被提携者在组织中的晋升;另一方面,Kram 还发现,指导者还提供心理上的支持,即有效地提高员工个体的能力感、同一性和职业角色效能,并增加员工对组织的满意度以及承诺,降低员工的离职倾向,从而有利于组织管理的连续性,提高组织的绩效。⑤ 很多研究者得出了类似的结论,比如,通过发展"师徒关系",可以促进个人在组织中的

① Noe R A. Is career management related to employee development and performance? *Journal of Organizational Behavior*, 1996, 17: 119—133.

② Tharenou P. Going up? Do traits and informal social processes predict advancing in management? *Academy of Management Journal*, 2001, 44: 1005—1017.

③ Turban D B, Dougherty T W. Role of protégé personality in receipt of mentoring and career success. *Academy of Management Journal*, 1994, 37: 688—702.

④ Higgins M C, Kram K E. Reconceptualizing mentoring at work: A developmental network perspective. *Academy of Management Review*, 2001, 26: 264—288.

⑤ Kram K E. A relational approach to career development. In: Hall D T, Associates (eds). The career is dead-Long live the career. San Francisco: Jossey-Bass Publishers, 1996: 132—157.

职业发展、增加晋升的机会①、达成工作目标②及提高个人的职业满意度③。God-shalk 发现受到指导的员工能对工作投入更多的精力和热情,建立远大的职业抱负。④ Allen 等人对 43 项研究结果进行元分析发现,处于指导关系下的员工不仅晋升更快、薪水更高,能较快地适应组织环境,工作效率更高,而且还拥有较高的组织承诺和工作满意度,其离职意愿也较低。⑤

除了导师之外,管理人员的上级也是可以影响其职业发展的。Livingston 认为,在管理人员与其上级之间往往存在一种"皮格马利翁效应(Pygmalion Effect)"⑥,即上司的期望越高,对自己的下属越信任、越支持,那么员工干得就越好。一方面他们对管理人员的积极评价可以帮助其获得更高的绩效工资,而且他们对管理人员的培养和提拔也会影响员工的晋升及其对职业发展的满意程度。Wayne 等人的研究显示,上级的支持可以正向地预测工资增长,并与晋升可能性和职业满意度正相关。⑦ 而同事作为与管理人员在一起工作的人,对管理人员的日常表现和心理状态更加清楚。越来越多的企业采用同事评价的方式进行绩效考核⑧,而同事正面的评价无疑会为管理人员带来薪酬上的提高。同事也能站在管理人员的角度考虑问题,为管理人员提供及时的支持和帮助,这些会帮助管理人员获得较高的职业满意度。Nabi 对英国 439 名管理岗位上的全职员工进行的调查显示,同事的支持是管理人员主观职业生涯成功的有效预测

① Whitely W, Dougherty T W, Dreher G F. The relationship of career mentoring and socieconomic origin to managers and professional early career progress. *Academy of Management Journal*, 1991, 34: 331—351.

② Turban D B, Dougherty T W. Role of protégé personality in receipt of mentoring and career success. *Academy of Management Journal*, 1994, 37: 688—702.

③ Dreher G F, Ash R A. A comparative study of mentoring among men and women in managerial, professional, and technical positions. *Journal of Applied Psychology*, 1990, 75: 539—548.

④ Godshalk V M, Sosik J J. Aiming for career success: The role of learning goal orientation in mentoring relationships. *Journal of Vocational Behavior*, 2001, 59(3): 364—381.

⑤ Allen T D, Eby L T, Poteet M L, et al. Career benefits associated with mentoring for protégés: A meta-analysis. *Journal of Applied Psychology*, 2004, 89(1): 127—136.

⑥ Livingston J S. Pygmalion in management. *Harvard Business Review*, 1969, 48: 81—89.

⑦ Wayne S J, Liden R C, Kraimer M L, et al. The role of human capital, motivation and supervisor sponsorship in predicting career success. *Journal of Organizational Behavior*, 1999, 20: 577—595.

⑧ Rigg M. Reasons for removing employee evaluation from management's control. *Industrial Engineering*, 1992, 24(8): 26—27.

因素。①

组织外部的支持包括家庭成员、亲戚朋友和熟人等对管理人员职业或工作方面的支持等。他们不仅能够给管理人员提供坚强的经济后盾,而且在管理人员职业发展遇到困境的时候,也可以提供精神上的支持和各种各样的帮助。这些支持对管理人员的职业发展特别是对他的职业满意度有着非常大的影响,也有助于个人实现职业生涯的成功。Kotter 的研究表明,拥有坚固家庭支持的人们,比那些没有这种家庭支持的人赚钱更多,工作满意度更高,生活更幸福、健康。② 因此有:

假设 6a　管理人员从社会网络中获取的职业支持水平越高,总收入水平越高。

假设 6b　管理人员从社会网络中获取的职业支持水平越高,晋升次数越多。

假设 6c　管理人员从社会网络中获取的职业支持水平越高,职业满意度越高。

4.3.3　职业支持与工作-家庭冲突

组织中的员工除了有职业生活外同时还有家庭生活。传统的家庭是"男主外、女主内",现在的家庭结构已经发生了翻天覆地的变化。随着女性社会、经济、政治地位的不断提高,越来越多的女性进入了职场,她们不再甘心扮演家庭主妇的角色,想追求更多的目标,包括成就、权利、挑战等,更想拥有自己的职业生涯。越来越多的家庭成为"双职业生涯"家庭。对于女性来说,不仅要承担繁重的家务,还要发展自己的事业,势必会造成工作与家庭的冲突。而对于男性来说,也越来越需要协调工作与家庭生活。一方面,随着劳动力市场的竞争,面对更加沉重的压力,他们需要在工作上投入更多的时间;而另一方面,随着他们的妻子逐渐加入劳动力大军,男性需要承担越来越多的家务和照顾孩子的责任,因此他们必须在家庭责任和工作要求之间取得平衡。由此可见,工作与家庭之间是相互影响、无法分开的。职业生涯的每一阶段都与家庭因素息息相关,或协

---

① Nabi G R. The relationship between HRM, social support and subjective career success among men and women. *International Journal of Manpower*, 2001, 22(5): 457—474.

② Kotter J P. The general managers. New York: The Free Press, 1982.

调,或冲突。个人职业发展与家庭责任之间应遵循并行发展的逻辑关系。

Staines 提出了"溢出理论"(spillover theory)和"补偿理论"(compensation theory)①来说明工作和家庭生活相互影响的关系。"溢出理论"假定尽管存在工作和家庭之间身体上的暂时分界,但是在一个领域的感情和行为会带到另一个领域。例如,经过一天糟糕工作的雇员很可能在回家时带着坏心情,而迁怒于家人;反过来,被家庭事务弄得身心疲惫的雇员很可能在工作时心不在焉,导致工作效率低下。而"补偿理论"是对"溢出理论"的补充,该理论认为,假定在工作和家庭之间存在相反的关系,在一个领域中有所丧失就会在另一领域中投入更多企图弥补。如对家庭生活不满意的人,就会追求工作上的满足,反之亦然。这说明,工作和家庭之间的协调对我们每个人来说都非常重要,如果处理不好两者之间的关系,可能会引起工作和家庭的冲突,而如果处理得好,工作和家庭可以相得益彰。

对于管理人员来说,繁重的工作和日益增加的工作压力可能会对家庭生活造成很大的影响。而实证研究指出,来自社会网络的支持和帮助可以有效地降低工作-家庭冲突。首先,上司和导师/师傅的支持和帮助有助于降低工作和家庭的冲突。Nielson 也指出,处于指导关系下的员工往往会感觉到较少的工作-家庭冲突。② 另外,灵活的工作安排、人性化的工作设计等都有助于工作的高效率完成,降低员工的工作压力和焦虑情绪,从而有更多的时间跟家人在一起,保持工作和家庭的平衡。

其次,和谐的家庭生活会促进个人工作效率的提高和职业的发展,不仅使个人免去后顾之忧,更有助于个人调节工作与家庭的矛盾,缓解工作压力,降低工作与家庭的冲突。特别对于女性员工来说更是如此,她们一方面承担着日益繁重的工作任务,另一方面还没有完全从传统的家庭角色中脱离出来,所以更容易导致工作和家庭的冲突,这时家人的支持和帮助就尤为重要。③ 因此有:支持是

---

① Staines G L. Spillover versus compensation: A review of the literature on the relationship between work and non-work. *Human Relations*, 1980, 33: 111—129.

② Nielson T R, Carlson D S, Lankau M J, et al. The supportive mentor as a means of reducing work-family conflict. *Journal of Vocational Behavior*, 2003, 63(3): 417—437.

③ Ofelia J D B, Srednicki R, Kutcher E J. Work-family conflict, work-family culture, and organizational citizenship behavior among teachers. *Journal of Business and Psychology*, 2005, 20(2): 303—324.

一种能够帮助人们改善生活质量的资源。支持能使夫妻双方有效地解决工作和家庭中的问题。家人所提供的情感性支持和帮助性支持可以为个人的工作提供相当大的帮助。

假设 6d　管理人员从社会网络中获取的职业支持水平越高,工作-家庭冲突就越少。

4.3.4　社会网络对企业管理人员职业生涯成功的作用模型

由以上分析可以得出社会网络对管理人员职业生涯成功影响的理论模型,如图 4.1 所示。

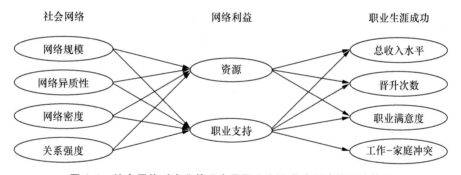

图 4.1　社会网络对企业管理人员职业生涯成功影响的理论模型

由上图可以看出,社会网络对管理人员职业生涯成功影响的作用过程是这样的:社会网络由于其网络结构(包括网络规模、网络异质性和网络密度)和各网络结点之间的关系强度不同,可以为网络中的管理人员提供的网络利益(资源和职业支持)也有所不同,正是这些网络利益推动了管理人员的职业生涯成功,表现为总收入的提高、晋升次数的增加、职业满意度的提高、工作-家庭冲突的降低。

第五章 社会网络对企业管理人员职业生涯成功影响的实证研究

该章的主要目的是基于问卷调查,获取一手研究数据,对研究模型进行实证检验。为此,我们首先进行了实证研究的设计,包括测量各研究变量,确定调研对象和调研方法并实施问卷调查,介绍数据分析的方法。在调查过程中,我们对测量量表的效度和信度进行了检验,进而对测量量表做了一定的修改。最后,我们对社会网络和管理人员职业生涯成功之间的关系进行了实证分析,并对实证检验的结果进行了简要的总结和讨论。

第一节 研 究 设 计

5.1.1 研究变量的测量

5.1.1.1 管理人员职业生涯成功各变量的测量

(1) 总收入水平。包括工资、奖金、福利等所有从企业获得的现金或实物收入,采用自我汇报的方式来获取被研究者的客观收入水平。研究表明,自我汇报(self-reported)的收入与公司记录高度相关[1],有时只有1%的偏差。[2] 由于收入涉及个人的隐私,难免会有一些被调查者对个人收入的填写有一定的抵触心理。为避免这种情况的出现,在设计问卷的过程中,我们把薪酬水平从低到高分成了

---

① Turban D B, Dougherty T W. Role of protégé personality in receipt of mentoring and career success. *Academy of Management Journal*, 1994, 37: 688—702.

② Judge T A, Cable D M, Boudreau J W, et al. An empirical investigation of the predictors of executive career success. *Personnel Psychology*, 1995, 48: 485—519.

12 个区间,供被调查的管理人员自行选择,每个等级的区间范围为 1—2 万元。然后按照报酬区间取中位数作为被调查者的收入水平(以万元为单位)。考虑到不同地区的管理人员薪酬水平差距较大,我们在征求各地区部分管理人员的建议之后,对于不同的地区,薪酬区间进行适度差别化的设计,这样便于使问卷设计的薪酬区间尽可能反映被调查者的真实薪酬水平。具体来说,对于徐州市和南通市的薪酬区间设计,以 2 万元为底线,1 万元为每个等级的范围;对于省会城市南京,以 3 万元为底线,2 万元为每个等级的范围;而对于苏南城市苏州,以 6 万元为底线,2 万元为每个等级的范围。

(2)晋升次数。晋升次数指的是调查对象自参加工作以来晋升的次数,包括工作范围、内容和权限的扩大以及职位的提升。调查中采取调查对象自我汇报的方法。很多研究对于晋升次数的测量都使用了这种测量方式,即在整个职业生涯当中总的晋升次数。[1][2]

(3)职业满意度。本研究采用的是 Greenhaus 等人在 1990 年开发的职业满意度量表(α 系数为 0.83)。[3] 这个量表是目前为止影响力最大、应用最为广泛的职业满意度量表。包括"我对自己事业上取得的成就感到满意","我对自己在实现事业总体目标方面取得的进步感到满意","我对自己收入的不断提高感到满意","我对工作中可以得到的职业发展机会感到满意",以及"我对自己职业技能的不断提高感到满意"五个题目。具体测量时使用李克特五点量表(1 = "非常不同意"到 5 = "非常同意")。

(4)工作-家庭冲突。采用 Martins,Eddleston 和 Veiga 在 2002 年使用的三道题目的量表(α 系数为 0.64)。[4] 这三道题目分别为"我的工作经常使我没有办法跟家人和朋友在一起","我经常会把工作中的焦虑和烦恼带到家庭生活中",以及"我经常会因为工作没有办法参加家庭的重要活动"。同样使用了李

　① Boudreau J W, Boswell W R, Judge T A. Effects of personality on executive career success in the United States and Europe. *Journal of Vocational Behavior*, 2001a, 58: 53—81.

　② Seibert S E, Kraimer M L, Liden R C. A social capital theory of career success. *Academy of Management Journal*, 2001b, 44(2): 219—237.

　③ Greenhaus J H, Parasuraman S, Wormley W M. Effects of race on organizational experiences, job-performance evaluations, and career outcomes. *Academy of Management Journal*, 1990, 33(1): 64—86.

　④ Martins L L, Eddleston K A, Veiga J F. Moderators of the relationship between work-family conflict and career satisfaction. *Academy of Management Journal*, 2002, 45(2): 399—409.

克特五点量表(1 = "非常不同意"到 5 = "非常同意")。

5.1.1.2　管理人员社会网络各变量的测量

本研究的社会网络变量包括网络规模、网络异质性、网络密度和关系强度。测量这几个变量必须首先确定网络的边界,即列举出有限的人来形成管理人员的职业支持网络,这就涉及网络成员的具体"生成"(generate)方法。在确定网络成员之后,才能根据网络结构、关系等方面的信息和各网络成员的具体信息计算上述几个变量的具体取值。

(1) 网络成员的产生办法

根据以往学者的研究,确定网络成员的"生成"(generate)主要有定名法和定位法两种不同的方法。①

① 定名法(name-generator)。定名法也称为提名生成法,或提名法,在网络分析文献中被广泛地使用。提名法有许多种②,但其中以 Burt 的方法最为简明。1985 年 Burt 主持了以研究美国人"核心讨论网"为主要内容的美国综合社会调查(GSS)项目。在这次调查中设计的重要问题的讨论网量表,成为后来社会网研究中被经常使用的标准问卷之一。

定名法的具体做法是根据研究的要求,向每个被访者询问一个或几个关于个体(ego)在某种角色关系(如邻里、工作)、内容领域(如工作事务、家庭杂务)或亲密关系(如信任的、最亲密的互动)中的他人/关系人(alters/contacts)的问题,这些问题会产生一张包括 3—5 名或者是被访者所提到的所有关系人的名单。与此同时,还需要让被调查者填写这些关系人的个人特征(如性别、职业、年龄),个体与这些网络成员之间的关系以及网络各成员相互之间的关系,以反映关系人拥有资源的异质性与范围。定名法测量的是核心网络,限定在 3—5 人之间。③ 绝大多数国外社会网络的实证研究都使用了这种方式,学者们对定名

①　林南.《社会资本——关于社会结构与行动的理论》.张磊译.上海:上海人民出版社,2005:86。

②　Campbell K E, Lee B A. Name generators in surveys of personal networks. *Social Networks*, 1991, 13: 203—221.

③　Burt R S. Structural holes: The social structure of competition. Cambridge, MA: Harvard University Press, 1992.

法的提名问题都根据自己的研究问题和对象进行了相应的调整。①②③④⑤ 另外，华裔学者阮丹青（Ruan）也在中国文化背景下探讨天津城市居民社会网时使用了 Burt 的标准问卷，只是为了适应中国的实际情况，才对其中的个别词句进行了适当改动。⑥ 定名法的优点在于可以对个人网络的具体情况进行详细的考察，不过，Lin 指出，定名法容易使被访者仅提名较强的关系，即仅提名几个与提名题目有关的网络成员，容易遗漏网络边界以外的关系人的数据。⑦

　　② 定位法（position generator）。定位法又称为位置生成法，是林南和他的同事首先提出来的。⑧ 后来被边燕杰、张文宏等中国学者普遍采用。⑨ 这种方法的出发点不在于考察被调查者的具体网络成员以及成员之间的相互关系，而主要在于考察网络成员所拥有的社会资源情况。具体做法是使用社会中特征显著的结构位置（职业、权威、工作单位、阶级或部门）作为指标，要求被访者指出每一位置上是否有交往者（比如那些熟悉的人），然后用这些指标来反映个人社会网络中所嵌入的资源情况。此外，还要确定自我与每一位置上的交往者之间的关系。这种测量方法假设社会资源是按照社会地位高低呈金字塔形分布于社会之中的，每一个网络成员所拥有的社会资源数量主要取决于其所处的社会结构性地位。

　　定位法的优点在于它在实际操作中比定名法更为简便，同时相对不太涉及个人隐私，也容易得到被调查者的配合。但它的使用需要以准确的各类职业社

---

　　①　Ibarra H. Network centrality, power, and innovation involvement：Determinants of t echnical and administrative roles. *Academy of Management Journal*, 1993, 36(3)：471—501.

　　②　Carroll G R, Teo A C. On the social networks of managers. *Academy of Management Journal*, 1996, 39(2)：421—440.

　　③　Friedman R A, Krackhardt D. Social capital and career mobility. *The Journal of Applied Behavioral Science*, 1997, 33(3)：316—334.

　　④　Seibert S E, Kraimer M L, Liden R C. A social capital theory of career success. *Academy of Management Journal*, 2001b, 44(2)：219—237.

　　⑤　Lin S C, Huang Y M. The role of social capital in the relationship between human capital and career mobility：Moderator or mediator? *Journal of Intellectual Capital*, 2005, 6(2)：191—205.

　　⑥　Ruan D. The content of the GSS discussion networks：An exploration of GSS discussion name generator in a Chinese context. *Social Networks*, 1998, 20：247—264.

　　⑦　Lin N. Building a network theory of social capital. *Connections*, 1999, 22(1)：28—51.

　　⑧　Lin N, Dumin M. Access to occupations through social ties. *Social Network*, 1986, 8：365—385.

　　⑨　边燕杰、张文宏. 经济体制、社会网络与职业流动.《中国社会科学》, 2001, 2：77—89。

会地位的排名为基础①,这跟调查取样、人们价值观会随着时代的变化而变化等很多因素都有关系。况且它并不允许把所有的职业类型列出,只能抽样列出一小部分来作为代表,这就更依赖权威的职业地位排名。而目前国内权威的职业地位排名并不多见,这在一定程度上限制了该方法的广泛应用。另外,它无法进一步了解被调查者的社会网络的具体构成情况。

本研究旨在讨论企业管理人员的职业支持网络,一定的提名人数(如 3—5 人)应该可以概括主要的网络成员。因此,本研究拟采用定名法来生成网络成员。

(2) 企业管理人员职业支持网络成员的产生

本研究在参考 Burt 提名问题的基础上设计了提名问题。② Burt 关于社会网成员的选择标准是由下列问题提出的:"大多数人时常与别人讨论一些重要问题。在最近半年中您与谁讨论过对您来说重要的问题?"其他有关问题集中于被访者提到的前 5 个人。在提名后,继续询问被访者与这几个人是什么关系?是否与这几个人的关系都同样密切? 如果不是,他与哪一位的关系密切? 他所提到的这几个人相互之间是否认识? 是否关系密切? 这里面需要注意的是提名期限的问题。Burt 使用的提名期限是"最近半年"。关于提名的期限,由于我们调查的是职业支持网络,即对管理人员的职业发展有帮助的人,半年的期限如果提名 3—5 个人的话困难很大。因为一个人的职业发展当中,并不是时时刻刻都会遇到帮助和支持。因此,本研究在征求部分专家意见后,将提名期限放宽为两年。调查沿袭了最多提名 5 名"对职业发展帮助最大"的网络成员的惯例。调查的提名问题如下③:

我们每个人的发展都离不开他人的支持与鼓励,除了我们认识的人如上司、同事、家人、朋友、熟人等,还包括那些我们并不熟悉但帮助过我们的

---

① 林南.《社会资本——关于社会结构与行动的理论》. 张磊译. 上海:上海人民出版社,2005:105。

② Burt R S. Network items and the general social survey. *Social Networks*, 1984, 6:293—339.

③ 为了降低被访者对社会网络的警觉,在设计提名问题的时候加入了"我们每个人的发展都离不开他人的支持与鼓励"这句话,旨在向被访者传递一种信息,即职业生涯发展过程中获得别人的帮助和支持是非常正常的。另外,为避免被访者仅提出关系强度高的网络成员,我们在问卷当中特别注明了"可以是您熟悉的人,也可以是并不熟悉但帮助过您的人"。

人。那么,请您仔细回顾一下,最近两年内对您的职业发展帮助(说明:这里所说的帮助包括提拔、引荐、打招呼、提供建议、提供经济及心理支持、与您谈论工作中的问题、为您提供其他工作机会、帮助您确立长期职业目标等任何有助于您职业发展的活动)最大的 5 个人(可以是您熟悉的人,也可以是并不熟悉但帮助过您的人),并把他们的姓氏或代号写在下面。

在获得提名人员之后,请被访者依次填写每位支持网成员的年龄、受教育水平和职业等资料,并询问被访者与每个被提名的网络成员之间的关系密切程度(从"非常熟悉"到"很不熟悉")。另外,由于职业的多样性,我们在调查问卷中并没有给出职业的备选答案,而是由被访者自己填写(见附录三)。

(3) 社会网络结构维度的测量

① 网络规模(network size)。指的是构成一个社会网的成员数目,并反映一个人社会网络资源拥有程度的重要指标。对于一个小型又封闭的社会网络来说,网络规模是很容易测量的,而对于其他研究来说,则不太好确定。有学者提出了两种确定网络规模的办法,一种是让各个行动者根据自己的实际情况确定,如对讨论网、社会支持网的网络规模的确定;另一种是研究者根据自己的理论偏好来确定。如对城市精英的研究,其界限很难甚至不可能确定,这时就需要研究者根据自己的理论偏好给出网络的边界。无论如何,为了研究网络,必须列举出有限的行动者集合来,否则是无法研究的。①

本研究通过让被访管理人员认真回顾最近两年内大致有多少人曾经对他的职业发展有过帮助,并在我们给出的六个区间(从"5 人以下"到"41 人以上")中选择一个。也就是说,我们在确定网络规模时,并不仅限于网络提名的 5 个人。② 具体计算网络规模时,我们按照"5 人以下" = 1,"6—10 人" = 2,"11—20人" = 3,"21—30 人" = 4,"31—40 人" = 5,"41 人以上" = 6 的方式,把管理人员的选择变为具体的数据。

② 网络异质性(network heterogeneity)。指的是一个社会网络中全体成员

---

① 刘军.《社会网络分析导论》.北京:社会科学文献出版社,2004:9。

② Seibert 等人在研究中也指出,网络规模可以不局限于网络提名的人数。见 Seibert S E, Kraimer M L, Liden R C. A social capital theory of career success. *Academy of Management Journal*, 2001b, 44(2): 219—237.

(不包括自我)在某种社会特征方面的分布状况。也就是看一个人能拓展的社会网络是不是非重复性的,关系人是否处于不同的阶层与群体。网络异质性包括年龄异质性、教育程度异质性和职业异质性几个方面。具体计算中按照异质性指数(Index of Qualitative Variation,简称 IQV)的标准公式计算[1][2],见公式(5.1)。在异质性的计算中,参考以往学者的做法,排除了提名人数小于 3 的个案。[3]

$$IQV = \frac{k(n^2 - \sum f^2)}{n^2(k-1)} \tag{5.1}$$

其中 n 为全部个案数目,k 为变项的类别数目,f 为每个类别的实际次数。以教育程度异质性为例,调查中受教育程度是四个候选答案:A. 高中及以下,B. 大专,C. 大学本科,D. 硕士以上。那么 $k=4$,对于提名人数为 5 人($n=5$)的网络来说,如果这 5 个人里有 2 个是 B,3 个是 C,也就是说答案 A 和 D 出现 0 次,B 出现 2 次,C 出现 3 次,那么,$f_a=f_d=0$,$f_b=2$,$f_c=3$。这样,这个网络的教育异质性指数就为:$4 \times [5^2 - (2^2 + 3^2)] / 5^2(4-1) = 0.64$。IQV 的数值在 0 到 1 之间,越接近于 0 说明这些网络成员在这方面的特征越相似,同样,越接近于 1 说明他们在这方面的差异性越大。

在本研究中,参照部分学者的处理[4],把计算出的三个异质性指数(即年龄异质性、教育异质性和职业异质性)通过因子分析归为一个指标来反映网络异质性的程度。

③ 网络密度(network density)。又称网络紧密度,是评价管理人员社会网络成员之间相互关系程度的一个重要概念,是网络成员相互认识的对数除以网络成员最大可能认识的对数。这是一个在网络研究当中广泛使用的测量方法。[5] 如果一个社会网的所有成员都只与核心人物单线联系,该社会网络的密

① 李沛良.《社会研究的统计应用》. 北京:社会科学文献出版社,2001: 53—54。
② 阮丹青,周路,布劳,魏昂德. 天津城市居民社会网初析.《中国社会科学》,1990(2):157—196。
③ Marsden P V. Core discussion networks of Americans. *American Sociological Review*, 1987, 52: 122—131.
④ 周玉.《干部职业地位获得的社会资本分析》. 北京:社会科学文献出版社,2005:122。
⑤ Borgatti S P, Jones C, Everett M G. Network measures of social capital. *Connections*, 1998, 21(2): 27—36.

度为 0,如果该社会网的所有成员都相互维持密切关系的话,其密度为 1。因此,我们在问卷中详细询问了管理人员提名的 3—5 人相互之间是否认识,然后用相互认识的对数除以最大可能认识的对数。变量的取值在 0 到 1 之间。

(4)社会网络关系维度的测量

考察社会网络的关系维度主要是通过关系强度的测量来反映的。学者们普遍认为,关系人的关系强度构成了社会网络测量的一个重要的组成部分。在社会网络研究中,格拉诺维特把网络成员之间的关系分成"强关系"和"弱关系",并使用四个指标来测量关系的强弱[1]:一是互动的频率,也即花费在某种关系上的时间,花费的时间长和互动的次数多为强关系,反之则为弱关系;二是情感密度,情感较强、较深为强关系,反之则为弱关系;三是熟识或相互信任的程度,熟识或信任程度高为强关系,反之则为弱关系;四是互惠交换,互惠交换多而广为强关系,反之则为弱关系。事实上,大多数研究者为简便起见,都在经验研究中采取了单一指标测量方法。常用的方法有互动法和角色法等。互动法是根据关系人与本人交往的频度来测量关系强度,交往越频繁,则关系越强;角色法则是根据网络成员与被研究者的角色关系来判断关系强度,如"朋友"被定义为强关系,而"熟人"则被定义为弱关系。如边燕杰在中国职业流动研究中则用关系类型和熟识程度来测量关系的强度[2],他把亲属和朋友以及熟识程度高的关系界定为强关系。在相关研究中,角色关系法由于简便易行而得到了更为广泛的运用。

参照 Seibert 等人对关系强度的测量[3],本研究对于关系强度也采用了单一指标测量方法,就是通过询问被访者与每个被提名的网络成员的关系密切程度,要求被访者在"非常熟悉"、"比较熟"、"一般"、"不太熟"和"很不熟悉"五项答案中选择。按照"非常熟悉"(5 分)到比较熟(4 分)、一般(3 分)、不太熟(2 分)和很不熟悉(1 分)赋予分值并进行计算。根据各提名人数关系强度的平均值为总的得分,得分越高者总体网络成员的关系强度就越高。

---

① Granovetter M S. The strength of weak ties. *American Journal of Sociology*, 1973, 6: 1360—1380.

② 边燕杰.《社会网络与求职过程》. 国外社会学, 1999(4): 1—13。

③ Seibert 等人是通过测量网络成员亲近程度来表示关系的强弱,其中 2 代表"特别亲近",1 代表"不太亲近",0 代表"疏远",而弱关系是所有 0 或 1 的关系之和。见 Seibert S E, Kraimer M L, Liden R C. A social capital theory of career success. *Academy of Management Journal*, 2001b, 44(2): 219—237。

（5）网络利益变量的测量

本研究中网络利益包括资源和职业支持两个变量。

① 资源的获取(access to resources)。使用 Spreitzer's 在 1996 年所编制的六个题目的量表($\alpha=0.89$)。[①] 其中三道题目是测量信息的获取($\alpha=0.87$)，另三道题目是测量其他财务、物质资源的获取。答案均采用了李克特五点量表(1 = "非常不同意"到 5 = "非常同意")。

② 职业支持(career support)。主要是了解被调查者的上司、同事、亲属、朋友和熟人等对他的职业支持情况。量表采用了 Forret 在 1995 年所编制的量表。[②] 考虑中国的文化背景，剔除无关的题目，最后使用 12 道题目来测量。答案使用李克特五点量表(1 = "完全没有"到 5 = "相当多")。

（6）控制变量的选择与测量

组织研究学者检验了大量的职业成功模型。研究显示，一些具体的研究成果包括人力资本变量(受教育程度或学历)、人口统计变量(性别、年龄、婚姻状况)和组织变量(管理层级、岗位类别、企业规模、企业性质以及所属行业类型)对工资、晋升次数和职业满意度的影响。[③④⑤⑥⑦] 每类变量和职业成果之间理论上的联系并不是本研究的范围，但均被作为本研究的控制变量。

考虑到在国内尚没有关于管理人员职业生涯成功影响因素的实证研究，因此基于我国背景的管理人员职业生涯成功研究中对于控制变量的选择没有更多的经验研究作为依据，所以，我们在以上分析的基础上，拟将这些可能的控制因素

① Spreitzer G M. Social structural characteristics of psychological empowerment. *Academy of Management Journal*, 1996, 39: 483—504.

② Forret M L. Networking activities and career success of managers and professionals. Unpublished dissertation of University of Missouri-Columbia, 1995.

③ Thomas W H, Eby L T, Sorensen K L, et al. Predictiors of objective and subjective career success: A meta-analysis. *Personnel Psychology*, 2005, 58: 367—408.

④ Judge T A, Cable D M, Boudreau J W, et al. An empirical investigation of the predictors of executive career success. *Personnel Psychology*, 1995, 48: 485—519.

⑤ Kirchmeyer C. Determinants of managerial career success: Evidence and explanation of male/female difference. *Journal of Management*, 1998, 24: 673—692.

⑥ Whitely W, Dougherty T W, Dreher G F. The relationship of career mentoring and socieconomic origin to managers and professional early career progress. *Academy of Management Journal*, 1991, 34: 331—351.

⑦ Brown C, Medoff J. The employer size-wage effect. *Journal of Political Economy*, 1989: 485—516.

作为分类变量,采取方差分析的方法检验不同类别的被调查者的职业生涯成功各评价指标是否有显著的差异,对于有显著差异的类型,我们将在假设检验中将此分类变量作为控制变量处理。Seibert 等人在研究中也采用了这种方法来确定控制变量。[①]　具体的过程和结果参见该章第三部分"假设检验"中的"控制变量的调整"部分。

5.1.2　资料来源与样本描述

（1）调查对象

本研究的调查对象是江苏省企业的管理人员。为了使调查尽可能客观地反映江苏省的整体状况,我们在江苏省范围内选择了省会城市南京、苏南城市苏州、苏中城市南通和苏北城市徐州四个地区的企业管理人员进行调查。同时,在每个城市进行调查的时候,考虑了行业、企业规模和企业性质的差异化。

（2）问卷设计

本研究参考各变量的测量量表设计调查问卷。在问卷的正文之前,我们特别说明了本次调查的目的,强调本次调查所获得的各项资料,将会和其他企业管理人员填写的资料一起形成整体数据,用于学术研究的统计分析,保证绝不做其他用途,研究中也绝不会对个人的资料做任何评价,以打消调查对象的有关顾虑,使其更真实地填写调查问卷。

问卷的正文包括:① 基本资料。包括填写者的基本资料,如性别、年龄、职位、学历、晋升次数、薪酬水平,工作年限,以及所在企业的行业、规模等。② 个体的社会交往情况。③ 个人所获得的职业支持。④ 工作中的一些感受,包括职业满意度、工作-家庭冲突。⑤ 从社会网络中获得的资源。

在问卷初稿编制完成后,请五名企业中层管理人员对问卷进行了文字上的斟酌,根据他们的建议进行了适当的修改,以保证问卷的可读性。

（3）资料收集的过程

由于希望获得个人的社会网络资料来进行实证分析,而这种资料又具有一定程度的私密性,因此调查具有一定的难度。故本研究采取方便抽样的方法。

---

① Seibert S E, Kraimer M L, Liden R C. A social capital theory of career success. *Academy of Management Journal*, 2001b, 44(2): 227.

鉴于社会网络的测量需要首先提名网络成员,这部分不太好理解,因此调查均采用了面对面的方式。调查数据是通过以下两种渠道获取的:

① 研究者以南京某著名大学的 MBA 班学员为研究对象展开调查。MBA 班级调查是利用学员下课的时间进行的。研究者到现场发放问卷并对问卷中需要注意的部分进行讲解,然后由被调查者填写问卷。被调查的 MBA 学员均为江苏省的企业管理人员,每个班参加调查的人员均在 30 人左右。

② 企业现场调查。通过研究者的社会网络选择一些企业进行调查。企业现场调查的过程是这样的:首先,从 2006 年 7 月开始,研究者利用自身的合作关系和社会网络获得愿意参与和配合本次调研的企业名单,共计 12 家企业。在确定企业的过程中,我们考虑了行业、企业规模和企业性质的差异性。其次,研究者到每个企业现场,与企业的协调人(人力资源部负责人或办公室负责人)在企业管理人员的名单中随机选择大约 1/2 的人员作为调查对象。调查过程中,研究者到被调查者的工作现场,将每 3—5 个被调查者作为一个小组,由研究者发放调查问卷,并对问卷的研究目的、内容和填写注意事项进行讲解,然后被调查者现场进行问卷填写,填写过程中如果有不太清楚的问题直接与研究者进行沟通,由研究者针对被访者提出的问题随时做出解释。

面对面的调查和及时的沟通在很大程度上保证了调研的顺利进行和所获取资料的真实性。为表示感谢,为每位被调查者准备了一份价值 15 元的精美礼品(商务名片册),对于企业中关键的协调人还准备了价值 30 元的名片盒。这也增强了被调查者填写问卷的责任心,有助于保证问卷的填写质量。

整个调查过程持续了近 4 个月,截至 2006 年 11 月 18 日完成,共发放调查问卷 476 份。由于面对面进行问卷调查,所以问卷的回收率较高。四城市共回收问卷 446 份,回收率为 93.7%。剔除部分填写残缺较多的不完整问卷(19份)、答案中过多的选择都一样的问卷(9 份)、提名人数小于 3 人的问卷(5 份)以及自己创业单干的管理人员①填写的问卷(6 份)。最后,剩余有效问卷 407份,有效回收率为 85.5%。调查对象的特征分布情况如表 5.1 所示。

---

① 需要说明的是,在被调查的 MBA 学员中有几位自己创业单干的管理人员。由于他们自己的公司规模非常小,职业生涯成功的部分评价指标如晋升次数无法测量,或无法真实反映。为保证所有调查结果的可比性,在整理问卷时,剔除了这部分人的资料。

表 5.1 调查对象的分布特征

项目	选项	频次	百分比（%）	累积百分比（%）
性别	男	308	75.7	75.7
	女	99	24.3	100.0
地区	南通	146	35.9	35.9
	南京	101	24.8	60.7
	徐州	92	22.6	83.3
	苏州	68	16.7	100.0
婚姻状况	未婚	60	14.7	14.7
	已婚	347	85.3	100.0
年龄	25 岁以下	14	3.4	3.4
	26—35 岁	186	45.7	49.1
	36—45 岁	146	35.9	85.0
	46 岁以上	61	15.0	100.0
职级	基层	143	35.1	35.1
	中层	248	60.9	96.1
	高层	16	3.9	100.0
学历	高中及以下	28	6.9	6.9
	大专	129	31.7	38.6
	本科	209	51.4	89.9
	硕士以上	41	10.1	100.0
岗位类别	人力资源管理	58	14.3	14.3
	生产	127	31.2	45.5
	营销	69	17.0	62.4
	研发	24	5.9	68.3
	财务	26	6.4	74.7
	后勤	14	3.4	78.1
	其他	89	21.9	100.0
所在企业规模（人数）	50 人以下	25	6.1	6.1
	51—100 人	21	5.2	11.3
	101—500 人	91	22.4	33.7
	501—1 000 人	71	17.4	51.1
	1 000 人以上	199	48.9	100.0

（续表）

项目	选项	频次	百分比(%)	累积百分比(%)
企业所在行业	制造业	282	69.3	69.3
	电力煤气及水的生产和供应业	10	2.5	71.8
	交通运输仓储业	7	1.7	73.5
	IT 业	22	5.4	78.9
	批发和零售贸易	20	4.9	83.8
企业所在行业	金融保险业	20	4.9	88.7
	房地产业	7	1.7	90.4
	社会服务业	14	3.4	93.8
	传播与文化产业	16	3.9	97.7
	其他	9	2.3	100.0
所在企业性质	非国企	180	44.2	44.2
	国企	227	55.8	100.0

资料来源:作者整理得到。

5.1.3　数据分析方法

本研究主要探讨个人社会网络、网络利益和管理人员职业生涯成功的关系。在回收问卷后,先对有效问卷进行整理。在数据的分析中,本研究主要采用了描述性统计分析、方差分析、探索性因子分析、验证性因子分析和结构方程模型等方法。分析软件采用 SPSS 11.5 和 AMOS 5.0。

第二节　测量量表的信效度检验

5.2.1　量表的效度分析

效度分析主要包括对量表进行内容效度和结构效度的分析。在内容效度上,本研究采用的量表主要来自于国外其他学者早期研究形成的量表。这些量表绝大多数都发表于国际一流期刊,并被学者们广泛使用,具备非常好的信度。

在量表的翻译过程中,结合中国文化背景对个别不容易理解的语句做了少许的调整,并请英语专业的老师对中英文量表进行了认真检查。在编制成问卷后又请企业中的几位管理人员对字句进行了斟酌,这些措施可以保障量表具有较好的内容效度。

结构效度指量表能测量理论的概念或特质的程度。为了测度量表的结构有效度,我们把样本随机分成两部分,第一部分 197 份,第二部分 210 份。第一部分数据用于各概念的探索性因子分析(Exploratory Factor Analysis,EFA);第二部分用于各概念的验证性因子分析(Confirmatory Factor Analysis,CFA)。总体 407 个样本用于研究假设的验证。

5.2.1.1 探索性因子分析

研究者首先采取探索性因子分析进行检验。在因子分析前,根据生成的 KMO 检验和 Bartlett 球型检验判断能否进行因子分析。其中,当 KMO 值越大时,表示变量间的共同因素越多,越适合进行因子分析。根据 Kaiser 的观点[①],如果 KMO 的值大于 0.7,可以进行因子分析;在 0.7—0.6 之间,勉强可以进行因子分析;小于 0.5 时,较不宜进行因子分析。

(1)职业支持。对该量表 12 个条目的相关系数矩阵和因子结构进行初步分析,结果发现量表的第 7、11 题的因子负荷较小,而且与其他题目的相关性不够显著。因此删除第 7、11 题。剩下的 9 个题目的 EFA 分析结果发现,各条目的 MSA(Measures of Sampling Adequacy,取样合适性测度)均大于 0.8,KMO(Kaiser-Meyer-Olkin)系数 = 0.88,总体 Bartlett 球形检验 χ^2 值为 757.31(df = 45,$p < 0.01$),并且 9 个条目间均在 0.01 水平上显著相关,因此满足因子分析的条件。一因子模型解释总方差的 59.68%。结果如表 5.2 所示。

表 5.2 "职业支持"量表的因子分析

题目	因子负荷
1. 帮助我更快完成工作	0.71
2. 帮助我解决工作中遇到的难题	0.79
3. 鼓励我努力工作	0.70
4. 为我提供他们的专业意见和建议	0.71

---

① 吴明隆.《SPSS 统计应用实务:问卷分析与应用统计》. 北京:科学出版社,2003:73。

（续表）

题目	因子负荷
5. 把他的工作经验与我分享	0.60
6. 帮助我更有效地完成工作	0.71
7. 为我提供职业方面的指导	0.31
8. 尽他最大的努力帮助我职业发展	0.67
9. 利用他们的影响力帮助我获得晋升	0.86
10. 帮助我了解公司的文化和潜规则	0.74
11. 为我提供工作上的指导	0.37
12. 利用他们的影响力帮助我获得新的工作	0.78

注:分析方法采用主成分分析(principal component analysis)/最大方差旋转(varimax)。

（2）资源。对该量表 6 个条目的相关系数矩阵的初步分析结果表明,各条目的 MSA 均大于 0.7,KMO 系数 = 0.81,总体 Bartlett 球形检验 χ^2 值为 378.822 (df = 15,$p < 0.01$),并且 6 个条目间均在 0.01 水平上显著相关,因此满足因子分析的条件。因子模型解释总方差的 50.53%。结果如表 5.3 所示。

表 5.3 "资源"量表的因子分析

题目	因子负荷
1. 我可以获得我所需要的资源来支持新的计划	0.74
2. 当我的工作需要额外的资源时,我通常可以得到	0.78
3. 我有获得资源的途径来把工作做得更好	0.80
4. 我可以很快地掌握公司内外的信息	0.60
5. 我能了解公司的发展策略与经营目标	0.64
6. 我可以获得有利于工作执行的信息	0.69

注:分析方法采用主成分分析(principal component analysis)/最大方差旋转(varimax)。

（3）职业满意度。对该量表 5 个条目的相关系数矩阵的初步分析结果表明,各条目的 MSA 均大于 0.7,KMO 系数 = 0.78,总体 Bartlett 球形检验 χ^2 值为 378.939(df = 10,$p < 0.01$),并且 5 个条目间均在 0.01 水平上显著相关,因此满足因子分析的条件。一因子模型解释总方差的 58.75%。结果如表 5.4 所示。

表5.4 "职业满意度"量表的因子分析

题目	因子负荷
1. 我对自己事业上取得的成就很满意	0.80
2. 我对自己在实现事业总体目标方面取得的进步感到满意	0.81
3. 我对自己收入的不断提高感到满意	0.80
4. 我对工作中可以得到的职业发展机会感到满意	0.79
5. 我对自己职业技能的不断提高感到满意	0.62

注:分析方法采用主成分分析(principal component analysis)/最大方差旋转(varimax)。

（4）工作-家庭冲突。对该量表 3 个条目的相关系数矩阵的初步分析结果表明,各条目的 MSA 均大于 0.7,KMO 系数 = 0.72,总体 Bartlett 球形检验 χ^2 值为 124.129(df = 3 , $p < 0.01$),并且 3 个条目间均在 0.01 水平上显著相关,因此满足因子分析的条件。一因子模型解释总方差的 58.60%。结果如表 5.5 所示。

表5.5 "工作-家庭冲突"量表的因子分析

题目	因子负荷
1. 我的工作经常使我没有办法跟家人和朋友在一起	0.90
2. 我经常会把工作中的焦虑和烦恼带到家庭生活中	0.67
3. 我经常会因为工作没有办法参加家庭的重要活动	0.86

注:分析方法采用主成分分析(principal component analysis)/最大方差旋转(varimax)。

（5）网络异质性。对该量表 3 个条目的相关系数矩阵初步分析结果表明,各条目的 MSA 均大于 0.8,KMO 系数 = 0.85,总体 Bartlett 球形检验 χ^2 值为 104.25 (df = 3 , $p < 0.01$),并且 3 个条目间均在 0.05 水平上显著相关,因此满足因子分析的条件。一因子模型解释总方差的 65.47%。结果如表 5.6 所示。

表5.6 "网络异质性"量表的因子分析

题目	因子负荷
1. 年龄异质性	0.73
2. 教育程度异质性	0.68
3. 职业异质性	0.76

注:分析方法采用主成分分析(principal component analysis)/最大方差旋转(varimax)。

5.2.1.2 验证性因子分析

我们利用第二部分 210 个样本数据用于各概念的验证性因子分析（CFA）。

在 CFA 中，通常采用如下几种拟合指数来评价模型拟合效果（如表 5.7 所示）：
（1）卡方检验（chi-square），即 χ^2/df，卡方与自由度之比小于 2，表明模型拟合好，小于 3，表明整体拟合度较好，大于 3 则不太好，大于 5 则较差。（2）拟合优度指数（goodness-of-fit index，GFI）。这个拟合指数的数值界于 0 与 1 之间，Hair 等人认为 GFI、AGFI 的值越接近于 1 越好，一般大于 0.9 表示模型拟合好。[①] 而 Browne 和 Cudeck 则认为，AGFI 的值大于 0.8 就可说明模型拟合好。[②]（3）本特勒（Bentler）比较拟合指数（comparative fit index，CFI）。取值在 0 与 1 之间，大于 0.9 表示模型拟合好。（4）近似误差均方根（root mean square error of approximation，RMSEA）。RMSEA 越小，表示模型拟合越好。Steiger 认为，RMSEA 低于 0.1，表示好的拟合，取值在 0.08 以下，表示数据与定义模型拟合较好，取值在 0.05 以下表示模型拟合很好，低于 0.01 表示非常出色的拟合，不过这种情形在应用中几乎碰不到；如果超过 0.1，则表明模型拟合不好。[③]（5）非正态化拟合指数（non-normal fit index，NNFI）也称为 Tucker-Lewis 指数（TLI）。取值在 0.9 以上表示模型拟合好。

表 5.7　模型拟合指数及其标准

拟合指数	一般参考标准	可接受的范围
χ^2/df	< 3	< 5
GFI	> 0.9	> 0.8
CFI	> 0.9	—
RMSEA	< 0.08	< 0.10
NNFI(TLI)	> 0.9	—

资料来源：作者整理得到。

下面，我们依次对本研究中的各变量进行验证性因子分析，使用 AMOS5.0 软件。

---

① Hairs J F, Anderson R E, Tatham R L, et al. Multivariate data analysis. 5th ed. New York: Macmillan, 1998.

② Browne M W, Cudeck R. Alternative ways of assessing model fit. In: Bollen and Long (eds). Testing structural equation models, 1993: 136—162.

③ Steiger, J. H. Structure model evaluation and modification: an interval estimation approach. *Multivariate Behavioral Research*, 1990, 25: 173—180.

（1）职业支持。从模型运行结果看，χ^2/df 为 2.37 在可接受的范围内，GFI、CFI、TLI 分别为 0.98、0.97、0.91，都大于 0.9，RMSEA 为 0.08，表示模型拟合很好（见表 5.8）。各测量项目的因子载荷如表 5.9 所示，从中可以看出，所有项目的因子负荷大部分都在 0.5 以上，并且是显著的。

表 5.8　"职业支持"的测量模型拟合优度

变量	χ^2/df	GFI	CFI	TLI	RMSEA
职业支持	2.37	0.98	0.97	0.91	0.08

表 5.9　"职业支持"在测量项目上的因子负荷值

变量	测量项目	标准化估计值
职业支持	CARSUPP1	0.61**
	CARSUPP2	0.64**
	CARSUPP3	0.60*
	CARSUPP4	0.69**
	CARSUPP5	0.65*
	CARSUPP6	0.70*
	CARSUPP8	0.68**
	CARSUPP9	0.90**
	CARSUPP10	0.66*
	CARSUPP12	0.80**

注：** 表示 $p<0.01$，* 表示 $p<0.05$。

（2）资源。从模型运行结果看，χ^2/df 为 2.91，在可接受的范围内，GFI、CFI、TLI 分别为 0.93、0.91、0.89，都大于 0.8，RMSEA 为 0.075，小于 0.08，表示模型拟合较好（见表 5.10）。资源在测量项目的因子载荷如表 5.11 所示，从中可以看出，所有项目在各自测量的潜变量上的因子负荷大部分都在 0.5 以上，并且是显著的。

表 5.10　"资源"的测量模型拟合优度

变量	χ^2/df	GFI	CFI	TLI	RMSEA
资源	2.91	0.93	0.91	0.89	0.075

表 5.11 "资源"在测量项目上的因子负荷值

变量	测量项目	标准化估计值
	Resour1	0.65*
	Resour2	0.63**
资源	Resour3	0.70**
	Resour4	0.57*
	Resour5	0.66*
	Resour6	0.76**

注:**表示 $p < 0.01$,*表示 $p < 0.05$。

(3)职业满意度。从模型运行结果看,χ^2/df 为 2.87,在可接受的范围内,GFI、CFI、TLI 分别为 0.94、0.89、0.86,都大于 0.8,RMSEA 为 0.084,小于 0.10,表示模型拟合较好(见表 5.12)。职业满意度在测量项目的因子载荷如表 5.13 所示,从中可以看出,所有项目在各自测量的潜变量上的因子负荷大部分都在 0.5 以上,并且是显著的。

表 5.12 "职业满意度"的测量模型拟合优度

变量	χ^2/df	GFI	CFI	TLI	RMSEA
职业满意度	2.87	0.94	0.89	0.86	0.084

表 5.13 "职业满意度"在测量项目上的因子负荷值

变量	测量项目	标准化估计值
	Carsati1	0.88*
	Carsati2	0.90**
职业满意度	Carsati3	0.87**
	Carsati4	0.81*
	Carsati5	0.77*

注:**表示 $p < 0.01$,*表示 $p < 0.05$。

(4)工作-家庭冲突。从模型运行结果看,χ^2/df 为 2.67,在可接受的范围内,GFI、CFI、TLI 分别为 0.93、0.91、0.90,都大于 0.9,RMSEA 为 0.072,表示模型拟合较好(见表 5.14)。工作-家庭冲突在测量项目的因子载荷如表 5.15 所示,从中可以看出,所有项目在各自测量的潜变量上的因子负荷大部分都在 0.5 以上,并且是显著的。

表 5.14　"工作-家庭冲突"的测量模型拟合优度

变量	χ^2/df	GFI	CFI	TLI	RMSEA
工作-家庭冲突	2.67	0.93	0.91	0.90	0.072

表 5.15　"工作-家庭冲突"在测量项目上的因子负荷值

变量	测量项目	标准化估计值
工作-家庭冲突	WFC1	0.84 **
	WFC2	0.67 *
	WFC3	0.89 *

注：＊＊表示 $p < 0.01$，＊表示 $p < 0.05$。

（5）网络异质性。从模型运行结果看，χ^2/df 为 2.87，在可接受的范围内，GFI、CFI、TLI 分别为 0.92、0.93、0.91，都大于 0.9，RMSEA 为 0.075，表示模型拟合很好（见表 5.16）。各测量项目的因子载荷如表 5.17 所示，从中可以看出，所有项目的因子负荷大部分都在 0.5 以上，且高度显著。

表 5.16　"网络异质性"的测量模型拟合优度

变量	χ^2/df	GFI	CFI	TLI	RMSEA
网络异质性	2.75	0.91	0.93	0.91	0.075

表 5.17　"网络异质性"在测量项目上的因子负荷值

变量	测量项目	标准化估计值
网络异质性	ageheter	0.68 *
	edcheter	0.71 *
	carheter	0.75 *

注：＊＊表示 $p < 0.01$，＊表示 $p < 0.05$。

5.2.1.3　变量区分效度的验证性检验

本研究中，网络利益包括两个因子（变量），即资源（RESOUR）和职业支持（CARSUPP），主观职业生涯成功包含两个因子（变量），即职业满意度（CARSATI）和工作-家庭冲突（WFC）。因此，需要检验它们之间的区分效度。采用 CFA 进行检验，结果如表 5.18 和表 5.19 所示。表 5.18 表明，本研究中网络利益的基本模型（即两个因子）的拟合效果较好，而模型 1 和基本模型相比，虽然有显著的差异，但是它们的拟合指数并不理想，因此，网络利益包括的两个因子具有良好的区分效度。类似地,表 5.19 表明,本研究中主观职业成功的基本模型(即两个因子)的拟合效果较好,而模型 1 和基本模型相比,虽然有显著的差异,但是其拟合指数并不理想,因此,主观职业成功包括的两个因子具有良好的区分效度。

表 5.18 "网络利益"概念区分性的验证性因子分析结果

模型	所含因子	X^2	df	$\Delta\chi^2$	GFI	CFI	TLI	RMSEA
基本模型	两个因子:CARSUPP;RESOUR	388.08	53		0.91	0.90	0.89	0.08
模型 1	一个因子:CARSUPP + RESOUR	485.99	54	97.91**	0.83	0.77	0.72	0.14

注:"+"表示这两个合并成一个。**表示 $p < 0.01$,$n = 210$(listwise)。

表 5.19 "主观职业成功"概念区分性的验证性因子分析结果

模型	所含因子	X^2	df	$\Delta\chi^2$	GFI	CFI	TLI	RMSEA
基本模型	两个因子:CARSATI;WFC	151.66	51		0.94	0.92	0.90	0.071
模型 1	一个因子:CARSATI + WFC	339.92	53	188.26**	0.87	0.74	0.68	0.12

注:"+"表示这两个合并成一个。**表示 $p < 0.01$;$n = 210$(listwise)。

5.2.2 量表的信度分析

所谓信度(reliability),就是量表的可靠性或稳定性,指一组测量项目是否在评价同一概念。信度是评价数据质量的重要指标。如果一个因子结构的信度高,表明结构内变量的一致性好,结构稳定。实证研究中,学术界在态度量表法中常用的检验信度的方法为 Cronbach 所创的 α 系数。α 系数值介于 0—1 之间。统计学专家指出[①],Cronbachα 值大于 0.7,表明数据可靠性较高,测量指标中的项目数小于 6 个时,Cronbachα 的值大于 0.6,表明数据是可靠的,在探索性研究中,Cronbachα 的值可以小于 0.7,但应大于 0.5。0.5 以下要重新修改结构,剔除无关的变量。我们利用 SPSS11.5 软件,计算了各个潜变量与指标的内部一致性系数,计算结果表明,大部分潜变量的内部一致性系数超过 0.7,最终的内部

---

① 吴明隆.《SPSS 统计应用实务:问卷分析与应用统计》.北京:科学出版社,2003:109。

一致性系数如表 5.20 所示。

表 5.20　各潜变量的内部一致性系数

变量名称	观测题目数	α 系数
职业支持	8	0.87
资源	6	0.77
职业满意度	5	0.80
工作-家庭冲突	3	0.67
网络异质性	3	0.71

从上表可以看出,各变量都具有较好的信度,而工作-家庭冲突的信度虽然相对较低,但由于其项目数较少,只有三个,因此数据也是可靠的。

第三节　研究假设的检验

5.3.1　统计描述

在假设检验之前,我们首先对研究的主要变量进行统计描述。本研究首先通过各变量的 Pearson 相关系数矩阵,初步分析各变量之间的关系。结果如表 5.21 所示。从表中可以看出,职业成功的四个评价指标之间有显著的相关关系;关系强度、职业支持和晋升次数有显著的相关关系;关系强度、职业支持和总收入水平有显著的相关关系;关系强度、网络密度、网络规模、资源、职业支持和职业满意度有显著的相关关系;关系强度、网络密度、职业支持和工作-家庭冲突有显著的相关关系。

不过需要注意的是,表 5.21 中显示的是各变量两两之间的相关系数,并没有考虑到其他变量对它们之间相关性的影响。因此,还需要通过进一步分析检验研究假设。

为了了解不同类别的企业管理人员在职业成功四项指标上的差异,研究者依据性别、婚姻状况、企业性质、年龄、管理层级、学历、岗位性质、企业规模、行业等因素的分类标准,把样本分成不同的组别,采用方差分析进行不同类别的差异分析。对于分组类别大于两类的,采用 Scheffe 多重比较的方法,检验不同类别之间的差异。

表 5.21　研究变量的 Pearson 相关系数矩阵

	Mean	S. D.	1	2	3	4	5	6	7	8	9
1. 晋升次数	3.72	2.39									
2. 总收入水平	5.78	4.84	0.48**								
3. 职业满意度	3.36	0.67	0.15**	0.12*							
4. 工作-家庭冲突	2.97	0.76	0.25**	0.23**	-0.12*						
5. 资源	3.54	0.50	0.19	0.13	0.30**	0.06					
6. 职业支持	2.92	0.72	0.14*	0.12**	0.31**	-0.09*	0.33				
7. 网络规模	3.64	1.75	-0.17	0.06	0.07**	-0.11	-0.05*	-0.09			
8. 网络异质性	0.63	0.27	0.01	0.04	-0.04	-0.02	0.03*	-0.06*	0.075		
9. 网络密度	0.62	0.31	-0.13	0.02	-0.17**	0.23**	-0.07*	-0.05*	-0.09	-0.32*	
10. 关系强度	4.33	0.54	0.021**	0.12*	0.06**	-0.02*	0.06*	0.11**	-0.06	-0.07	0.26**

注:** 表示 $p < 0.01$(双尾),* 表示 $p < 0.05$(双尾),总收入水平单位为:万元。

（1）不同性别、婚姻状况和企业性质的管理人员之间职业生涯成功指标的差别。如表 5.22 所示,不同性别的管理人员在职位晋升、总收入水平和工作-家庭冲突上有显著的差别,男性企业管理人员的职位晋升次数、总收入水平和工作-家庭冲突显著高于女性企业管理人员。在职业满意度上,不同性别的管理人员并没有表现出显著的差异;不同婚姻状况的管理人员在职位晋升和工作-家庭冲突上有显著的差别,未婚的管理人员的职位晋升次数、工作-家庭冲突都显著低于已婚者。而在总收入水平、职业满意度两个指标上,不同婚姻状况的管理人员并没有表现出显著的差异;在本研究中,我们的企业所有性质的划分仅仅考虑两个类别,即国有企业和非国有企业。不同性质企业的管理人员在职位晋升、总收入水平上有显著的差别,国有企业管理人员的职位晋升次数、总收入水平显著低于非国有性质的企业管理人员。而在职业满意度、工作-家庭冲突两个指标上,不同性质企业的管理人员并没有表现出显著的差异。

表 5.22　不同性别、婚姻状况和企业性质的管理人员职业生涯成功的方差分析

		总收入水平		晋升次数		职业满意度		工作-家庭冲突	
		Means	F	Means	F	Means	F	Means	F
性别	男	6.24	10.77**	3.96	11.77**	3.35	0.34	3.05	12.71**
	女	4.42		3.02		3.39		2.73	
婚姻状况	未婚	6.81	3.19	2.98	6.89**	3.41	0.78	2.71	8.47**
	已婚	5.60		3.86		3.35		3.01	
企业性质	非国企	7.41	39.26**	4.05	5.85*	3.41	1.96	3.03	1.92
	国企	4.48		3.46		3.31		2.92	

注:总收入均值的单位为:万元; ** 表示 $p < 0.01$, * 表示 $p < 0.05$。

（2）年龄不同的企业管理人员之间职业生涯成功的差别。如表 5.23 所示，不同年龄的管理人员在职业生涯成功五个指标上表现的差异性不同:在职位晋升上,46 岁以上的管理人员的晋升次数为 4.47 次,显著高于 25 岁以下、26—35 岁的管理人员;在总收入水平上,25 岁以下的管理人员收入显著低于 26—35 岁的管理人员;在工作-家庭冲突上,25 岁以下的管理人员的工作-家庭冲突程度为 2.10 次,显著地低于其他年龄的管理人员。在职业满意度方面,不同年龄的管理人员并没有显著的差异。

表 5.23　不同年龄的企业管理人员职业生涯成功的方差分析

	总体 ($N = 393$)	25 岁以下 ($N = 14$)	26—35 岁 ($N = 182$)	36—45 岁 ($N = 138$)	46 岁以上 ($N = 59$)	Scheffe 比较
总收入水平	5.78 (4.84)	3.64 (1.36)	6.67 (3.90)	5.13 (3.75)	5.05 (2.62)	1—2*
晋升次数	3.72 (2.39)	2.36 (1.65)	3.55 (2.44)	3.90 (2.08)	4.17 (2.81)	1—4*
职业满意度	3.36 (0.67)	3.27 (0.68)	3.27 (0.66)	3.42 (0.67)	3.51 (0.68)	NS
工作-家庭冲突	2.97 (0.76)	2.10 (0.55)	2.90 (0.79)	3.08 (0.73)	3.10 (0.62)	1—2*,1—3*,1—4*

注:括号内为标准差。* 表示 $p < 0.05$,NS 表示不显著($p > 0.1$)。

（3）层级不同的企业管理人员之间职业生涯成功的差别。如表 5.24 所示,从职位晋升上看,高层管理者平均晋升次数为 6.73 次,中层管理者为 4.35 次,而基层为 2.34 次,三个群体之间都存在着显著的差异;从总收入水平上看,高层管理者平均年收入为 10.87 万元,中层管理者为 6.40 万元,基层为 4.19 万元,三个群体之间也存在着显著的差异;不过,不同层级的管理者在职业满意度和工作-家庭冲突上并没有显著的差异。

表 5.24　不同层级的企业管理人员职业生涯成功的方差分析

	总体 ($N = 393$)	基层 ($N = 140$)	中层 ($N = 238$)	高层 ($N = 15$)	Scheffe 比较
总收入水平	5.78 (4.84)	4.19 (3.20)	6.40 (5.10)	10.87 (7.35)	1—2*,1—3*, 2—3*
晋升次数	3.72 (2.39)	2.34 (1.54)	4.35 (2.22)	6.73 (4.10)	1—2*,1—3*, 2—3*
职业满意度	3.36 (0.67)	3.18 (0.75)	3.47 (0.60)	3.31 (0.68)	NS
工作-家庭 冲突	2.97 (0.76)	2.86 (0.76)	3.02 (0.77)	3.18 (0.67)	NS

注:括号内为标准差。* 表示 $p < 0.05$,NS 表示不显著($p > 0.1$)。

(4) 学历不同的管理人员之间职业生涯成功的差别。如表 5.25 所示,不同学历的管理人员在晋升次数、职业满意度和工作-家庭冲突三个方面并没有显著的差异。在总收入水平上,不同学历的管理人员之间表现出了显著的差异,呈现出学历越高收入越高的趋势,其中硕士以上的管理人员收入水平显著高于其他学历的管理人员,而本科毕业的管理人员收入水平显著高于大专及以下的管理人员,大专毕业和高中(及以下)学历的管理人员收入水平并没有显著的差异。

表 5.25　不同学历的企业管理人员职业生涯成功的方差分析

	总体 ($N = 393$)	高中及以 下($N = 28$)	大专 ($N = 123$)	本科 ($N = 202$)	硕士及以 上($N = 40$)	Scheffe 比较
总收入水平	5.78 (4.84)	2.79 (0.98)	3.83 (2.22)	6.56 (5.02)	9.96 (7.10)	1—3*,1—4*, 2—3*,2—4*, 3—4*
晋升次数	3.72 (2.39)	3.44 (1.72)	3.32 (2.00)	3.94 (2.57)	4.08 (2.70)	NS
职业满意度	3.36 (0.67)	3.51 (0.76)	3.42 (0.67)	3.28 (0.64)	3.46 (0.73)	NS
工作-家庭 冲突	2.97 (0.76)	3.27 (0.75)	2.98 (0.73)	2.92 (0.76)	2.95 (0.85)	NS

注:括号内为标准差。* 表示 $p < 0.05$,NS 表示不显著($p > 0.1$)。

(5) 规模不同的企业管理人员之间职业生涯成功的差别。如表 5.26 所示,不同规模企业的管理人员在四个职业成功指标上并没有显著的差异。

表 5.26 不同规模的企业管理人员职业生涯成功的方差分析

	总体 ($N=393$)	50 人 以下 ($N=25$)	51— 100 人 ($N=21$)	101— 500 人 ($N=89$)	501— 1 000 人 ($N=66$)	1 000 人 以上 ($N=192$)	Scheffe 比较
总收入水平	5.78 (4.84)	8.14 (5.35)	6.19 (5.14)	6.08 (5.21)	6.58 (6.06)	5.02 (3.89)	NS
晋升次数	3.72 (2.39)	2.76 (1.76)	3.38 (1.88)	3.89 (3.16)	4.05 (2.10)	3.70 (2.16)	NS
职业满意度	3.36 (0.67)	3.37 (0.77)	3.44 (0.65)	3.31 (0.68)	3.39 (0.59)	3.36 (0.69)	NS
工作-家庭 冲突	2.97 (0.76)	2.73 (0.61)	2.73 (0.90)	3.10 (0.73)	2.99 (0.89)	2.95 (0.73)	NS

注:括号内为标准差。NS 表示不显著($p>0.1$)。

(6)岗位不同的企业管理人员之间职业生涯成功的差别。如表 5.27 所示,在晋升次数、职业满意度两个方面,不同岗位的管理者之间没有显著的差异;在收入水平上,研发岗位的管理人员为 11.33 万元,显著地高于其他各种岗位类型的管理人员。从工作-家庭冲突方面看,人力资源管理人员为 2.58,显著低于生产、营销和其他类型岗位的管理人员。

表 5.27 不同岗位的企业管理人员职业生涯成功的方差分析

	总收入水平	晋升次数	职业满意度	工作-家庭冲突
总体 ($N=393$)	5.78 (4.84)	3.72 (2.39)	3.36 (0.67)	2.97 (0.76)
1.人力资源管理 ($N=58$)	5.16 (3.43)	3.29 (2.11)	3.35 (0.62)	2.58 (0.76)
2.生产 ($N=120$)	4.13 (2.20)	3.62 (1.82)	3.42 (0.69)	3.10 (0.72)
3.营销 ($N=66$)	6.41 (4.72)	3.59 (2.63)	3.36 (0.57)	3.08 (0.71)
4.研发 ($N=24$)	11.33 (7.25)	4.96 (3.74)	3.33 (0.71)	2.90 (0.84)
5.财务 ($N=26$)	5.14 (3.28)	3.29 (1.72)	3.22 (0.73)	2.67 (0.67)

（续表）

	总收入水平	晋升次数	职业满意度	工作-家庭冲突
6. 后勤	4.35	3.38	3.43	2.92
（$N=13$）	(3.51)	(2.02)	(0.86)	(0.80)
7. 其他	6.90	4.08	3.33	3.07
（$N=86$）	(6.51)	(2.63)	(0.72)	(0.77)
Scheffe 比较	1—4*,2—4*,3—4* 4—5*,4—6*,4—7*	NS	NS	1—2*,1—3*, 1—7*

注:括号内为标准差。* 表示 $p<0.05$,NS 表示不显著($p>0.1$)。

　　（7）行业不同的企业管理人员之间职业生涯成功的差别。如表 5.28 所示,在晋升次数、职业满意度、工作-家庭冲突三个方面,不同行业的管理者之间没有显著的差异。在收入水平方面,制造业的管理人员收入平均水平为 4.53 万元,显著低于电力煤气及水的生产和供应业(14.33 万元)、金融保险业(9.73 万元)和传播与文化产业(9.44 万元),电力煤气及水的生产和供应业的管理人员(14.33 万元)显著高于其他类型行业(3.00 万元)。

表5.28　不同行业的企业管理人员职业生涯成功的方差分析

	总收入水平	晋升次数	职业满意度	工作-家庭冲突
总体	5.78	3.72	3.36	2.97
（$N=393$）	(4.84)	(2.39)	(0.67)	(0.76)
1. 制造业	4.53	3.85	3.40	2.99
（$N=269$）	(3.56)	(2.17)	(0.67)	(0.75)
2. 电力煤气及水的 生产和供应业（$N=9$）	14.33 (8.58)	4.22 (2.64)	3.49 (0.61)	3.44 (0.78)
3. 交通运输仓储业	5.79	1.00	2.83	2.76
（$N=7$）	(2.12)	(1.16)	(0.78)	(0.50)
4. IT 业	8.30	3.50	3.02	2.82
（$N=22$）	(6.89)	(2.63)	(0.72)	(0.90)
5. 建筑业	9.50	8.33	3.07	3.11
（$N=3$）	(4.77)	(8.39)	(0.50)	(1.17)
6. 批发和零售贸易	8.80	3.85	3.56	3.05
（$N=20$）	(5.25)	(1.53)	(0.61)	(0.82)
7. 金融保险业	9.73	3.40	3.15	2.95
（$N=20$）	(4.25)	(2.56)	(0.76)	(0.60)

（续表）

	总收入水平	晋升次数	职业满意度	工作-家庭冲突
8. 房地产业	5.93	3.86	3.43	2.48
（N=7）	（3.09）	（2.55）	（0.48）	（0.90）
9. 社会服务业	6.68	2.21	3.41	3.02
（N=14）	（3.50）	（1.31）	（0.49）	（0.58）
10. 传播与文化产业	9.44	4.25	3.36	2.88
（N=16）	（8.24）	（3.62）	（0.48）	（0.86）
11. 其他	3.00	1.20	3.28	2.20
（N=5）	（0.50）	（0.45）	（0.99）	（0.77）
Scheffe 比较	$1-2^*,1-7^*,$ $1-10^*,2-11^*$	NS	NS	NS

注:括号内为标准差。* 表示 $p<0.05$, NS 表示不显著 $(p>0.1)$。

5.3.2　控制变量的调整

大多数实证研究对于控制变量的选取都是基于过去的研究文献总结得出的。但是,就本项研究而言,通过这种方法选取控制变量可能存在一些潜在的问题:① 由于这些结论更多是基于国外文献,目前国内对于管理人员职业生涯成功影响因素的实证研究还很少,所以这些控制变量的选择合适与否还不能确定;② 由于一些控制变量的类型划分太多,比如行业划分为 11 个,作为虚拟变量来处理时,就会转化为 10 个变量;岗位类别划分为 7 个,作为虚拟变量来处理时,就会转化为 6 个变量。这样的话,实证模型就会显得特别复杂;③ 本研究的因变量为多变量,涉及职业生涯成功的四个变量,事实上,每个因变量的控制变量可能有所差异。

基于以上分析,我们拟采取如下措施:通过对可能的控制变量作为分类变量,对因变量进行差异性分析,使用那些能够对因变量产生差异性影响的类别变量作为控制变量,同时根据差异性分析的结果重新对该类别变量的取值类型作重新划分。①

---

① 我们通过方差分析,对这些分类变量进行类别的重新划分,既可以发现对职业生涯成功有影响的控制变量,也可以简化控制变量的数量和取值类型,从而可以简化模型。但需要特别说明的是,对这些分类变量的类别重新划分的方法不是唯一的,一个基本原则是不丢失类别重新划分后,各种类型的管理人员之间职业生涯成功指标差异性的信息。

如前所述,这种方法在过去的权威研究中也得到过应用。①

通过以上的方差分析,我们发现:① 不同性别的企业管理人员之间,在晋升次数、总收入水平、工作-家庭冲突三个职业生涯成功指标上有显著的差异。② 不同婚姻状况的企业管理人员之间,在晋升次数、工作-家庭冲突两个职业生涯成功指标上有显著差异。③ 不同企业性质(非国企、国企)的管理人员之间,在晋升次数、总收入水平两个职业生涯成功指标上有显著差异。④ 不同年龄的企业管理人员之间,25 岁以下的管理人员晋升次数显著低于 46 岁以上的,25 岁以下的管理人员总收入水平显著低于 26—35 岁的管理人员,25 岁以下的管理人员的工作-家庭冲突则显著低于其他年龄段的管理人员。通过比较我们发现,26 岁以上的管理人员在各个职业生涯成功指标之间并没有显著的差异,因此,我们可以把年龄变量划分为两个取值,即 25 岁以下和 26 岁以上。⑤ 不同层级的企业管理人员之间,基层、中层、高层的管理人员在晋升次数、年度收入之间有显著的差异。⑥ 在不同学历的企业管理人员之间,我们发现在总收入水平指标上有显著性差异存在。不过,"高中及以下"和"大专"两个学历的管理人员群体之间在所有的职业生涯成功指标上并没有显著的差异。因此,我们可以把学历分为"大专及以下"、"本科"和"硕士以上"三个取值。⑦ 不同规模的企业管理人员之间在职业生涯成功的四个指标上都没有显著的差异。因此,企业规模被排除在控制变量以外。⑧ 不同岗位的企业管理人员之间,研发岗位管理人员的收入水平显著地高于其他各种岗位类型的管理人员。人力资源管理人员的工作-家庭冲突显著低于生产、营销和其他类型岗位的管理人员。而其他岗位类型的管理人员之间并没有显著的差异。因此,我们可以把岗位类别分为"研发"、"人力资源管理"和"其他岗位类别"。⑨ 不同行业的企业管理人员之间,仅仅在收入水平方面,制造业的管理人员收入平均水平显著低于电力煤气及水的生产和供应业、金融保险业和传播与文化产业,电力煤气及水的生产和供应业的管理人员显著高于其他类型行业。因此,我们可以把 11 个行业类型合并为三个行业类型,即"制造业"、"电力煤气及水的生产和供应业"和"其他类型"。

表 5.29 总结了这些分类变量对职业生涯成功各指标的影响情况和这些分

---

① Seibert S E, Kraimer M L, Liden R C. A social capital theory of career success. *Academy of Management Journal*, 2001b, 44(2): 227.

类变量取值范围的重新划分。相应地,如果该分类变量对某个职业生涯成功指标有差异性影响,那么这个分类变量就作为该职业生涯成功指标的控制变量来处理。因此,总收入水平的控制变量为性别、企业性质、年龄、管理层级、学历、岗位类别和行业类别七个;晋升次数的控制变量为性别、婚姻状况、企业性质、年龄、管理层级五个;职业满意度没有控制变量,工作-家庭冲突的控制变量为性别、婚姻状况、年龄和岗位类别四个。

表 5.29　类型变量对职业生涯成功各指标影响的汇总分析表

分类变量及取值范围		总收入水平	晋升次数	职业满意度	工作-家庭冲突
性别	"男"、"女"	√	√	—	√
婚姻状况	"已婚"、"未婚"	—	√	—	√
企业性质	"国企"、"非国企"	√	√	—	—
企业规模	—	—	—	—	—
年龄	"25 岁以下"、"26 岁以上"	√	√	—	—
管理层级	"基层"、"中层"、"高层"	√	√	—	—
学历	"大专及以下"、"本科"和"硕士以上"	√	—	—	—
岗位类别	"研发"、"人力资源管理"和"其他类别"	√	—	—	√
行业类型	"制造业"、"电力煤气及水的生产和供应业"和"其他类型"	√	—	—	—

注:"√"表示该分类变量对指定的职业生涯成功变量有差异性影响。

5.3.3　结构模型与假设检验

下面我们运用 AMOS5.0 对社会网络和职业生涯成功之间的关系进行检验。运用结构方程模型方法的基本假设条件是数据呈正态分布。在实证研究中,研究者常用数据的偏度和峰度系数来检验数据的正态性。Mardia 指出,在结构方程分析中观测变量的峰度及偏度系数最好介于 ±2 之间。① Kline 的研究认为偏

---

① Mardia K V. Mardia's test of multi-normality. In: Kotz S, Johnson N L (eds). Encyclopedia of statistical science, New York: Wiley, 1985: 217—221.

度系数的绝对值大于 3、峰度的绝对值大于 10 时视为极端值，必须加以处理。① 因此，我们首先用 SPSS11.5 对各个潜变量的测量项目的调查数据进行了偏度和峰度分析，结果发现各测量项目的偏度和峰度系数都在可接受的范围之内，表明调查数据呈近似正态分布。

除了利用偏度和峰度对数据的正态性进行检验外，还可以利用 SPSS 中的 P-P 正态概率图来检验变量是否服从正态分布。P-P 正态概率图是根据变量分布累积比和正态分布累积比生成的图形。如果是正态分布，被检验数据基本上成一条 45°直线。② 按照这种方法，我们对以上各个测量项目的数据生成了 P-P 正态概率图，基本上都成 45°的直线，表明调查数据近似正态分布，符合统计分析的数据要求。

根据本研究的理论假设，我们形成社会网络与职业生涯成功关系的路径模型（如图 5.1 所示），并利用 AMOS 软件对模型进行分析，最终拟合结果如表 5.30 所示，表明假设模型具有很好的拟合效果，假设模型得到支持，而且理论提出的 15 种假设关系中有 12 种是显著的，与预测的方向一致。假设模型的路径系数和假设检验的结果如表 5.31 所示。

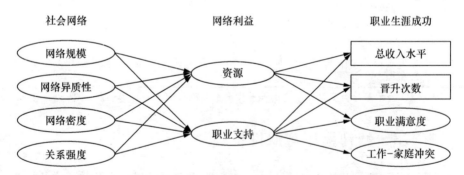

图 5.1 社会网络与管理人员职业生涯成功关系的路径模型

注：图中椭圆表示该变量为潜变量，而方框则表示由相对客观的数据得出。

---

① Kline R B. Principles and practice of structural equation modeling. New York：The Guilford Press，1998.

② 张莉，刘国联.《服装市场调研分析——SPSS 的应用》. 中国纺织出版社，2003：84—86.

表 5.30 结构方程模型间的比较

结构模型	χ^2	df	GFI	RMSEA	CFI	PNFI	TLI
本研究的假设模型	1 167.55	396	0.93	0.067	0.94	0.93	0.92

注:** 表示 $p < 0.01$。

表 5.31 理论模型的路径系数与假设检验

序号	变量间的关系	预测关系	路径系数	对应假设	检验结果
1	网络规模→资源	+	0.068*	H1a	支持
2	网络规模→职业支持	+	0.105	H1b	未支持
3	网络异质性→资源	+	0.05*	H2a	支持
4	网络异质性→职业支持	+	0.073*	H2b	支持
5	网络密度→资源	−	−0.057*	H3a	支持
6	网络密度→职业支持	−	−0.078**	H3b	支持
7	关系强度→资源	+	0.095**	H4a	支持
8	关系强度→职业支持	+	0.185**	H4b	支持
9	资源→总收入水平	+	0.044	H5a	未支持
10	资源→晋升次数	+	0.150	H5b	未支持
11	资源→职业满意度	+	0.258**	H5c	支持
12	职业支持→总收入	+	0.207**	H6a	支持
13	职业支持→晋升次数	+	0.151**	H6b	支持
14	职业支持→职业满意度	+	0.322**	H6c	支持
15	职业支持→工作-家庭冲突	−	−0.111*	H6d	支持

注:* 表示 $p < 0.05$;** 表示 $p < 0.01$。

具体来说:① 假设 1 认为网络规模和网络利益(资源、职业支持)之间存在正向关系。结果表明,网络规模对网络资源的获得具有正向的影响关系($b = 0.068, p < 0.05$),但是网络规模对职业支持并没有显著的影响($b = 0.105, p > 0.1$),因此,假设 1a 得到支持,而假设 1b 没有得到支持。② 假设 2 认为网络异质性和网络利益(资源、职业支持)之间存在正向关系。结果表明,网络异质性对网络资源的获取($b = 0.05, p < 0.05$)和职业支持($b = 0.073, p < 0.05$)都具有显著的正向影响关系。因此,假设 2a 和假设 2b 都得到支持。③ 假设 3 认为网络密度和资源、职业支持之间存在负向关系,结果表明网络密度对网络资源的获取($b = -0.057, p < 0.05$)和职业支持($b = -0.078, p < 0.01$)均具有负向的影响关系,假设 3 得到支持。④ 假设 4 认为关系强度和资源、职业支持之间存在

正向关系,结果表明关系强度对网络资源的获取($b = 0.095, p < 0.01$)和职业支持($b = 0.185, p < 0.01$)均具有正向的影响,假设 4 得到支持。⑤ 假设 5 认为资源和职业生涯成功之间具有正向关系,结果表明资源对职业满意度($b = 0.258, p < 0.01$)具有正向的影响关系,而对总收入水平($b = 0.044, p > 0.1$)和晋升次数($b = 0.150, p > 0.1$)并没有显著的正向影响,因此,假设 5c 得到支持,而假设 5a 和假设 5b 没有得到支持。⑥ 假设 6 对职业支持和职业生涯成功之间的关系进行了假定,结果表明职业支持对总收入($b = 0.207, p < 0.01$)、晋升次数($b = 0.151, p < 0.01$)和职业满意度($b = 0.322, p < 0.01$)具有正向的影响关系,而对工作-家庭冲突($b = -0.111, p < 0.05$)具有显著的负向影响,因此,假设 6a、6b、6c 和 6d 都得到了支持。

实证检验后通过的有效模型如图 5.2 所示。

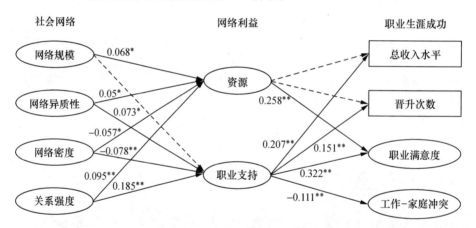

图 5.2 社会网络与管理人员职业生涯成功关系:实证检验的结果

注:图中数字为标准化路径系数,虚线为理论假设认为存在的关系,实证检验未获得支持的路线。

5.3.4 实证研究结论与讨论

总体而言,本研究的大部分假设都获得了支持。这些结论大部分都跟前人的研究相一致。①② 对假设模型的支持表现了社会网络对于管理人员职业生涯成功的重要性。总体研究结果表明,中介变量的纳入有助于解释社会网络对职业生涯成功的影响,也就是说,仅仅有社会网络的存在并不必然地会促进个人的职业生涯发展,必须确实能从网络中获得具体的信息、资源及职业上的帮助,才有可能对个人的职业生涯成功产生影响。具体来说,本研究主要有如下研究结论:

(1)管理人员的社会网络对于网络利益的获取存在显著的影响。但是,值得注意的是,社会网络的不同特性对网络利益的获得会产生不同的影响,实证分析表明相对于网络规模和网络异质性而言,网络密度和关系强度对于网络利益的获取有更为重要的影响,而路径系数的大小则进一步表明,相对于网络密度而言,关系强度的作用更大。

(2)网络规模对网络利益影响的假设仅获得了部分支持,即网络规模与资源的获得显著正相关,而与职业支持之间的关系并不显著。这也就说明网络规模大只能带来较多的信息和其他资源,但并不能获得更多的职业支持。本研究的这条假设虽然没有获得支持,但结论也在一定程度上支持了部分学者对个体盲目扩大网络规模的质疑,即较大的网络规模虽然能提供更多的资源,但也会引起更多的人际关系问题。③④ 所以盲目结交朋友扩大网络规模的作用是有限的,关键是提高网络成员的关系强度。

(3)网络异质性对网络利益的获取存在显著的影响。也就是说,结交不同年龄、不同教育背景和不同职业类型的人对于管理人员从社会网络中获取资源和职业支持是有很大帮助的。

(4)关系强度对网络利益的获取存在显著的影响。也就是说,关系越强,人们可以从网络中获取的资源和职业上的支持就越多。这个结论虽然与国外以往

---

① Burt R S. Structural holes: The social structure of competition. Cambridge, MA: Harvard University Press, 1992.

② Luthans F, Hodgetts R M, Rosenkrantz S A. Real managers. Cambridge, MA: Ballinger, 1988.

③ Israel B, Antonucci T. Social network characteristics and psychological well-being. *Health Education Quarterly*, 1987, 14(4): 461—481.

④ Riley D, Eckenrode J. Social ties: Subgroup differences in costs and benefits. *Journal of Personality and Social Psychology*, 1996, 51(44): 770—778.

的很多研究①②③强调弱关系在获得信息以及帮助人们获得职业地位等方面的作用不太一致,但在一定程度上支持了边燕杰的"强关系假设",即强关系带来的"影响"或"人情"可以帮助人们获得职业地位。④ 同样,嵌入网络中的信任是交换的前提,也是人们获得资源和职业支持的前提,而中国文化背景下人们之间的信任仅存在于强关系中,因此,只有关系强度高才能给人们带来更多的网络利益。不过,本研究的结论并不是对"弱关系假设"的否定,因为本研究所讨论的网络中的资源不仅仅包括信息,还包括其他财务和物质资源。

(5) 网络密度与网络利益的获取显著负相关。也就是说,网络密度越小,管理人员的社会网络成员相互认识的对数越少,管理人员可以从网络中获取的非重复信息和职业支持就会相对增加。这与 Burt 及 Seibert 等人的研究结果是一致的。⑤⑥

(6) 资源对职业生涯成功的影响也仅获得了部分支持。也就是说,管理人员从网络中获取的资源与职业生涯成功的客观指标总收入和晋升次数之间并没有太大的关联,而仅与职业满意度之间是显著的正向关系。这与国外的部分研究结论并不一致。如 Spreitzer 的研究证实,信息的获取能提高组织中个体动机水平和工作绩效⑦,而工作绩效的提高使得员工有机会获得调薪与升迁,从而实

① Bridges W P, Villemez W J. Informal Hiring and Income in the Labor Market. *American Sociological Review*, 1986, 51: 574—582.

② McPherson M, Smith-Lovin L. Women and weak ties: Differences by sex in'size of voluntary organizations. *American Journal of Sociology*, 1982, 87: 883—904.

③ Lin N. Social resources and instrumental action. In: Marsden P, Lin N (eds). Social structure and network analysis. Beverly Hills, AC: Sage Publications, Inc., 1982: 131—147.

④ Bian Y. Bringing strong ties back: Indirect ties, network bridges, and job searches in China. *American Sociological Review*, 1997a, 62(3): 366—385.

⑤ Burt R S. The contingent value of social capital. *Administrative Science Quarterly*, 1997, 42(2): 339—365.

⑥ Seibert S E, Kraimer M L, Liden R C. A social capital theory of career success. *Academy of Management Journal*, 2001b, 44(2): 219—237.

⑦ Spreitzer G M. Social structural characteristics of psychological empowerment. *Academy of Management Journal*, 1996, 39: 483—504.

现客观的职业生涯目标①②。Seibert 等人的研究显示,信息和资源的获取对收入、晋升和职业满意度都有着显著的影响。③ 这可能是因为本研究中被调查的管理人员所属的企业性质中,国有企业占了大部分(55.8%),其他部分非国有企业也是最近几年在传统的老国企基础上经改制后转换而来的。因此,对于管理人员的薪酬激励机制及人才选拔和晋升机制并不灵活,如薪酬与级别挂钩,晋升也必须依照特定的年限标准或由上级推荐或指定,等等。无论管理人员从网络中可以获得多少信息和财务等资源来顺利地完成工作,都对自己的收入和晋升无法造成显著的影响,最多只是增加了个人的职业满意度而已。

(7) 管理人员获得的职业支持对管理人员职业生涯成功之间的影响是显著的。也就是说,管理人员从网络中获得的职业支持不仅对总收入、晋升次数等客观指标和职业满意度有着显著的正向影响,而且对于工作-家庭冲突有着显著的负向影响。与其他职业结果相比,职业支持对职业满意度和总收入的影响更大。这与以往的大部分研究结论是一致的。如 Livingston 认为,管理人员获得较多的上级支持对职业发展的帮助很大。上司的期望越高,对自己的下属越信任、越支持,那么员工干得就越好。而 Wayne 等人的研究也显示,上级的支持可以正向地预测工资增长,并与晋升可能性和职业满意度正相关。④ Kotter 的研究表明,拥有坚固家庭支持的人,比那些没有这种家庭支持的人赚钱更多,工作满意度更高,生活更幸福、健康。⑤ Nielson 也指出,处于指导关系下的员工往往会知觉到较少的工作-家庭冲突。⑥ Seibert 等人的研究也显示,获得更多的职业支持会对员工的薪酬水平、晋升次数和职业满意度起到显著的影响。而与薪酬和晋升相

① Burt R S. The contingent value of social capital. *Administrative Science Quarterly*, 1997, 42(2): 339—365.

② Medoff J L, Abraham K G. Are those paid more really more productive? The case of experience. *Journal of Human Resources*, 1981, 16: 186—216.

③ Seibert S E, Kraimer M L, Liden R C. A social capital theory of career success. *Academy of Management Journal*, 2001b, 44(2): 219—237.

④ Wayne S J, Liden R C, Kraimer M L, et al. The role of human capital, motivation and supervisor sponsorship in predicting career success. *Journal of Organizational Behavior*, 1999, 20: 577—595.

⑤ Kotter J P. The general managers. New York: The Free Press, 1982.

⑥ Nielson T R, Carlson D S, Lankau M J, et al. The supportive mentor as a means of reducing work-family conflict. *Journal of Vocational Behavior*, 2003, 63(3): 417—437.

比,职业支持对职业满意度的影响更大。①

一个非常有趣且值得我们关注的结果是,我们发现了资源和职业支持在社会网络和职业成功之间的中介作用具有一定的差别。社会网络更多是通过职业支持对管理人员的职业成功产生显著的影响。相对于职业支持而言,从网络中获取的资源仅仅对管理人员职业满意度产生显著的正向影响,这个结果表明,从社会网络中获取的各种信息及其他资源虽然对管理人员也有一定的帮助,但并不能对管理人员的总收入水平和晋升次数有显著的影响,最多只是给管理人员带来更多主观上积极的感受而已,即可以提高职业满意度。而通过获得上司、同事及其他家人、朋友等职业上具体的帮助和支持,管理人员可以在职业成功的各个方面(总收入、晋升、职业满意度和工作-家庭冲突)都得到显著的改善。因此,要想通过社会网络促进个人的职业成功,应当从社会网络中获取到直接的职业支持。

---

① Seibert S E, Kraimer M L, Liden R C. A social capital theory of career success. *Academy of Management Journal*, 2001b, 44(2): 219—237.

第六章 基于社会网络的企业管理人员 职业生涯成功策略

　　该章根据前面的理论和实证研究的结论,基于管理人员职业生涯成功的角度,从组织和管理人员自身两个方面,简要地探讨如何促进社会网络的构建,如何从社会网络中获得更多的资源和职业支持,从而实现管理人员职业生涯的成功。

　　这里首先需要特别强调的是使用社会网络的道德困境问题。许多人把运用社会网络错误地理解为不道德的"耍手腕",即建立和运用社会关系是为了用于自私自利的工具性目的。那么,有意识地管理社会关系网络是不是真的不道德呢? 韦恩·贝克认为,建立社会关系网络是参与和融入这个世界的主要模式,使我们每个人都能为他人作出贡献。他指出:"管理社会关系是道德上的责任。没人能够逃避这一责任。我们的唯一选择是如何进行管理。为了成为一个有效的社会关系网络缔造者,我们不能直接去追求社会关系网络所带来的好处,也不能仅仅着眼于我们能从社会关系网络中获得什么。最好的做法是抛开等价交换,着眼于我们如何为他人作出贡献。通过帮助他人,您也获得了回报,而且这种回报通常远远超过了任何人的预期。"①

　　事实上,任何人都无法避免对自己的社会关系网络进行有意识的管理。人们甚至对自己认为最出色、最满意的社会关系进行精心管理。毕竟,好的社会关系不是凭空出现的。我们每个人无时无刻不在有意识或无意识地做出有关社会关系的决定,而社会网络只是追求有意义的活动过程的副产品。"运用"社会网络就意味着把我们的社会网络付诸有益于他人的行动和服务。"耍手腕"式的、不诚实的、欺骗性的或者欺诈性的手段都不会在长期实践中发挥作用,这就是利

---

　　① 韦恩·贝克.《社会资本制胜——如何挖掘个人与企业网络中的隐性资源》. 王晓冬译. 上海:上海交通大学出版社,2002:21。

◆
137

用社会网络的关键所在。①

　　此外,无论对于个人还是组织而言,还需要积极规避社会网络可能带来的负面影响。一方面,当组织内引入"人性化管理",注重成员间的沟通和合作后,会减少组织绩效的过程损失(process loss)。但随着时间的变化,当人际关系中情感成分加大后,很可能会使以利己、损害组织利益为目的的工具性关系出现,而使原有的工具性关系产生某些扭曲,出现"拉帮结派"、"任人唯亲"等现象,造成组织绩效的降低。另外,管理人员的社会网络过于广泛有可能会导致主动离职,这对于组织来说是不利的;另一方面,对于管理人员而言,虽然合理利用社会网络会给他的职业发展带来较大的促进,但抱着投机目的构建社会网络动机,可能会造成网络成员的反感而起到负面影响。因此,利用社会网络来促进个人职业成功也需要注意"度"的把握。

第一节　企业管理人员的个人管理策略

　　谈到社会网络或者人际关系,大多数人都会感到在我国社会文化背景下其对个人发展的重要性。但是,人们往往并不明白社会网络对于个人职业生涯成功是如何产生影响的,因而也不懂得如何去规划和管理自己的社会网络:应该形成什么样的网络结构,比如,网络中的人员应该在相同的行业和职位范围内,还是在不同的行业和职业范围内呢? 自己在网络结构中应当处于什么样的地位呢? 和网络成员之间形成什么样的关系好呢,是认识的人越多越好,还是认识人的越熟越好、越"铁"越好? 社会网络理论观点的假设是,一个人投入社会关系中的时间和精力是有限的,不可能无限制地去拓展自身的网络规模,并与每一位网络成员发展较为紧密的互动关系。对于管理人员来说,他们必须作出战略性决策:是投入较多的社会精力去维持相对较少的强关系还是去发展相对大量的

---

　　① 韦恩·贝克.《社会资本制胜——如何挖掘个人与企业网络中的隐性资源》. 王晓冬译. 上海:上海交通大学出版社,2002: 65。

弱关系。[①] 另外,有了一个丰富的多元化网络就一定能够促进自己的职业发展和成功吗?这些问题都是管理人员在职业发展和社会交往过程中必须要面对的问题。为了在这个竞争压力日益加剧的时代追求职业生涯的成功,实现自身的价值,管理人员必须学会科学地规划和管理自己的社会网络。

6.1.1　树立起科学规划和管理个人社会网络的观念

很多管理人员都已经认识到了社会网络的重要性。对于企业管理人员来说,随着他们职务的提高,工作的内容会越来越多,也会越来越广泛,在这种情况下仅靠自身的能力和资源是不能够满足需要的。特别是在无边界职业生涯时代,个人应该越来越多地依靠自己的社会网络而不是仅仅依靠组织的支持来实现职业生涯的发展。[②] 这时就需要开拓自己的社会网络,借助网络中的资源来完成工作。为了拓展网络关系,他们对社会网络进行各种各样的投资。然而,我们会经常看到,一些管理人员疲于各种社交场所。这种投资的有效性如何,却似乎很难评估。殊不知,对个人社会网络也存在科学的规划和管理问题,盲目地投资,既增加了投资成本,又可能得不偿失,取得不利的管理效果,反而被别人视为投机分子。因此,树立起科学规划和管理个人网络的观念是必要的,应当意识到和个人的人力资本、财务资本一样,对于社会网络资本也同样需要科学的规划和有效的管理,才能取得更好的效益。

树立科学规划和管理个人社会网络的观念,还必须了解社会网络的特性,学会科学地评估社会网络,辨识网络中的优劣势。根据本研究,可从网络成员的异质性、网络密度和关系强度三方面着手,判断自己社会网络的状态和质量。如果网络成员性质单一,且均不太熟悉,网络成员相互之间都认识或熟悉,就很难从这种网络中获取多少信息财务等资源以及获得职业方面的支持。所以,管理人员应该有培养多元化网络成员、加强和重点网络成员的联系等拓展网络的意识。

---

① Podolny J M, Baron J N. Resources and relationships: Social networks and mobility in the workplace. *American Sociological Review*, 1997, 62: 673—693.

② Mirvis P H, Hall D T. Psychological success and the boundaryless career. In: Arthur M B, Rousseau D M (eds). The boundaryless career. New York: Oxford University Press, 1996: 237—255.

6.1.2 规划和管理个体的社会网络

了解社会网络特性，以及社会网络各种特性对管理人员职业生涯成功的影响方式，才能结合网络的特性进行科学的规划和管理。从实证分析的结果我们可以看到，管理人员网络规模的增加对于他们从网络中获得职业支持并没有显著影响，虽然对网络中可以获得的资源有正向影响，但由于资源对收入和晋升的影响并不显著，使得这条路径的有效性降低。因此，盲目扩大网络规模是没有用的，关键是网络的其他结构如网络成员的多元性、与主要网络成员的关系强度以及能从网络中获得多少职业支持才是最重要的。

（1）拓展异质性网络

网络异质性是指个人的社会网络涵盖着不同的阶层和群体，有利于多元化资源和信息的交流。由于人际关系大多起源于各种场合中彼此不断的互动，而社会角色、态度、人格特质等都会影响个人日常活动和人际交往的偏好。尤其是当管理人员进入职场后，往往会把人际交往的对象局限于周围的同事、同学或者是家人，但通过这样的互动渠道，往往会使得个人的网络结构趋于同质，造成资源来源的重复性。相似的人具有相似的社会关系网络，而且往往都生活在同一群体之中。面对多元竞争的环境，太多重复性的资源对于工作的执行并没有太大的帮助，甚至会降低个人获取其他重要资源的机会。而吸收年龄、学历和职业等方面不尽相同的人来扩充社会关系网络，将侧重点向外延伸，则更有可能创造出“枢纽”效应，将“世界变小”，从网络中获得更多意想不到的资源和帮助。

以往研究文献显示个人网络结构越异质，资源获得越丰富。同样地，本研究实证分析发现，对于管理人员而言，网络异质性对于资源的获取和职业帮助的获得都有显著的正向影响，而通过网络利益的获得又进而影响到管理人员的收入、晋升、职业满意度和工作-家庭冲突。

社会网络理论的个体论者（individualist）认为，随着个体属性（attributes）的差异，个体会建立不同的自我中心网络（ego-centric network），又因所处网络位置的不同，会在资源的获取上产生质与量的差异。① 个体的行为虽然受到结构的

---

① Kilduff M，Tsai W. Social networks and organizations. London：Sage Publication，2003.

限制,但个体论者认为网络结构是由所有个体间互动行为所形成的,个体间关系的联结必然受双方属性、认知、态度、动机及行为的影响,并非如结构论者所主张的"自然形成"。依据这种观点,网络结构是可以改变的。因此,对于管理人员来说,为了获得更多有利于职业发展的信息和职业支持,可以有意识地改变自己的网络结构。因此,本研究认为管理人员在其事业领域内,应打破人际交往的习惯约束,拓展网络的异质性,让自己有机会接触不同阶层与不同群体的人。通过各种不同形式的活动,使得信息等资源快速流通,并在建立彼此信任的基础上获取有利于工作的信息及资源,突破现实环境的限制,累积社会资本,从而使工作顺利进行,提高个体在组织中的竞争力。

韦恩·贝克总结出一套建立开拓型社会关系网络的方法和措施,即运用业已存在的计划、步骤、方法、组织和结构,通过制订或创建新的计划、步骤、方法、组织和结构来开拓社会网络。[①] 他指出,拓展社会关系网络是为了某个特定的目的,把我们认识的人和这些人所认识的人以有组织的方式联系起来,但同时还要忠实于自己的职责,不期望任何回报。具体表现为,在社会关系聚集地工作和生活,积极参加某一协会、组织或企业团体,参加慈善活动等,还可以创建自己的"个人社团",创建企业论坛,建立网上社区等。在组织内可以力求处于工作场所中的恰当位置,寻找双重角色,工作轮换,参加多功能委员会、特别工作队和工作小组,主动申请在全球范围内任职,利用教育和技能培训机会,使社会关系网络侧重于外部关系等。还可以组织和动员核心小组,建立"行为共同体",跨越组织边界,像自由职业者那样思考和行事等。企业管理人员需要根据这些基本的管理方法进行个人社会网络管理方法的选择和设计。

（2）降低网络密度,提高关系优势

根据结构洞理论,博特提出了经济竞争的社会学新观点:竞争优势不但是资源优势（有权、有钱、有地位等）,而且更重要的是关系优势。[②] 占有结构洞多的竞争者,关系优势就大,获得较高经济回报的机会就大。所以一个人或一个组织要想在竞争中获得、保持和发展优势,就必须与相互无关的个人和团体发生广泛

① 韦恩·贝克.《社会资本制胜——如何挖掘个人与企业网络中的隐性资源》. 王晓冬译. 上海：上海交通大学出版社, 2002：81—113。

② Burt R S. The contingent value of social capital. *Administrative Science Quarterly*, 1997, 42（2）：339—365.

的联系,以争取信息和控制优势。

对于管理人员而言,本研究发现,网络密度对于管理人员的网络利益(资源和职业支持)有负向的显著影响,并以此为中介,影响其职业成功的各个方面。因此,对于管理人员而言,积极参与各种社交活动,与相互无关的个人和团体开展广泛的联系,拓展异质性的关系网络等都有助于网络密度的降低。通过改变网络结构可以为管理人员带来更多新的资源和各种各样职业上的帮助,最终使其实现职业生涯的发展。

(3) 提高关系强度

在社会结构下,每个人的网络中必然都会有比例不同的强关系和弱关系,强关系提供社会整合与情感支持的功能,弱关系则提供人们超越自己生活圈的资源和信息。但由于个人的时间与精力有限,不可能无限制地去拓展本身的网络规模,并与每一位网络成员发展较为紧密的互动关系。本研究发现,对于我国企业管理人员而言,关系强度对于网络利益的获得有非常显著的正向影响,进而以此为中介,影响到其个人职业生涯成功的各个方面。在这种情况下,如果个人能在其形成的人际网络中,强化与他人的联系,在增进彼此的了解与信任下,获得他人在事业发展上的帮助和支持,有助于管理人员的职业生涯成功。

对于管理人员来说,应科学分析自己的关系网络,了解每个网络成员所拥有的资源,根据自身的需要重点投资有可能会对自己的职业发展有影响的关系人。

6.1.3　将社会网络转化为网络利益来获取职业成功

对于管理人员而言,仅仅树立并实施个人社会网络的规划和管理还是不够的,因为社会网络并不直接带来个人的职业生涯成功,而是通过从网络中获取利益从而影响其职业生涯成功的。因此,仅仅与网络中的成员"侃大山"并不一定能促进事业的进步,必须能够切实从网络中获取职业发展需要的资源和帮助才能够有助于职业生涯成功的实现。管理人员应当积极投资个体职业支持网络的建设,科学合理地利用社会网络中的信息、财务等资源以及网络成员对自己职业发展上的帮助和支持来提升自己的职业生涯。

特别地,本研究的实证分析发现,对于我国企业管理人员而言,在两种类型的网络利益——网络资源和职业支持中,职业支持起到了更为重要的中介作用,它对于职业成功的四个方面都起到了"桥梁"作用,而资源仅仅对于管理人员的职业满意度有正向的显著影响,因此获取网络资源对于个人的职业成功的作用是有限的。在从社会网络中寻求网络利益的时候,管理人员应该更注重培养与关键网络成员的关系,寻求网络成员对于个人职业发展的帮助支持,只有这样才能更有效地利用社会网络实现职业生涯的成功。

第二节　组织的管理策略

正如本研究在第一章所陈述的那样,管理人员实现职业生涯的成功并不仅仅是其自己的事,管理人员的职业生涯成功也会对组织的成功作出贡献。虽然对于组织来说,最重要的是实现组织的战略目标,获得更大的利润,但管理人员作为组织人力资源的重要组成部分,其对组织的贡献不容忽视。在人才激烈竞争的今天,如何吸引和留住优秀的管理人才是人力资源管理所面临的难题。如果管理人员的职业生涯规划在组织内不能实现,那么他就很有可能选择离开,去寻找新的发展空间。因此他们的职业发展不只是其个人的行为,也是组织的职责。

因此,本研究虽然在个体层面上探讨社会网络对于企业管理人员个体的职业生涯成功的影响,但是研究结论对于组织的管理策略同样具有一定的启发。实证分析结果表明,社会网络对于管理人员的职业生涯成功具有重要的影响。那么,对于组织而言,如何提高组织内部的管理,帮助企业管理人员实现其职业生涯成功呢?

6.2.1　帮助管理人员优化社会网络

管理人员的社会网络主要包括网络的结构维度(网络规模、网络异质性和网络密度)和关系维度(关系强度)等方面。组织可以通过以下几方面的措施在一定程度上帮助管理人员拓展社会网络,优化网络结构和关系,从而促进管理人员职业生涯的发展。

(1) 通过工作再设计,优化网络结构

工作再设计是指重新设计员工的工作职责、内容、方法,如工作轮换、工作扩大化和工作丰富化等。工作轮换是让员工从执行一项任务转向执行另一项任务,从而克服工作的单调感,并提升员工的综合工作技能。工作扩大化是指通过调整劳动分工使一项既定工作由更多的不同任务构成,以此减少其厌倦及疲劳感,调动其努力工作的积极性。工作扩大化又分为纵向扩展和横向扩展。横向工作扩展要求员工完成更多种类的工作任务,它改变了员工的工作内容和职责。纵向工作扩展要求员工参与计划、组织和监控自己的工作,它改变了员工完成任务的方式,从本质上来说,这种工作扩展是一种分权。工作丰富化是指通过授权、鼓励等手段加大管理人员的工作责任,使他们更多地参与到工作中去。特别是在企业组织结构日趋扁平化的今天,即使没有纵向层级上的晋升,扩大和丰富工作内容也可以使管理人员获得广义上的晋升,从而帮助管理人员实现职业发展目标。组织可以利用工作设计来帮助管理人员构建社会网络,推动核心管理人员的职业发展,从而起到稳定和激励核心人员的作用。

通过工作再设计,不仅会使管理人员拓展工作业务和能力,增加工作的自主性和工作职责范畴,相应的也会带来工作环境以及合作团队的变动,使管理人员接触更多的组织内外人员。帮助管理人员优化网络结构,即在扩大社会网络的基础上增加网络成员的多元化水平,提高网络异质性,降低网络密度。同时更多的接触、交流和学习机会也有助于提升其管理人员与网络中其他成员的关系强度。

(2) 设计多重晋升模式,拓展内部网络

传统的晋升模式是按照纵向层级晋升的,具体的表现形式是"职务/职位变动发展",也是员工职业生涯发展的主要模式,即根据企业组织发展的需要及组织设立的职业阶梯,员工不断地从下一层职务/职位提升或晋升到上一层职务/职位。在纵向发展中,管理人员的社会交往范围相对局限,社会网络,特别是内部网络的异质性较低,在一个部门内相互认识的几率较高,即网络密度很高,不利于多元化信息的获取和获得广泛的职业支持。

而多重晋升模式就可以帮助管理人员拓展组织内部网络,根据施恩

(Schein)提出的员工职业发展三维圆锥模型①,员工在组织内部的职业发展表现除了纵向发展之外,还有横向发展和向核心方向发展两种线路。横向发展指可以通过跨职能部门的调动,即在同一层次不同职务之间的调动满足管理人员晋升的需要;而向核心方向发展指虽然职务没有晋升,但是担负了更多的权利与责任,有了更多的机会参加组织的各种决策活动(如图6.1所示)。

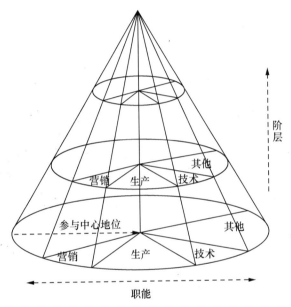

图6.1 管理人员职业生涯发展过程中的晋升模式

  管理人员通过跨部门的流动(横向发展)和向权力中心地位的靠拢,能够接触到组织内部不同部门和层次的人,不仅有助于其拓展内部网络,而且有助于内部网络结构的优化。

6.2.2 帮助管理人员获得更多的网络利益

  正如前文所说,对于管理人员而言,社会网络固然重要,但是仅仅拥有社会网络并不意味着能够实现个人的职业生涯成功。实证研究的结果表明,社会网络更多的是通过从网络中获取职业支持而影响其个人职业生涯成功的。因此,

---

① 施恩.《职业的有效管理》.仇海清译.北京:生活·读书·新知三联书店,1992:38。

组织应当完善其人力资源管理措施,为处在社会网络中的管理人员提供一个平台,帮助其获得社会网络成员更多的职业支持,促进管理人员职业生涯的发展。

(1)完善导师制

人与人之间形成了关系网络并不必然会形成相互之间的职业支持。但是,如果把个体之间的关系纳入到组织的管理范畴中,就可能会在这种关系中赋予某些特定的组织职责。虽然本研究的实证分析并没有直接说明导师制的重要性,但根据国外学者的研究①②和本研究得出的结论,实施组织内部的导师制度是从网络关系到职业支持实现的一个重要的管理方法。

职业导师制的概念在西方已经有相当长的发展历史,指的是企业中富有经验的、有良好管理技能的资深管理者或技术专家与新员工或经验不足但有发展潜力的员工建立的支持性关系。建立这种制度的初衷是为了充分利用公司内部优秀员工的先进技能和经验,帮助新员工和部分转岗人员尽快提高业务技能,适应工作岗位的要求。这个概念发展到今天,并不只是针对新员工,而是针对企业内每个人,包括各个层次的管理人员。另外,导师指导也有正式和非正式之分。正式的导师源于组织的期望,经公司的安排建立,可以是直接上级也可以是部门中的资深员工。指导关系是结构化、合约化的,集中于培养被指导人的核心胜任力和动态的能力。因而,正式职业导师关系有清晰的目标、可量度的结果、正统的培训和固定的沟通时间。另外,还有非正式的导师关系。美国辛辛纳提大学Graen教授在对日本丰田公司15年的追踪研究中提出了领导-成员交换理论。③他们认为,在企业中领导者会与一些下属形成"圈内人"与"圈外人"的关系,即形成非正式的导师关系。这种关系对被指导者的职业发展有着深刻的影响,更加侧重于价值观的培养与职业发展的建议,而且主要是指导者和被指导者之间的私人行为,没有指定目标,较少培训与支援。

但是,无论是正式还是非正式的导师关系都能鼓励被指导者主动与经验丰

① Murphy S E, Ensher E A. The role of mentoring support and self-management strategies on reported career outcomes. *Journal of Career Development*, 2001, 27(4): 229—246.

② Nielson T R, Carlson D S, Lankau M J, et al. The supportive mentor as a means of reducing work-family conflict. *Journal of Vocational Behavior*, 2003, 63(3): 417—437.

③ Graen G, Novak M A, Sommerkamp P. The effects of leader-member exchange and job design on productivity and satisfaction: testing a dual attachment model. *Organizational Behavior and Human Performance*, 1982, 30: 109—131.

富的专家沟通和互动,从而获取某项任务或领域的内隐知识并提高其综合素质。内隐知识是一种难以传播和稳固的知识,无法用语言符号表达,员工只有在解决问题过程中才能够体会并积累这些知识。尤其是在管理工作中,通常涉及对模糊情景的不断定义、分解,并设定目标这样一个过程。导师在这个过程中的言传身教,使被指导者获取有关目标分解与设定方面的能力,这种动态的能力培养是课堂教学无法完成的。

另外,导师可以为管理人员提供职业生涯的支持。主要表现在鼓励管理人员努力工作、帮助其更快完成工作、解决工作中遇到的难题、将工作经验与他们分享、利用自身影响力积极帮助管理人员获得职业发展、为他们提供与组织内关键人物发展关系的机会、提供职业方面的指导以及帮助了解公司的文化和潜规则,等等。除此之外,导师还能充当朋友的角色,为管理人员提供关心与认可,并创造一种能让被指导者说出自己心中焦虑与担心的渠道。导师的忠告可以帮助管理人员探索新的需要帮助的个人问题,使他们获得更多积极的主观感受。显然,这些职业支持对于管理人员是非常重要的。不仅如此,由于"导师"范围的拓展,不仅包括正式还包括非正式的导师关系,因此导师制还可以起到帮助管理人员拓展社会网络的作用。如导师通过组织活动促进自己的"门生"之间的沟通和交流,让他们之间相互认识,扩大网络规模,发展强关系。

（2）实行家庭友好政策,提高家庭对管理人员的职业支持

家庭友好政策是组织开展的帮助员工认识和正确处理家庭与工作之间的关系,调解职业和家庭之间的矛盾,缓解由于过多过重的工作而影响员工家庭生活并造成压力的计划和活动。中国人的家庭观念是很重的,管理人员也不例外。家庭生活以及家庭成员的帮助和支持对他们的影响很大。许多组织都意识到,实行家庭友好政策,帮助管理人员平衡工作和家庭生活,可以让他们获得更多的家庭支持。这不仅对管理人员的职业发展有帮助,而且可以激励他们更努力地工作,这也有利于组织利益的最大化。

在我国文化背景下,组织可以开展的家庭友好政策主要包括:将组织的一部分福利扩展到员工家庭范围,以减轻或分担员工家庭压力,并把员工的家庭因素列入考虑晋升或工作转换的制约条件之中,进行合理的职业安排;创造家庭成员参观公司或相互联谊的机会,促进家庭成员和工作范围内成员的相互理解,明确雇员或家庭成员在另一范围内应承担的责任;根据管理人员的实际情况,设计弹

性的工作时间安排,通常包括一段核心时间(如早上 10 点到下午 3 点),在这一时间段内所有员工都必须上班,在核心时间段前后的几小时可以灵活调整上下班时间,以照顾家庭。

需要注意的是,组织在制定家庭友好政策时必须考虑员工职业生涯周期以及家庭生命周期的变化。一般来说,管理人员大多处于职业生涯的中期或晚期。而不同的职业生涯发展阶段管理人员面临的家庭问题都有所不同。在职业生涯中期,担负起抚养和教育子女的责任成为首要任务。职业生涯后期,随着子女长大成人各自独立建立自己的家庭,管理人员的家庭失落感会提高。因此,组织必须针对管理人员所处的不同职业生涯阶段制定有针对性的家庭友好措施来促进管理人员的工作-家庭平衡,帮助他们获得更多的来自家人的支持。

6.2.3　完善沟通网络,提高管理人员职业满意度

沟通贯穿管理的整个过程,是实现其管理职能的主要方式、方法、手段和途径。没有沟通,管理只是一种设想和缺乏活力的机械行为。管理沟通分为外部沟通和内部沟通。本研究主要指内部沟通。

通过完善沟通网络,可以增强信息等资源的有效传递,而本研究的实证结论表明,信息等资源的获取可以显著提高员工的职业满意度。另外,良好的沟通机制还有助于促进相互理解和相互支持的企业氛围,改善人际关系。组织中的许多矛盾、冲突都源于人际沟通障碍。沟通可以化解下属的抱怨情绪,提高员工的满意度。沟通还可以加强组织内部员工之间的网络联系。这有助于优化管理人员网络结构,促进其职业生涯的良性发展。完善内部的沟通网络需要做到以下几点:

(1)设计通畅的管理沟通渠道

管理沟通渠道应该使管理沟通有更快的速度、更大的信息容量、更宽的覆盖面、更高的准确性和成功率。因此,企业应围绕企业文化、根据企业发展战略、结合企业实际情况设计一套正式沟通和非正式沟通相结合、传统沟通和现代沟通相结合的沟通渠道。企业可采取如下方式:① 调整组织机构。我国企业多数实行锥形组织机构,层级很多,不仅容易产生信息传递的失真,还会浪费大量时间。有学者统计,如果一个信息在高层管理者那里的正确性是 100%,到了信息的接受者手里可能只剩下 20% 的正确性。为了降低沟通成本,提高沟通效率,管理

者要根据企业战略的实施进行组织结构调整,减少沟通层级,采用最短沟通路径进行沟通。② 建立健全公司会议系统,使公司各种指令、计划信息能上传下达,相互协调,围绕企业各项指标的完成统筹执行。通过月会、周例会、调度会、座谈会、班前班后会等形式,快速地将信息进行有效的传递,使大家按计划有条不紊地进行,步调一致,方向目标明确,提高工作效率和效能,使目标完成得到保障。还可以将电子网络技术引入组织的沟通领域,使企业的沟通更加便捷。③ 建立公司内部刊物,每月一期,发至公司各个部门,把公司生产经营动态进行有效汇总,整合公司信息,统一全体员工思想。各车间定期办黑板报、报纸专栏,丰富职业精神生活,同时也是沟通的一种形式。④ 针对公司全体员工展开"合理化建议"活动,设立合理化建议箱和合理化建议奖。使员工在技术改造、成本控制、行政管理等各领域,积极为企业发展献计献策,从而有助于提高管理人员主人翁意识与职业满意度。

（2）倡导管理沟通文化

管理沟通的有效性与企业文化直接相连。通过企业文化建设,树立全员沟通理念,创造人人能沟通、时时能沟通、事事能沟通的良好氛围。企业在倡导管理沟通文化时关键要注重组织沟通氛围的改善,鼓励工作中员工之间的相互交流、协作,提供上下互动机会,强化组织成员的团队协作意识,促进相互理解,改善人际关系。倾听和接纳员工的意见,是让员工感受到被尊重的重要方式。每位员工都希望看到自己的价值,组织应注意征求员工的意见,让他们参与到直接影响其工作的重要决策之中。特别是管理人员作为企业的核心员工,参与企业的很多重要事务,对各方面的业务流程、人员管理等都有一些想法,企业应加强和他们的沟通,及时了解他们的思想。在宣布与管理人员有关的决定之前,出于对他们的尊重,要首先向他们解释这样决策的理由,然后征求他们的建议。

特别地,组织应加强管理人员职业规划及管理过程中的沟通。组织应积极参与员工的职业管理,帮助员工给自己的职业发展定位,鼓励员工努力工作,把个人目标和组织需要结合起来,实现职业生涯的更好发展。组织可以通过开展一些活动来使管理人员意识到对自己的职业加以规划以及改善自己职业决策的必要性。在这些活动中,管理人员可以学到职业生涯规划的基本知识,并有机会参与各种以明确自己的职业锚为目的的活动以及形成较为现实的职业目标,等等。类似地,企业还可以举行一些职业咨询会议来加强与管理人员职业发展方面的沟通。在这种会上,根据每一位管理人员的职业目标来分别评价他们的职业生涯发展与进步情况,同时确认他们还需要在哪些方面开展职业生涯开发活动,以此来整合管理人员个人目标与组织发展目标,并据此来促进其职业发展。

(3)提高沟通者自身的沟通技能

首先,沟通者要学会"倾听",倾听会使沟通变得全面和深入。积极的倾听不仅要用耳,而且要用心。有效的倾听既帮助接收者理解字面意思,也理解对方的情感。同时,有效倾听的管理者还发出了一个"他们关心员工"的重要信号。其次,沟通者在表达自己的意见时,要抓住中心思想,措辞要清晰、明确,还要注意情感上的细微差别,力求准确,使对方能有效接收所传递的信息。同时要注意非语言信息,如沟通者的面部表情、语音语调、目光手势等身体语言,因为非语言信息往往比语言信息更能打动人。接下来需要注意"角色位移",就是要多站在对方的角度上思考和分析,肯定对方的长处,善于聆听各方面的看法和意见,以便更好地理解对方。

(4)建立管理沟通反馈机制

完整的管理沟通必然具备完善的反馈机制。这种反馈要求是双向的,下级经常给上级提供信息,同时接受上级的查询;上级也要经常向下级提供信息,同时对下级提供的信息进行反馈,从而形成一种信息环流。在一般的沟通中,反馈也许是可有可无的,但在管理沟通中,反馈不可或缺。因为通过反馈,一方面可以提高针对性,减少信息提供部门的盲目性;另一方面可以加强信息发送者和接收者之间的心理沟通,让员工意识到管理层乐于倾听他们的意见,他们所做的一切都在被关注,从而增强管理者和员工之间的理解、相互尊重和感情交流。

需要注意的是,沟通以信息为基础,但和信息不是一回事。信息与人无涉,不是人际间的关系。它越不涉及诸如情感、价值、期望与认知等人的成分,就会越有效力且越值得信赖。信息可以按逻辑关系排列,技术上也可以储存和复制。信息过多或不相关都会使沟通达不到预期效果。而沟通是在人与人之间进行的。管理沟通中要适当控制信息传递的数量。对于管理者来说,不是沟通的信息越多越好,而是要注意信息的审查和清理,应该让下级知道的信息必须尽快传递,适用范围有限的信息则力求保密。尽管信息对于沟通来说必不可少,但信息过多也会阻碍沟通,进而使企业内部的信息传递进程缓慢,严重影响企业的运作进程和决策效率。因此信息和资源的有效传递有助于增强管理人员的职业满意度。

　　另外,管理沟通也是需要成本的,因此,企业在进行管理沟通时,要计算沟通效益。在大的企业总体沟通模式设计上,企业应该根据自身的发展战略和资源组合能力,对不同的沟通方式、模式进行选择和组合,确保整个企业管理沟通效果最好,在使企业效益最大化的同时,提高管理人员的满意度,帮助管理人员实现职业生涯的成功。

第七章 结论与讨论

该章对全书的主要内容和结论进行总结,并对研究中可能存在的局限性以及未来研究的方向进行讨论。

第一节 结 论

社会网络研究的特色之一,在于分析的对象超越了个人,而延伸到人与人之间的关系或联系。它可以呈现出组织内外个人及其所属群体的互动和交换关系,以及关系作为资源的运用方法,而且通过与个人基本属性的关联分析,可以进一步解析人的基本行为模式。这种观点主要在于把行动者(个人或组织)的社会情景因素构建在个体行为的解释模型之中,并把社会情景视为行动者之间的一个互动网络。这种以网络为单位的分析,既能顾及个人背景,更能进一步将个人行动或特色纳入社会结构的层面来探讨。过去关于职业生涯成功的文献,大部分是从性别、教育程度、个人人格特质或组织特性等观点出发,在实证研究上获得较为一致的支持。但是,本研究从社会网络理论出发,认为在职场中,面对激烈的竞争,要实现个人职业生涯的发展,人际网络的构建和运用是不可忽略的一个重要方面。建立不同的网络结构和加强网络之间的关系,是促进企业管理人员职业生涯成功的关键因素之一。

探讨社会网络对个人职业发展的重要影响,直观上很多人会想到这是我国社会和文化的特色。需要强调的是,关于社会网络会对个人职业生涯成功有重要影响并不仅仅是中国所特有的。国外诸多的研究都表明网络对于个人成功的重要性,如我们所熟知的卡耐基名言"一个人的成功,15%是靠专业知识,85%是靠人际关系和处事技巧"。一些实证研究结论也表明,社会网络或社会资本的确与个人的职业生涯成功有着紧密的联系。①②

不过,由于不同国家的社会文化背景不同,社会网络对个人职业生涯成功影响的程度和形式可能并不相同。遗憾的是,到目前为止,并没有看到关于社会网络对于我国企业管理人员职业生涯成功影响的实证研究。在这个背景下,本研究基于理论回顾和分析,建立了社会网络对管理人员职业生涯成功影响的概念模型,并通过对江苏省企业管理人员的问卷调查,获取一手研究数据,对假设模型进行了实证检验,进而从个人和组织的角度提出了相应的管理策略。

全文共有七章,每章的主要内容和结论为:

第一章为"绪论"。研究者通过分析,认为在我国特殊的文化背景下,社会网络是影响个人职业发展的重要因素之一。尽管在不同的经济发展时期,社会网络的表现形式、职业追求的目标可能不同,但是社会网络对职业发展的影响是不可忽视的。由于管理人员是企业的中坚力量,关系着企业的兴衰与成败,他们的职业发展目标可能更具中国特色,他们的发展和成功更可能受到社会网络的影响。因此本研究选择了企业管理人员作为研究对象,探讨我国企业管理人员有着什么样的职业追求和目标,他们的社会网络是如何影响其职业生涯成功的;与国外相比,在中国的文化背景下,这个作用过程是否有着特殊性。随后,研究者介绍本研究的目的和研究意义,进而介绍本研究采用的方法、技术路线和可能的创新。

第二章为"文献回顾与评析"。该章从三个方面对相关文献进行了回顾:首先,对社会网络理论的发展及研究进行了简单回顾,并阐明了学者们对社会网络的界定及其与社会资本的区别。其次,对职业生涯成功研究进行了回顾,包括职业生涯与职业生涯成功的内涵与发展、职业生涯成功的评价指标,并且从个人、组织和家庭三个视角总结了职业生涯成功影响因素的总体研究状况。最后,该章从社会网络与职业地位获得、社会网络与职业成功两个方面回顾了学者们对社会网络在职业生涯领域的应用方面的研究。通过文献回顾,本研究发现,关于职业生涯成功影响因素的研究在国外得到了较多的重视,学者们界定了职业生

---

① Eby L T, Butts M, Lockwood A. Predictors of success in the era of boundaryless careers. *Journal of Organizational Behavior*, 2003, 24 (5): 689—708.

② Seibert S E, Kraimer M L, Liden R C. A social capital theory of career success. *Academy of Management Journal*, 2001b, 44(2): 219—237.

涯成功的含义,并随着社会的发展不断扩展职业生涯成功的评价指标,对职业生涯成功的影响因素也进行了比较广泛而深入的研究,对于社会网络对职业生涯成功的影响方面也有一些相关的探讨。不过,相对而言,已有研究对个人社会网络影响的探讨不够深入,这些研究并没有深入探讨社会网络对于职业生涯成功具体的作用机制,且在指标的测量上也采取了较为简单的方式,如对于社会网络的测量往往局限于网络规模和数量,对于网络结构维度的指标如网络异质性、网络密度等指标对于职业结果的影响并没有深入的探讨;对职业结果的评价也往往采用一两个客观指标,如晋升等,不能全面地反映职业发展的整体状况。

另外,由于我国的社会文化具有很大的特殊性,我国企业员工(包括管理人员)职业生涯成功标准可能会有所不同,社会网络对于职业生涯成功的影响也可能会有所不同。在我国背景下开展职业生涯成功的研究可能会得出一些不同于国外研究的结论。因此,借鉴国外的研究方法,结合我国背景,进行相关的理论和实证研究,是非常有必要的。探讨在我国的经济文化背景下,社会网络对管理人员职业生涯成功的影响,正是基于这种背景展开的,也是本研究的出发点。

第三章为"企业管理人员的社会网络及职业生涯成功评价指标"。该章包括两个主要内容:其一,基于我国文化背景的分析和管理人员的工作性质,分析企业管理人员的社会网络特征;其二,通过文献分析、理论分析和调查研究,明确我国企业管理人员职业生涯成功评价指标。这部分的研究分为两个步骤来进行:① 基于文献总结和理论分析,总结企业管理人员评价其职业生涯成功的14项客观指标和7项主观指标。② 以江苏省企业管理人员为对象采取了两阶段调查的方式来获得重要的指标:第一阶段,我们对5名企业管理人员进行了访谈,采取半结构化的方式,主要目的在于了解企业管理人员关于职业生涯成功的一些观点和对理论分析得出的21项评价指标有何评价,根据他们的建议对评价指标进行删减,并在此基础上形成结构化问卷。第二阶段,采取问卷调查的方法,通过对江苏省137名企业管理人员的调查,确定企业管理人员最为看重的职业生涯成功评价指标排序。考虑到研究模型的简洁性,我们选择总收入水平、晋升次数、职业满意度和工作对家庭的影响四个指标作为企业管理人员职业生涯成功的评价指标。

第四章为"社会网络对企业管理人员职业生涯成功的影响机理分析"。该章基于社会交换理论分析社会网络对职业生涯成功影响的基本逻辑线索,具体讨论社会网络如何影响管理人员的职业生涯成功,最终形成社会网络影响管理人员职业生涯成功的理论假设模型,即社会网络结构维度(网络规模、网络异质性和网络密度)和关系维度(关系强度)影响管理人员从网络中获取的利益(即网络利益,包括资源和职业支持两个方面),进而影响其职业生涯成功的四个方面。

第五章为"社会网络对企业管理人员职业生涯成功影响的实证研究"。结合国外各变量的研究量表与中国文化特点进行维度上的补充和修改,形成初步的问卷。在对量表进行了信效度检验后,研究者利用总体407个样本,采用结构方差模型的嵌套模型(nested model)方法对研究假设模型进行了实证检验。检验的结果表明,理论提出的15种假设关系中大部分都是显著的,而且与预测的方向一致,这说明我们提出的模型得到了数据的支持。实证分析部分得出了一些有意义的结论:一是网络规模并不是越大越好,关键是网络成员的多样化和与网络成员的关系强度,所以盲目结交朋友是没有用的。二是从网络中获得的资源对于管理人员的收入和晋升的影响并不显著,与职业满意度的关系比较显著。三是强关系对管理人员的职业成功帮助更大。与国外的研究强调弱关系提供信息从而促进职业地位的获得不同,中国文化背景下还是强关系能提供更多的职业支持,对职业生涯成功影响更大。四是管理人员社会网络对于职业生涯成功的影响更多的是通过职业支持而不是资源的获得对职业生涯成功发生作用。也就是说,获得再多的信息和财务等资源不一定有效,除非能够获得网络成员如上司、同事等更大的职业上的帮助,才能实现职业生涯的成功。该章还对研究发现与国外研究结论进行了比较分析。

第六章为"基于社会网络的企业管理人员职业生涯成功策略"。该章主要根据理论和实证研究结论,基于管理人员职业生涯成功的角度,从组织和管理人员自身两个方面,简要地探讨如何促进社会网络的构建,如何从社会网络中获得更多的资源和职业支持,从而实现管理人员职业生涯的成功。从管理人员个体角度,主要包括:树立起科学规划和管理个人社会网络的观念;从拓展异质性网络、降低网络密度、提高关系优势,以及提高关系强度等方面优化自身的社会网络;将社会网络转化为网络利益,尤其是职业支持来获取职业生涯成功。从组织角度,主要包括:帮助管理人员优化社会网络结构和拓展内部网络;通过完善导师制、实行家庭友好政策等措施帮助管理人员获得更多的网络利益;通过完善沟通网络,提高管理人员职业满意度。

第七章为"结论与讨论"。对本研究的主要内容和结论进行总结,并对研究中可能存在的局限性以及未来研究的方向进行讨论。

第二节　研究的局限性与未来研究方向

7.2.1　研究局限性

(1) 同源方差的问题

在一个调查里测量所有的变量通常会被认为存在同源方差(common method variance,CMV),本研究中可能也会受到同源方差的影响。在本研究中,职业生涯成功的客观指标,收入是采用自我汇报(self-reported)的方式填写,研究显示自我汇报的数据与客观数据基本一致,所以这个指标是相对客观的指标。晋升次数是被访者根据事实填写,也是相对客观的指标。而职业生涯成功的主观指标必须由本人来填写。社会网络各变量是通过提名法来产生网络成员进而计算网络结构和关系的,个人很难把这个变量跟因变量对等地联系,更不会有意地填写影响调查结果,在某种程度上可以相当于客观变量。另外,为了尽可能降低同源方差的影响,本研究打乱了问卷中自变量和因变量的顺序,把它们分成调查问卷的不同部分且每组变量采用不同的问题格式。Seibert 等人认为,这种处理方式可以将同源方差控制到最小的程度。[①]

(2) 量表设计方面

由于本研究所采用的量表大多来自国外的文献,西方国家的原始量表在经过上述过程处理后,能否精确地适用于华人社会的研究对象中,是值得考虑的问题。本研究在将原始量表翻译成中文的过程中,对量表中的语句做了一定的跨文化修正,并在此基础上做了信度的分析。另外,虽然中国文化背景下管理人员

---

① Seibert S E, Kraimer M L, Liden R C. A social capital theory of career success. *Academy of Management Journal*, 2001b, 44(2): 219—237.

职业生涯成功的评价标准可能与国外有不同的地方,但具体到每一个职业生涯成功指标的衡量跟国外并没有什么不同,如总收入都是包括过去一年中从企业拿到的所有货币化收入或实物等的总和,其他指标也类似。另外,虽然很多华人学者不断强调中国社会关系(guanxi)的特殊性[1][2][3],但也有学者指出,关系并非是华人社会仅有的独特现象,类似的人际关系也存在于其他的文化与社会当中,只是在不同的文化中,关系所展现的形式可能有所不同罢了。[4] 而且由于关系概念在华人社会中的复杂性,使得关系目前尚未有较一致的定义与概念建构,从而增加了进行关系研究的难度。还有中国学者认为,中西方文化虽然不同,但中国社会中的关系与西方社会中的社会网络并没有本质的区别。在研究中应避免将中国社会中的关系现象特殊化,忽视对在西方已经相对成熟的社会网络理论和测量工具的使用。[5]

另外,在考察管理人员社会网络的关系维度时,采用了单指标测量方法来测量管理人员与网络成员的关系强度,尽管这在社会网络的研究中很常见,但是毕竟单指标反映的内容是有限的[6],今后的研究还是应该考虑多角度的测量方式。

(3)抽样方式

由于研究者本身社会网络资源有限,无法按照科学的随机抽样来获取样本数据,所以在研究中采用了方便抽样的方式。为了尽可能使得样本具有一定的代表性,确保研究的意义,本研究首先选择了管理人员这个群体为研究对象,并以江苏省为例,按照经济发展程度的差异分别选择了苏北城市徐州、苏中城市南

---

① Xin K R, Pearce J L. Guanxi: Connections as substitutes for structural support. *Academy of Management Journal*, 1996, 36: 1641—1658.

② Farh J L, Tsui A S, Xin K, et al. The influence of relational demography and guanxi: The Chinese case. *Organization Science*, 1998, 9(4): 471—487.

③ Tsui A S, Farh J L, Xin K. Guanxi in the Chinese context. In: Li J T, Tsui A S, Weldon E (eds). Management and organizations in the Chinese context. London: MacMillan, 2000.

④ Redding S G, Norman A, Schlander A. The nature of individual attachment to the organization: A review of East Asia variations. In: Munnette M D, Hough L M (eds.). Handbook of Industrial and Organizational Psychology. Palo Alto, CA: Consulting Psychology Press, 1993, 4: 647—688.

⑤ 边燕杰. 社会网络与求职过程.《国外社会学》, 1999(4): 1—13。

⑥ 这种单一指标方法受到了韦格纳的抨击,他指出,运用角色关系来判断关系强弱的方法虽然简便易行,但却失之粗略。见 Wegner B. Job mobility and social ties: social resources, prior job, and status attainment. *American Sociological Review*, 1991, 56(1): 60—71。

通、苏南城市苏州和省会城市南京四个城市展开调查。在取样时考虑了不同的行业、组织规模和企业类型等特点。尽管如此,本研究毕竟不是按照严格的随机抽样方式展开的,样本的代表性可能会受到一定程度的质疑。因此,结论的推广需要谨慎。

7.2.2　未来研究的方向

7.2.2.1　研究方法方面

(1) 使用更多的质性研究方法。质性研究方法强调研究者在自然情境中与被研究者互动,强调深入调查单位收集原始资料,并在原始资料的基础上建构研究的结果或理论。通过质性研究可以发现许多量化研究无法发现的东西,有助于完善职业生涯成功的研究。本研究虽然进行了文献分析和访谈,但都属于较为简单的质性研究,为了准确地了解中国背景下不同行业、不同职位的人对职业生涯成功的评价标准,以及他们职业生涯成功的影响因素,需要大量的更加系统的质性研究,如深度访谈和案例研究等。未来的研究还可以针对其他特殊的群体,比如企业的技术研发人员、政府的公务员甚至高校的教师,研究他们的职业生涯成功取向和职业生涯成功的评价标准。不同的群体由于其工作特征和工作环境不同,研究结论可能有较大的差异。此外,还可以进一步探讨影响他们职业生涯成功取向和评价标准形成的原因。

(2) 在研究条件合适的情况下,进一步完善本研究的设计,提升本研究结论的有效性。比如采取跨期研究,以及随机抽样的方法,扩大样本的研究范围,针对不同地区、不同产业、不同部门进行比较研究。另外,国外很多研究都是以某大学某一年或若干年来的校友为研究对象[1][2],这在一定程度上类似于随机抽样。还有的研究以某一家大公司遍布在全国的分支机构中的员工为研究样本,并采用随机抽样的方式来获取数据。[3] 这些方法在今后的研究中可以借鉴。

---

① Judge T A, Bretz R D. Political influence behavior and career success. *Journal of Management*, 1994, 20(1): 43—65.

② Eby L T, Butts M, Lockwood A. Predictors of success in the era of boundaryless careers. *Journal of Organizational Behavior*, 2003, 24 (5): 689—708.

③ Wayne S J, Liden R C, Kraimer M L, et al. The role of human capital, motivation and supervisor sponsorship in predicting career success. *Journal of Organizational Behavior*, 1999, 20: 577—595.

7.2.2.2 研究内容方面

（1）挖掘其他更有意义的职业生涯成功影响因素。大量的研究已经发现了很多职业生涯成功的影响因素,如个人、组织和家庭等方面,但仍有一些重要的因素没有考虑,如"人与组织的匹配"（person-organization fit）,即个人的人格特质、价值观、个人目标以及态度与组织方面的组织文化、组织气氛、组织目标、行为规范之间是否具有相似性或互补性,是否相互匹配,会影响到其工作的效率、对工作的满意程度以至于个人绩效①,可能对其职业发展和职业生涯成功也会有比较重要的影响。未来的研究中可以加强这方面的探讨。

（2）区分组织内外部网络进行研究。在本研究中,我们考虑到管理人员是个特殊的群体,由于其管理工作的性质,在工作当中要面对组织内外各种不同的群体和个人,社会交往范围相对较大,在其个人职业发展中,无论组织内部还是外部的社会网络都会起到相当重要的作用。因此,对于社会网络并没有区分组织内部还是外部。未来的深入研究,可以考虑把组织内外部网络区分开来,以了解哪些网络利益来自内部,哪些来自外部。另外,对于内部的主体也要区分开,如是更高管理层次上的关系人、同事还是其他部门的普通岗位熟人,等等。这样可以更清楚地解释不同的社会网络会对管理人员的职业生涯成功产生的差异影响。

（3）探讨社会网络在职业生涯各阶段的作用。本研究主要集中于探讨社会网络对于职业生涯成功的影响。事实上,社会网络可能在个人职业生涯发展的各个阶段都会起到特定的作用。未来的研究可以深入到更具体的方面,如职业探索阶段、求职、组织社会化阶段、职业转换阶段、职业高原阶段、职业成熟阶段等。在不同的职业发展阶段,社会网络的具体作用机制和表现形式可能会有所不同。

（4）深入探讨社会网络可能存在的负面影响。多数学者只是强调了社会网络的积极作用,而对于它可能产生的消极作用甚至反作用却鲜有论及。绝大多数有关社会网络或社会资本的经验研究集中在其积极作用方面。例如,一些经验研究表明,社会网络（社会资本）对于员工和组织都有着非常重要的作用,如

① Kristof A L. Person-organization fit: An integrative review of its conceptualizations, measurement, and implications. *Personnel Psychology*, 1996, 49: 1—49.

可以帮助员工找到工作①②、可以加速各单位之间的资源交换和产品创新③、可以促进智力资本的产生④、可以降低离职率⑤、可以促进企业家精神⑥、有利于新兴公司的形成⑦等。本研究也强调了社会网络对于管理人员职业生涯成功的积极影响。而波茨指出,社会资本亦有四个方面的消极功能,认为"社会联系能够极大地控制个人的任性行为并提供摄取资源的特许渠道;但是社会联系也限制了个人自由,并通过特殊的偏爱阻止局外人进入获取同一资源的渠道"⑧。因此,未来的研究需要认真考虑和进一步探讨社会网络可能存在的负面影响。

① Granovetter M S. The strength of weak ties. *American Journal of Sociology*, 1973, 6: 1360—1380.

② Lin N, Dumin M. Access to occupations through social ties. *Social Network*, 1986, 8: 365—385.

③ Tsai W, Ghoshal S. Social capital and value creation: The role of intrafirm networks. *Academy of Management Journal*, 1998, 41: 464—478.

④ Nahapiet J, Ghoshal S. Social capital, intellectual capital, and the organizational advantage. *Academy of Management Journal*, 1998, 23: 242—266.

⑤ Krackhardt D, Hanson J R. Informal networks: The company behind the chart. *Harvard Business Review*, 1993, 71(4): 104—111.

⑥ Chong L, Gibbons P. Corporate entrepreneurship: The roles of ideology and social capital. *Group and Organization Management*, 1997, 22: 10—30.

⑦ Walker G, Kogut B, Shan W. Social capital, structural holes and the formation of an industry network. *Organization Science*, 1997, 8: 109—125.

⑧ Portes A. Social capital: Its origins and applications in modern sociology. *Annual Review of Sociology*, 1998, 22: 1—24.

主要参考文献

中文部分

[1] 边燕杰. 社会网络与求职过程.《国外社会学》,1999(4):1—13。

[2] 边燕杰,邱海雄. 企业的社会资本及其功效.《中国社会科学》,2000(2):87—99。

[3] 边燕杰,张文宏. 经济体制、社会网络与职业流动.《中国社会科学》,2001(2):77—89。

[4] 边燕杰. 城市居民社会资本的来源及作用:网络观点与调查发现.《中国社会科学》,2004(3):136—146。

[5] 樊纲.《中华文化、理性化制度与经济发展——对"华人经济"与"东亚模式"的一种制度经济学的解释.经济文论》. 上海:上海三联书店、上海人民出版社,1994:225。

[6] 费孝通.《乡土中国》. 北京:三联书店出版社,1985:48—52。

[7] 亨利·明茨伯格.《经理工作的性质》. 孙耀君译. 北京:团结出版社,2001:74—97。

[8] 黄光国. 人情与面子:中国人的权力游戏. 载:杨国枢主编.《中国人的心理》. 台北:桂冠图书公司,1988:289—318。

[9] 李路路. 社会资本与私营企业家——中国社会结构转型的特殊动力.《社会学研究》,1995(6):46—58。

[10] 李沛良.《社会研究的统计应用》. 北京:社会科学文献出版社,2001:53—54。

[11] 梁建,王重鸣. 中国背景下人际关系及其对组织绩效的影响.《心理学动态》,2001(9):173—178。

[12] 梁漱溟.《中国文化要义》. 上海:学林出版社,2000。

[13] 林南.《社会资本——关于社会结构与行动的理论》. 张磊译. 上海:上海人民出版社,2005:18—27。

[14] 刘军.《社会网络分析导论》. 北京:社会科学文献出版社,2004:1—26。

[15] 龙立荣. 知识经济时代的职业生涯成功及策略.《外国经济与管理》,2004(3):19—23。

[16] 罗家德,赵延东. 社会资本的层次及其测量方法. 载:李培林,覃方明主编.《社会学:理论与经验(第一辑)》. 北京:社会科学文献出版社,2005:100—142。

[17] 诺曼·厄普霍夫. 理解社会资本:学习参与分析及参与经验. 载:帕萨·达斯古普特,伊斯梅尔·撒拉格尔丁编.《社会资本——一个多角度的观点(中译本)》. 北京:中国人民大学出版社,2005:283。

[18] 施恩.《职业的有效管理》. 仇海清译. 北京:生活·读书·新知三联书店,1992:16。

[19] 石秀印. 中国企业家成功的社会网络基础.《管理世界》,1998(6):187—208。

[20] 阮丹青,周路,布劳,魏昂德. 天津城市居民社会网初析.《中国社会科学》,1990(2):157—196。

[21] 王登峰,崔红. 编制中国人人格量表(QZPS)的理论构想.《北京大学学报(哲学社会科学版)》,2001(6):23—28。

[22] 王忠军,龙立荣. 知识经济时代社会资本与职业生涯成功关系探析.《外国经济与管理》,2005(2):18—24。

[23] 韦恩·贝克.《社会资本制胜——如何挖掘个人与企业网络中的隐性资源》. 王晓冬译. 上海:上海交通大学出版社,2002。

[24] 吴明隆.《SPSS 统计应用实务:问卷分析与应用统计》. 北京:科学出版社,2003。

[25] 肖鸿. 试析当代社会网研究的若干进展.《社会学研究》,1999(3):1—11。

[26] 谢晋宇. 后企业时代的职业生涯开发研究和实践:挑战和变革.《南开管理评论》,2003(2):13—18。

[27] 詹姆斯·科尔曼.《社会理论的基础(上、下)》. 邓方译. 北京:社会科学文献出版社,1999。

[28] 翟学伟.《人情、面子与权力的再生产》. 北京:北京大学出版社,2005。

[29] 张文宏,阮丹青. 城乡居民的社会支持网.《社会学研究》,1999(3):12—24。

[30] 张文宏. 社会资本:理论争辩与经验研究.《社会学研究》,2003(4):23—35。

[31] 张秀娟,汪纯孝.《人际关系与职务晋升公正性》. 北京:北京大学出版社,2005:35—48。

[32] 张再生.《职业生涯开发与管理》. 天津:南开大学出版社,2003。

[33] 赵延东. 再就业中的社会资本:效用与局限.《社会学研究》,2002(4):43—54。

[34] 赵延东,风笑天. 社会资本、人力资本与下岗职工的再就业.《上海社会科学院学术季刊》,2000(2):138—146。

[35] 周丽芳. 华人组织中的关系与社会网络. 载:李原主编.《中国社会心理学评论(第3辑)》. 北京:社会科学文献出版社,2006:53—86。

[36] 周文霞.《职业成功:从概念到实践》. 上海:复旦大学出版社,2006:1—52。

［37］ 周玉.《干部职业地位获得的社会资本分析》. 北京:社会科学文献出版社,2005。

英文部分

［1］ Allen T D, Eby L T, Poteet M L, et al. Career benefits associated with mentoring for protégés: A meta-analysis. *Journal of Applied Psychology*, 2004, 89(1): 127—136.

［2］ Aryee S, Chay Y W, Tan H H. An examination of the antecedents of subjective career success among a managerial sample in Singapore. *Human Relations*, 1994, 47(5): 487—509.

［3］ Arthur M B, Rousseau D M. The boundaryless career: A new employment principle for a new organizational era. In: Arthur M B, Rousseau D M (eds). The boundaryless career. New York: Oxford University Press, 1996: 237—255.

［4］ Arthur M B, Khapova S N, Wilderom C M. Career success in a boundaryless career world. *Journal of Organizational Behavior*, 2005, 26: 177—202.

［5］ Baum J A C, Calabrese T, Silverman B S. Don't go it alone: Alliance network composition and startups' performance in Canadian Biotechnology. *Strategic Management Journal*, 2000, 21: 267—294.

［6］ Bian Y. Bringing strong ties back: Indirect ties, network bridges, and job searches in China. *American Sociological Review*, 1997a, 62(3): 366—385.

［7］ Bian Y, Ang S. Guanxi networks and job mobility in China and Singapore. *Social Forces*, 1997b, 75(3): 981—1005.

［8］ Bird A. Careers as repositories of knowledge: A new perspective on boundaryless careers. *Journal of Organizational Behavior*, 1994, 15: 325—344.

［9］ Blumberg M, Pringle C. The missing opportunity in organizational research: Some implications for a theory of work performance. *Academy of Mangement Journal*, 1982, 7: 560—569.

［10］ Borgatti S P, Jones C, Everett M G. Network measures of social capital. *Connections*, 1998, 21(2): 27—36.

［11］ Bourdieu P. Forms of capital. In: John G R (ed). Handbook of theory and research for the sociology of education. New York: Greenwood Press, 1985: 241—258.

［12］ Boudreau J W, Boswell W R, Judge T A. Effects of personality on executive career success in the United States and Europe. *Journal of Vocational Behavior*, 2001, 58: 53—81.

［13］ Bozionelos N. The relationship between disposition and career success: A British study. *Journal of Occupational and Organizational Psychology*, 2004, 77: 403—420.

［14］ Burt R S. Network items and the general social survey. *Social Networks*, 1984, 6:

293—339.

[15] Burt R S. Structural holes: The social structure of competition. Cambridge, MA: Harvard University Press, 1992.

[16] Burt R S. The contingent value of social capital. *Administrative Science Quarterly*, 1997, 42(2): 339—365.

[17] Burt R S. Attachment, decay, and social network. *Journal of Organizational Behavior*, 2001, 22: 619—643.

[18] K E, Lee B A. Name generators in surveys of personal networks. *Social Networks*, 1991, 13: 203—221.

[19] Carlson D S, Perrewe P L. The role of social support in the stressor-strain relationship: An examination of work-family conflict. *Journal of Management*, 1999, 25: 513—540.

[20] Carroll G R, Teo A C. On the social networks of managers. *Academy of Management Journal*, 1996, 39(2): 421—440.

[21] Chao G, Walz P, Gardner P. Formal and informal mentorships: A comparison on mentoring functions and contrast with nonmentored counterparts. *Personnel Psychology*, 1992, 45: 619—636.

[22] Chow I H. Organizational socialization and career success of Asian managers. *International Journal of Human Resource Management*, 2002,13(4): 720—737.

[23] Coleman J S. Social capital in the creation human capital. *American Journal of Sociology*, 1988, 94: 95—120.

[24] Defillipi R J, Arthur M B. The boundaryless career: a competency-based perspective, *Journal of Organizational Behavior*, 1994, 15: 307—324.

[25] Derr C B. Managing the new careerists. San Francisco: Jossey-Bass Publishers, 1986: 2.

[26] Derr C B. Five definitions of career success: Implications for relationships. International Psychology Application. Liverpool: Liverpool University Press, 1986, 35(3): 415—435.

[27] Dreher G F, Ash R A. A comparative study of mentoring among men and women in managerial, professional, and technical positions. *Journal of Applied Psychology*, 1990, 75: 539—548.

[28] Dreher G F, Bretz R D. Cognitive ability and career attainment: moderating effects of early career success. *Journal of Applied Psychology*, 1991, 76(3): 392—397.

[29] Eby L T, Butts M, Lockwood A. Predictors of success in the era of boundaryless ca-

reers. *Journal of Organizational Behavior*, 2003, 24 (5): 689—708.

[30] Farh J L, Tsui A S, Xin K, et al. The influence of relational demography and guanxi: The Chinese case. *Organization Science*, 1998, 9(4): 471—487.

[31] Festinger L. A theory of social comparison processes. *Human Relations*, 1954, 7: 117—140.

[32] Forret M L. Networking activities and career success of managers and professionals. Unpublished dissertation of University of Missouri-Columbia, 1995.

[33] Friedman R A, Krackhardt D. Social capital and career mobility. *The Journal of Applied Behavioral Science*, 1997, 33(3): 316—334.

[34] Gattiker U E, Larwood L. Predictor for managers' career mobility, success, and satisfaction. *Human Relations*, 1988, 41: 569—591.

[35] Granovetter M S. The strength of weak ties. *American Journal of Sociology*, 1973, 6: 1360—1380.

[36] Granovetter M S. Economic action and social structure: The problem of embeddedness. *American Journal of Sociology*, 1985, 91(3): 481—510.

[37] Greenhaus J H. Beutell N J. Sources of conflict between work and family roles. *Academy of Management Review*, 1985, 10: 76—88.

[38] Greenhaus J H, Callanan G A, Godshalk V M. Career management (3rd ed). Fort Worth, TX: Dryden Press, 2000.

[39] Greenhaus J H, Parasuraman S, Wormley W M. Effects of race on organizational experiences, job-performance evaluations, and career outcomes. *Academy of Management Journal*, 1990, 33(1): 64—86.

[40] Gutteridge T G. Predicting career success of graduate business school alumni. *Academy of Management Journal*, 1973, 16(1): 129—137.

[41] Hall D T, Chandler D E. Psychological success: When the career is a calling. *Journal of Organizational Behavior*, 2005, 26: 155—176.

[42] Hall D T, Mirvis P. The new protean career: Psychological success and the path with a heart. In: Hall D T, Associates (eds). The career is dead-long live the career: A relational approach to careers. San Francisco, CA: Jossey-Bass Publishers, 1996: 132—157.

[43] Heslin P A. Conceptualizing and evaluating career success. *Journal of Organizational Behavior*, 2005, 26: 113—136.

[44] Higgins M C, Kram K E. Reconceptualizing mentoring at work: A developmental net-

work perspective. *Academy of Management Review*, 2001, 26: 264—288.

[45] Homans G C. Social behavior as exchange. *American Journal of Sociology*, 1958, 63: 597.

[46] Hughes E C. Institutional office and the person. *American Journal of Sociology*, 1937, 43: 404—413.

[47] Hurlbert J S. Social networks, social circles, and job satisfaction. *Work and Occupations*, 1991, 18: 415—430.

[48] Ibarra H. Network centrality, power, and innovation involvement: Determinants of t echnical and administrative roles. *Academy of Management Journal*, 1993, 36(3): 471—501.

[49] Jansen P G W, Vinkenburg C J. Predicting management career success from assessment center data: A longitudinal study. *Journal of Vocational Behavior*, 2006, 68: 253—266.

[50] Jaskolka G, Beyer J M, Trice H M. Measuring and predicting managerial success. *Journal of Vocational Behavior*, 1985, 26(1): 189—205.

[51] Judge T A, Bretz R D. Political influence behavior and career success. *Journal of Management*, 1994, 20(1): 43—65.

[52] Judge T A, Cable D M, Boudreau J W, et al. An empirical investigation of the predictors of executive career success. *Personnel Psychology*, 1995, 48: 485—519.

[53] Judiesch M K, Lyness K S. Left behind? The impact of leaves of absence on managers' career success. *Academy of Management Journal*, 1999, 42(6): 641—651.

[54] Keele R. Mentoring or networking? Strong and weak ties in career development. In: Moore L (eds). Not as far as you think: The realities of working women. Lexington, MA: Lexington Books, 1986: 53—68.

[55] Kirchmeyer C. Determinants of managerial career success: Evidence and explanation of male/female difference. *Journal of Management*, 1998, 24: 673—692.

[56] Kirchmeyer C. The different effects of family on objective career success across gender: A test of alternative explanations. *Journal of Vocational Behavior*, 2006, 68: 323—346.

[57] Korman A K, Wittig-Berman U, Lang D. Career success and personal failure: Alienation in professionals and managers. *Academy of Management Journal*, 1981, 24: 342—360.

[58] Krackhardt D. The strength of strong ties: The importance of philos. In: Norhia N, Eccles R (eds). Networks and orgaizations: Structure, form, and action. Boston: Harvard Business School Press, 1992: 216—239.

[59] Krackhardt D, Porter L W. When friends leave: A structural analysis of the relationship between turnover and stayers' attitudes. *Administrative Science Quarterly*, 1986, 30:

242—261.

[60] Kram K E. A relational approach to career development. In: Hall D T, Associates (eds). The career is dead-Long live the career. San Francisco: Jossey-Bass Publishers, 1996: 132—157.

[61] Law K S, Wong C, Wang D, et al. Effect of supervisor-subordinate guanxi on supervisory decisions in China: An empirical investigation. International *Journal of Human Resource Management*, 2000, 11(4): 751—765.

[62] Lin N, Dumin M. Access to occupations through social ties. *Social Network*, 1986, 8: 365—385.

[63] Lin N. Building a network theory of social capital. *Connections*, 1999, 22(1): 28—51.

[64] Lin S C, Huang Y M. The role of social capital in the relationship between human capital and career mobility: Moderator or mediator? *Journal of Intellectual Capital*, 2005, 6(2): 191—205.

[65] London M, Stumpf S A. Managing careers. Reading, MA: Addison-Wesley, 1982.

[66] Luthans F, Hodgetts R M, Rosenkrantz S A. Real managers. Cambridge, MA: Ballinger, 1988.

[67] Manuel B, Ainlay S. The structure of social support: A conceptual and empirical analysis. *Journal of Community Psychology*, 1983, 11: 133—143.

[68] Marsden P V, Hurlbert J S. Social resources and mobility outcomes: A replication and extension. *Social Forces*, 1988, 66: 1038—1059.

[69] Martins L L, Eddleston K A, Veiga J F. Moderators of the relationship between work-family conflict and career satisfaction. *Academy of Management Journal*, 2002, 45(2): 399—409.

[70] Mirvis P H, Hall D T. Psychological success and the boundaryless career. In: Arthur M B, Rousseau D M (eds). The boundaryless career. New York: Oxford University Press, 1996: 237—255.

[71] Nahapiet J, Ghoshal S. Social capital, intellectual capital, and the organizational advantage. *Academy of Management Journal*, 1998, 23: 242—266.

[72] Nelson P E. The strength of strong ties: Social networks and intergroup conflict in organization. *Academy of Management Journal*, 1989, 32: 377—401.

[73] Nicholson N, Waal-Andrews W. Playing to win: Biological imperatives, self-regulation, and trade-offs in the game of career success. *Journal of Organizational Behavior*, 2005, 26:

137—154.

[74] Noe R A. Is career management related to employee development and performance? *Journal of Organizational Behavior*, 1996, 17: 119—133.

[75] Ofelia J D B, Srednicki R, Kutcher E J. Work-family conflict, work-family culture, and organizational citizenship behavior among teachers. *Journal of Business and Psychology*, 2005, 20(2): 303—324.

[76] O'Reilly C A, Chatman J M. Working smarter and harder: A longitudinal study of managerial success. *Administrative Science Quarterly*, 1994, 39(3): 603—627.

[77] Orpen C. Dependency as a moderator of the effects of networking behavior on managerial career success. *The Journal of Psychology*, 1996, 130(3): 245—248.

[78] Parsons F. Choosing a vocation. Boston, MA: Houghton Mifflin, 1909.

[79] Pfeffer J. A political perspective on careers: Interests, networks, and environments. In: Arthur M G, Hall D T, Lawrence B S (eds). Handbook of career theory. New York: Cambridge University Press, 1989: 380—396.

[80] Podolny J M, Baron J N. Resources and relationships: Social networks and mobility in the workplace. *American Sociological Review*, 1997, 62: 673—693.

[81] Portes A. Social capital: Its origins and applications in modern sociology. *Annual Review of Sociology*, 1998, 22: 1—24.

[82] Putnam R. Making democracy work: Civic traditions in modern Italy. Princeton: Princeton University Press, 1993.

[83] Ruan D. The content of the GSS discussion networks: An exploration of GSS discussion name generator in a Chinese context. *Social Networks*, 1998, 20: 247—264.

[84] Scandura T A, Schriesheim C A. Leader-member exchange and supervisor career mentoring as complementary constructs in leadership research. *Academy of Management Journal*, 1994, 37: 1588—1602.

[85] Schneer J A, Reitman F. Effects of alternate family structures on managerial career paths. *Academy of Management Journal*, 1993, 36, 4: 830—845.

[86] Scott J. Social network analysis: A handbook. London: Sage Publications, 2000.

[87] Seibert S E, Kraimer M L, Liden R C. A social capital theory of career success. *Academy of Management Journal*, 2001b, 44(2): 219—237.

[88] Sparrowe R T, Liden R C, Wayne S J, et al. Social networks and the performance of individuals and groups. *Academy of Management Journal*, 2001, 44(2): 316—325.

[89] Spreitzer G M. Social structural characteristics of psychological empowerment. *Academy of Management Journal*, 1996, 39: 483—504.

[90] Tharenou P. Going up? Do traits and informal social processes predict advancing in management? *Academy of Management Journal*, 2001, 44: 1005—1017.

[91] Tharenou P, Latimer S, Conroy D. How do you make it to the top? *Academy of Management Journal*, 1994, 37: 899—931.

[92] Thomas W H, Eby L T, Sorensen K L, et al. Predictiors of objective and subjective career success: A meta-analysis. *Personnel Psychology*, 2005, 58: 367—408.

[93] Thorndike E L. Prediction of vocational success. New York: Oxford University Press, 1934

[94] Tsai W, Ghoshal S. Social capital and value creation: The role of intrafirm networks. *Academy of Management Journal*, 1998, 41: 464—478.

[95] Tsui A S, Farh J L, Xin K. Guanxi in the Chinese context. In: Li J T, Tsui A S, Weldon E. (eds). Management and organizations in the Chinese context. London: MacMillan, 2000.

[96] Van Maanen J. Experiencing organization: Notes on the meaning of careers and socialization. In: Van Maanen J (ed). Organizational careers: Some new perspectives. New York: Wiley, 1977: 9.

[97] Walker G, Kogut B, Shan W. Social capital, structural holes and the formation of an industry network. *Organization Science*, 1997, 8: 109—125.

[98] Watson G W, Papamacrcos S D. Social capital and organizational commitment. *Journal of Business and Psychology*, 2002, 16(4): 537—552.

[99] Wayne S J, Liden R C, Kraimer M L, et al. The role of human capital, motivation and supervisor sponsorship in predicting career success. *Journal of Organizational Behavior*, 1999, 20: 577—595.

[100] Wellman B, Berkowitz S D. Social Structures: A network approach. Cambridge: Cambridge University Press, 1988.

[101] White H C. Where do markets come from? *American Journal of Sociology*, 1981, 87(3): 517—547.

[102] Whyte W H. The organization man. New York: Simon & Schuster, 1956.

[103] Xin K R, Pearce J L. Guanxi: Connections as substitutes for structural support. *Academy of Management Journal*, 1996, 36: 1641—1658.

附录 A　企业管理人员职业生涯成功评价指标的访谈提纲

1. 请您谈谈作为一名企业管理人员,追求职业生涯成功的重要性。

2. 下表是我们根据过去的研究文献以及理论分析总结出来的常见的企业管理人员职业生涯成功的评价指标。

企业管理人员可能的职业生涯成功评价指标

客观指标	主观指标
工资	工作满意度
总收入水平	职业满意度
工资增长率	生活满意度
晋升次数	感知到的职业生涯成功
晋升速度	成功可能性
晋升前景	组织承诺
权力	工作对家庭的影响
职位高低	
工作自主性	
下属的人数	
做管理人员的年限	
CEO 接近度	
就业能力	
业绩评价等级	

请您就这个汇总表探讨:

(1) 表中有些评价指标具有类似性或相关性,比如工资收入水平和工资增长率,晋升次数、晋升速度和晋升前景等,您认为这些类似的评价指标如何取舍?

(2) 您认为表中的哪些评价指标不具有代表性,应该删去? 为什么?

(3) 您认为表中的评价指标是否比较全面,还需要有什么样的补充?

附录 B 企业管理人员职业生涯成功评价指标的调查问卷

尊敬的企业管理人员：

您好！首先感谢您参与填写这份问卷。问卷目的在于了解中国背景下企业管理人员对职业生涯成功的评价指标。希望您能够依据自身的真实看法来填答。请您不要遗漏任何一个问题，以保证问卷的完整性。

对于您的热心协助再次表示感谢！恭祝您事业成功！

南开大学商学院

刘宁敬上

2006 年 4 月

联系电话：×××××××××　　　　E-mail：liun2004@263.net

第一部分：请您填写关于职业生涯成功评价指标的重要性

职业生涯成功，简单地说就是个人职业生涯追求目标的实现。由于不同的人追求的职业目标并不一致，因此，人们对于职业生涯成功的看法也不尽相同。那么，作为企业管理人员，您认为在判断自己的职业生涯是否成功方面，下列因素的重要性程度如何？请在相应的数字上打"√"。

	根本不重要	不重要	一般	有点重要	非常重要
1. 总收入水平（包括工资、奖金、股票期权、福利等所有收入）	1	2	3	4	5
2. 晋升次数（包括工作范围、内容和权限的扩大和职位的提升）	1	2	3	4	5
3. 晋升前景（对未来两年内能否晋升的评价）	1	2	3	4	5
4. 权力（你的岗位拥有的决策权、人事权、财权等）	1	2	3	4	5

(续表)

	根本不重要	不重要	一般	有点重要	非常重要
5. 职位等级(是基层、中层还是高层管理人员)	1	2	3	4	5
6. 工作自主性程度(能否自由安排时间、工作内容和方式等)	1	2	3	4	5
7. 下属的人数	1	2	3	4	5
8. 就业能力(对工作的灵活性和适应性、当前业务熟练程度和个人影响力等)	1	2	3	4	5
9. 工作满意度(对当前工作总体状况的满意程度)	1	2	3	4	5
10. 职业满意度(对收入、职业目标的实现、未来发展机会等的满意程度)	1	2	3	4	5
11. 生活满意度(对目前生活状态的满意程度)	1	2	3	4	5
12. 感知到的职业生涯成功(对自己职业生涯是否成功的主观感觉)	1	2	3	4	5
13. 工作对家庭的影响(是否协调好工作-家庭的关系)	1	2	3	4	5

第二部分:请您填写您的个人信息:(为保证问卷有效,请务必填写)

1. 您的性别:　　　□男　　　　□女

2. 您的婚姻状况:□未婚　　□已婚

3. 您的年龄:□ 25 岁以下　□ 26—35 岁　□ 36—45 岁　□ 46 岁以上

4. 您的职位:□基层管理人员　　□中层管理人员　　□高层管理人员

5. 您所在的部门:□人力资源管理　　□生产　　□营销　　□研发
　　　　　　　　□财务　　□其他

6. 您所在企业的规模:□ 100 人以下　□ 100—1 000 人　□ 1 000 人以上

7. 您所在企业的性质:□国有企业　　□其他类型企业

再次感谢您的参与和支持!!

附录 C 社会网络对企业管理人员职业生涯成功影响的调查问卷

（南京问卷版本）

尊敬的企业管理人员：

您好！首先感谢您在百忙中参与填写这份匿名问卷。问卷目的在于了解您的职业生涯发展状况和社会交往情况。问卷估计需 15 分钟的填答时间。您所填写的各项资料，将会用于学术研究的统计分析，保证不作其他用途，请您放心填写。您的看法对我们的研究非常重要，请您务必依据真实情况来填写（任何答案没有对错之分）。为了避免成为无效问卷，请您不要遗漏任何一个问题，以保证问卷的完整性。

对于您的热心协助再次致以敬意和感谢之情！

恭祝您健康平安，事业成功！

南开大学商学院课题组
2006 年 7 月

联系人：刘宁　　电话：×××××××　　E-mail：liun2004@263.net

第一部分：个人基本资料，请在相应答案前的方格内打"√"或填写具体答案。

1. 您的性别：　　□男　　□女

2. 您的婚姻状况：□未婚　□已婚

3. 您的年龄：□ 25 岁以下　□ 26—35 岁　□ 36—45 岁　□ 46 岁以上

4. 您的职位：　□基层管理人员　□中层管理人员　□高层管理人员

5. 您的学历是：□高中及以下　　□大专　□本科　　□硕士以上

6. 您所在的部门：□人力资源管理　□生产　□营销　　□研发
　　　　　　　　□财务　□后勤　□其他：_____（请填写）

7. 您所在企业目前的员工人数：

□ 50 人以下　　　□ 51—100 人　　　□ 101—500 人

□ 501—1 000 人　　□ 1 000 人以上

8. 您目前所在的行业:_____

9. 您目前所在企业的性质:□国有及国有控股企业　□其他:_____

10. 您共在_____个企业工作过;总的工作年限:_____;在目前企业的工作年限:_____;在目前岗位上的工作年限:_____。

11. 您从参加工作以来到现在,共有_____次职位晋升。如果晋升包括您工作范围、内容和权限的扩大和职位的提升,那您共有_____次晋升。

12. 您从参加工作以来到现在,共参加过_____次企业内部培训,_____次脱产培训(离开工作岗位连续培训时间超过一周以上算为一次)。

13. 您目前的总收入水平(包括所有从企业拿到的货币化收入或实物的总和)大约在:

□ 3 万以下　　　　　□ 3.1 万—5 万　　　　□ 5.1 万—7 万

□ 7.1 万—9 万　　　□ 9.1 万—11 万　　　□ 11.1 万—13 万

□ 13.1 万—15 万　　□ 15.1 万—17 万　　□ 17.1 万—19 万

□ 19.1 万—21 万　　□ 21.1 万—23 万　　□ 23 万以上

第二部分:您的社会交往情况。请在相应答案前的方格内打"√"。

14. 我们每个人的发展都离不开他人的支持与鼓励,除了我们认识的人如上司、同事、家人、朋友、熟人等,还包括那些我们并不熟悉但帮助过我们的人。那么,请您认真回顾一下,最近两年内,共有多少人曾经对您的职业发展有过帮助?(说明:这里所说的帮助包括提拔、引荐、打招呼、提供建议、提供经济及心理支持、与您谈论工作中的问题、为您提供其他工作机会、帮助您确立长期职业目标等任何有助于您职业发展的活动)

□ 5 人以下　　　　　□ 6—10 人　　　　　□ 11—20 人

□ 21—30 人　　　　　□ 31—40 人　　　　　□ 41 人以上

15. (接上题)请仔细考虑最近两年内对您的职业发展帮助(含义同上)最大的 5 个人(可以是您熟悉的人,还可以是并不熟悉但帮助过您的人),并把他们的姓或代号写在下面。

甲:_____　乙:_____　丙:_____　丁:_____　戊:_____

16. (接上题)请根据甲乙丙丁戊五位人员的个人情况,把相应的题项填在下面的表格内。

	年龄	受教育程度	您跟他/她是不是很熟	职业
帮助者	A. 25 岁以下 B. 26—35 岁 C. 36—45 岁 D. 46—55 岁 E. 56 岁以上	A. 高中及以下 B. 大专 C. 大学本科 D. 硕士以上	A. 非常熟悉 B. 比较熟 C. 一般 D. 不太熟 E. 很不熟悉	请填写他/她的具体职业（如已退休请填写退休前的职业）
甲				
乙				
丙				
丁				
戊				

17．（接上题）请问上述甲乙丙丁戊五位之间是否相互认识（如甲跟乙是不是认识？甲与丙是不是认识？以此类推）？并在相应答案前的方格部分打"√"。

	甲	乙	丙	丁
乙	□认识 □不认识			
丙	□认识 □不认识	□认识 □不认识		
丁	□认识 □不认识	□认识 □不认识	□认识 □不认识	
戊	□认识 □不认识	□认识 □不认识	□认识 □不认识	□认识 □不认识

第三部分：请根据他人（如您的上司、同事、亲属、朋友和熟人等）对您职业的帮助和支持情况，在右边您认为最适合的数字上打"√"。

	完全没有	有一点	有一些	比较多	相当多
他们中总有人会给我以下的帮助：					
18．帮助我更快完成工作	1	2	3	4	5
19．帮助我解决工作中遇到的难题	1	2	3	4	5
20．鼓励我努力工作	1	2	3	4	5
21．为我提供他们的专业意见和建议	1	2	3	4	5
22．把他的工作经验与我分享	1	2	3	4	5
23．帮助我更有效地完成工作	1	2	3	4	5
24．为我提供职业方面的指导	1	2	3	4	5

（续表）

	完全没有	有一点	有一些	比较多	相当多
25. 尽他最大的努力帮助我职业发展	1	2	3	4	5
26. 利用他们的影响力帮助我获得晋升	1	2	3	4	5
27. 帮助我了解公司的文化和潜规则	1	2	3	4	5
28. 为我提供工作上的指导	1	2	3	4	5
29. 利用他们的影响力帮助我获得新的工作	1	2	3	4	5

第四部分：请根据您对工作和生活的一些真实感受，在右边您认为最适合的数字上打"√"。

	非常不同意	不同意	不能确定	同意	非常同意
30. 我对自己事业上取得的成就很满意	1	2	3	4	5
31. 我对自己在实现事业总体目标方面取得的进步感到满意	1	2	3	4	5
32. 我对自己收入的不断提高感到满意	1	2	3	4	5
33. 我对工作中可以得到的职业发展机会感到满意	1	2	3	4	5
34. 我对自己职业技能的不断提高感到满意	1	2	3	4	5
35. 我的工作经常使我没有办法跟家人和朋友在一起	1	2	3	4	5
36. 我经常会把工作中的焦虑和烦恼带到家庭生活中	1	2	3	4	5
37. 我经常会因为工作没有办法参加家庭的重要活动	1	2	3	4	5

第五部分：您在工作上遇到困难时，是否能通过上司、同事或亲属、朋友的帮助及时获得信息和其他资源（包括财务或物质资源等）。请在右边您认为最适合的答案上打"√"。

	非常不同意	不同意	不能确定	同意	非常同意
38. 我可以获得我所需要的资源来支持新的计划	1	2	3	4	5
39. 当我的工作需要额外的资源时，我通常可以得到	1	2	3	4	5
40. 我有获得资源的途径来把工作做得更好	1	2	3	4	5
41. 我可以很快地掌握公司内外的信息	1	2	3	4	5
42. 我能了解公司的发展策略与经营目标	1	2	3	4	5
43. 我可以获得有利于工作执行的信息	1	2	3	4	5

问卷到此结束，请再次检查是否有遗漏的题目，以免成为无效问卷。
非常感谢您的帮助！！！

后　记

本书是在本人博士学位论文的基础上完成的。博士阶段在南开大学商学院的求学生涯对我来说,是人生旅途中一个重要的转折点。三年的时光,南开给了我很多。她不仅让我学到了很多的知识,以更加成熟的心态去思考和体味人生,还赋予我历史的凝重和生生不息的南开精神。这种精神将激励我在人生的道路上努力前行。今天,已步入"而立之年"的我回首过去,心中充满了感恩。

首先要郑重感谢的是恩师谢晋宇教授。几年来,谢老师在学业上给予了我无微不至的指导和关怀。从基础课程的学习、选题研究、初稿的写作、论文反复的修改直至定稿,无不倾注了导师大量的心血。他的鼓励和悉心指导是我完成博士论文的关键。谢老师严谨的治学态度和踏实的科研作风给我留下了深刻的印象,他的教诲将使我受益终生。

在博士课程的学习阶段,感谢南开大学张玉利教授、范秀成教授、李新建教授、王迎军教授和周宝源老师的悉心讲授,他们使我对科学研究和研究方法有了更深层次的认识,打下了较好的研究基础。感谢南开大学李新建教授、袁庆宏教授、周建教授,北京大学光华管理学院张一弛教授,南京大学商学院贾良定教授和王永贵教授在选题、研究方法等方面的指导和帮助。感谢中欧国际工商学院肖知兴博士、上海大学社会学系张文宏教授、清华大学社会学系罗家德教授、台湾大学周丽芳研究员和黑龙江大学社会学系刘军博士等在社会网络理论和方法上给予的指导及解惑。

在调研的过程中,得到了很多朋友的帮助。感谢南通市人民政府副秘书长陈蔓生博士、南通市国有资产管理公司董事孙明如、南通市人事局培训中心施小球、中国建材集团人力资源部副总经理叶迎春博士、华泰证券投资部经理王厚印、中大软件公司南京分公司总经理韩爱生、中脉集团南京公司人力资源部吴柳平、优利咨询(上海)有限公司高级招聘顾问孙亚等的大力支持,没有他们的帮助,调研很难顺利开展。另外,还要感谢南京大学 MBA 班及南京大学苏州 MBA 班同学的热心帮助。

此外，我还要感谢我硕士阶段的导师——中国矿业大学管理学院的陶学禹教授和中国人民大学劳动人事学院韩淑娟教授长期以来对我学业和生活上的关心和帮助。

感谢我的父母、公婆及所有家人默默无闻的关心和支持。他们是我精神上的支柱，是我向前奋进的力量。感谢我的先生，他不仅是我人生的伴侣，也是我科研道路上的良师益友。一起走过的清苦的日子里，充满了爱与感动。最后，感谢我的女儿牵牵，一周岁的她给我和全家带来了无尽的欢笑和无与伦比的幸福感。愿女儿健康成长、快乐每一天！我爱我的家人，愿他们永远幸福平安。

刘　宁

2010 年 5 月于南京邮电大学